Henry Slesar

Aktion Löwenbrücke

Roman

Aus dem Amerikanischen von Günther Eichel

Diogenes

Titel der 1963 bei
Macmillan Company, New York,
erschienenen Originalausgabe:
›The Bridge of Lions‹

Die deutsche Erstausgabe
erschien 1970 im Diogenes Verlag
Umschlagzeichnung von
Tomi Ungerer

Veröffentlicht als Diogenes Taschenbuch, 1980

www.diogenes.ch
50/01/8/6
ISBN 3 257 20656 9

Diogenes Taschenbuch 20656

Inhalt

Prolog Die Zehn-Shilling-Katze 7

1 Die Brücke öffnet sich 15

2 Der Schachspieler 48

3 Die Notlüge 86

4 Der Höhepunkt einer Party 117

5 Der Denker 150

6 Das Wasser des Lebens 169

7 Das Dreieck 195

8 Die Insel 219

9 Die Wahrheit 244

10 Das Direktorium 270

11 Die andere Seite der Brücke 287

12 Die Brücke ist geschlossen 317

Prolog

Die Zehn-Shilling-Katze

Die Jagd auf die Katze begann in der Greek Street, wurde in den Seitenstraßen von Soho immer hitziger, löste im Mittelgang eines zypriotischen Restaurants schepperndes Getöse aus und erreichte ihren Höhepunkt im Hinterhof eines Gebäudes, das von Musikern und Plattenspielern bevölkert war. Mit wehenden Ärmeln und bauschigem Hemd trieb der weiße Jäger seine Beute in die Enge und näherte sich ihr vorsichtig. Die gestreifte Katze machte einen Buckel, sprühte Feuer und ließ sich dann widerstandslos gefangennehmen. »So!« sagte der Jäger triumphierend. Er war neun Jahre alt.

Er wiegte das Tier in seinen Armen und blieb stehen, um unbemerkt und voller Freude dem musikalischen Mißklang zuzuhören, der aus den Fenstern quoll. Wie sich herausstellte, kostete dieses sekundenlange Zögern ihn fünf Shilling.

»He!«

Er drehte sich um und sah einen Jungen, der sich ihm näherte, die Daumen in die Taschen seiner Hose gehakt, auf dem Kopf einen Filzhut. Vielleicht war dieser Junge zwölf oder dreizehn Jahre alt – eine genaue Bestimmung wurde durch Schmutz und Sommersprossen erschwert.

»He«, sagte er noch einmal. »Das ist meine Katze.«

»Wieso deine Katze?«

»Hast du nicht gehört?«

»Du kannst mich mal«, sagte der Junge tapfer. Er machte einen Schritt in Richtung Freiheit und stieß dabei mit der Nase gegen eine Handfläche. »He!« protestierte er. »Was soll das?«

»Gib sie her«, sagte der Ältere. »Ich bin dir seit der Greek Street nachgelaufen. Das ist Wellington, meine Katze; wenn du mir nicht glaubst, sieh dir das Halsband an.«

»Sie hat kein Halsband.«

»Dann hat sie es verloren.« Die Hand wurde zur Faust. »Soll ich dir die Nase einschlagen oder gibst du mir meine Katze wieder?«

Der Junge überlegte und wog in Gedanken die eingeschlagene Nase auf einer Waage ab, auf deren anderer Schale eine Zehn-Shilling-Note lag. Mit einem Seufzer des Bedauerns überließ er die Gestreifte dem Gegner, in dessen Armen sie genauso zufrieden zu sein schien.

»Da«, sagte er. »Nimm deine blöde Katze – ich finde schon eine andere.«

»Wozu?«

»Für die zehn Shilling – deswegen.«

»Du bist plemplem. Was soll das heißen – verkaufst du etwa Katzen an einen Tierladen?«

»Vielleicht«, sagte der Junge geheimnisvoll. »Vielleicht auch nicht.« Nach einem plötzlichen

Einblick in das Wesen des Kompromisses fügte er hinzu: »Hör mal, hast du vielleicht Lust, mit mir zu teilen?«

»Was meinst du damit?«

»Für jeden von uns fünf Shilling – das meine ich. Ich kenne nämlich einen alten Mann, der für diese alte Katze zehn bezahlt.«

»Zehn Shilling für Wellington? Wo der kaum mehr einen Zahn hat? Du bist tatsächlich plemplem!«

»Aber es stimmt, Ehrenwort. Der Mann ist ziemlich komisch, er hat einen weißen Bart, vielleicht ist er ein Itzig. Wenn du mir die Hälfte abgibst, bring' ich dich hin.«

»Das ist doch Blödsinn!« sagte der Ältere mißtrauisch. »Was macht denn der mit den vielen Katzen?«

»Keine Ahnung«, sagte der Junge gleichgültig und zuckte mit den Schultern. »Vielleicht ißt er sie auf. Es gibt doch auch Menschen, die Pferde essen, oder?«

Wellington miaute jammervoll. Sein Besitzer streichelte das orangefarbene Fell und dachte über den Vorschlag nach.

»Meinetwegen – worauf wartest du noch?« sagte er.

Es war ein fröhlicher alter Mann, ein vor sich hin summender alter Mann, der manchmal kleine Tanzschritte machte, die die kleinen Kinder in der

Nachbarschaft seiner Wohnung ergötzten. Erst vor einem Monat war er in das Haus eingezogen, in dem es von kontinentalen Existenzen wimmelte – von französischen Kellnern, italienischen Tenören, einer spanischen Näherin, einer amerikanischen Ballerina und sogar einer ungarischen Hure. Doch sein eigener Ruf übertraf alles. Sein Äußeres war immer gleich: ein schäbiger schwarzer Anzug, zu dem möglicherweise ein Hemd und eine Krawatte gehörten: sein wehender weißer Bart verbarg beides. Trotz seiner Erscheinung, die der eines Rabbiners ähnelte, irrte der kleine Junge sich; der alte Mann war kein Jude. Geboren war er in Liverpool, erzogen in der Schweiz, und in den Vereinigten Staaten war er auch gewesen. Er hieß Carvy, aber auf seinem Briefkasten stand HUGHES. Und er war glücklich. Wunderbar, ansteckend glücklich.

Wellington, die Katze, verstand sich sofort mit ihm. Es war, als sei das Tier dankbar, daß sein Wert anerkannt wurde, als hätte es die finanzielle Transaktion begriffen, die an der Tür des alten Mannes stattfand. Zutraulich folgte die Katze ihm durch die winzige Wohnung, und falls ihre Schnurrbarthaare sich bei dem unangenehmen Geruch sträubten, der den Raum erfüllte – einem Geruch, der die Katze mit vager Besorgnis über die eigene Zukunft erfüllte –, überwand sie ihre Befürchtungen, weil sie die Liebe des alten Mannes zu würdigen wußte.

»Gleich, gleich, kleine Pussy«, sagte der alte Mann beruhigend zu ihr. »Wir beide, du und ich, du und ich ...« Dann lachte er vor sich hin, kraulte die Katze hinter den Ohren, und Wellington schnurrte zufrieden.

Dann tat der alte Mann Verschiedenes. Glas klirrte und Flüssigkeiten gluckerten. Er wurde ruhig, gespannt. Als er das leise Klopfen an der Tür hörte, murmelte er mürrisch eine Verwünschung in seinen Bart. Dinge wurden wieder in die Schränke gestellt. Der alte Mann schlurrte zur Tür, um zu öffnen.

»Ja?« sagte er zu der Frau im Gang. Er schob seine dicken Brillengläser dichter vor die kurzsichtigen Augen. »Ah, Miss Olga«, sagte er, und seine Stimme verriet nichts von dem vorherigen Mißvergnügen. »Kommen Sie herein, meine Liebe, kommen Sie herein.«

»Oh«, sagte Olga tragisch. »Ich störe. Ich hasse es, andere zu belästigen. Sie werden mich noch sehr verachten.«

»Aber nein, bestimmt nicht. Was kann ich für Sie tun?«

Olga kam herein. Sie war eine junge Frau, deren Jugendfrische von mehreren Farbschichten überdeckt war, deren Trenchcoat unmittelbar über den Knien endete und die sich eine Baskenmütze eng über das glatte blonde Haar gezogen hatte. Sie hatte ihr Gesicht zu einer tragischen Maske geschminkt, vielleicht in der Annahme, ihre Kunden würden von Melancholie mehr angezogen als von Munterkeit.

»Sie sind ein guter Freund, Mr. Hughes«, sagte sie traurig. »In Ungarn gab es einen netten Mann wie Sie, aber man hat ihn aufgehängt. Ach ja, das Leben«, sagte Olga.

»Möchten Sie eine Tasse Kaffee?«

»Es hat keinen Sinn, gut zu sein«, sagte Olga, setzte sich und schlug ihre hübschen Beine übereinander. »Man sagt, die Guten sterben jung.«

»Aber ich bin schon sehr alt«, schmunzelte er. »Sie sehen also, Olga, daß ich wahrscheinlich nicht so gut bin, wie Sie glauben. Sagten Sie ja – zu der Tasse Kaffee?«

»Ja zu der Tasse Kaffee«, sagte Olga kummervoll.

Er ging zu dem kleinen elektrischen Herd in der Zimmerecke und schaltete ihn ein. Dann holte er einen verbeulten Topf aus dem Schrank und maß sorgfältig den Kaffee ab, wobei er jeden Löffel laut zählte. Seine Konzentration war die eines Wissenschaftlers bei der Arbeit, daher merkte er auch nicht, daß Olga aufgestanden und hinter ihn getreten war. Ihr Gesicht wirkte tragischer als je zuvor, während sie den kleinen festen Gegenstand aus ihrer abgegriffenen Handtasche holte und ihn hoch über ihren Kopf hob. In einem geschickten Bogen und mit genau berechneter Heftigkeit schlug sie zu; der Schlag traf den alten Mann zwischen Schädel und Hals. Er hinterließ nicht eine einzige Schramme. Mit einem leisen Murmeln, das fast so klang, als wäre er eingeschlummert, sackte er ihr in die Arme.

Er war zu schwer für sie. Sie ließ den Bewußtlosen zu Boden gleiten und schleifte ihn über das abgetretene Linoleum zur Toilettentür. In der ganzen Nachbarschaft war sie die erste, die erfahren sollte, ob sich unter dem Bart des alten Mannes tatsächlich Hemd und Krawatte befanden. Er trug beides. Sie zog ihm beides aus. Dann entledigte sie ihn der Hose, der Schuhe, der Strümpfe und der Unterwäsche, und das alles mit professioneller Gleichgültigkeit.

Mit dem Nackten war es für sie leichter. Sie zerrte ihn in das Badezimmer, lehnte ihn gegen die Kommode und ließ heißes Wasser in die Wanne laufen. Nicht zu heiß; sie probierte es sorgfältig. Es mußte Badetemperatur haben.

Als die Wanne voll war, begann der schwierigste Teil ihres Vorhabens: ihn hineinzulegen. Zuerst ließ sie ihn mit dem Kopf voran hinein, aber das schien nicht die von ihr gewünschte Wirkung zu haben. Sie probierte es noch einmal, und es gelang; glücklicherweise war der alte Mann so klein und hager, daß sie es schaffte. Nachdem sein Bart im Wasser in sich zusammengefallen war, wirkte er betrüblich reizlos.

Sie beobachtete, wie der Kopf unter die Wasseroberfläche tauchte und dann wieder, dank dem vielen Haar, wie eine Boje nach oben kam. Mit einem ärgerlichen Laut legte sie ihre Hand auf den Schädel und drückte den Kopf unter Wasser.

Das tat sie, bis keine Luftblasen mehr aufstiegen. Als sie die Wohnung verließ, miaute Wellington kläglich. Die Zehn-Shilling-Katze hatte Hunger.

I

Die Brücke öffnet sich

Es war das schlimmste Gewitter, das je auf Washington, D.C., heruntergeprasselt war. Die himmlischen Kesselpauken dröhnten vor den Fenstern des Hotel Sylvan, erschütterten den Fußboden von Zimmer 419 und pflanzten sich durch jene Bettpfosten, Federn und Matratzen hindurch fort, auf denen Latham Drew in unruhigem Schlaf lag. Latham stöhnte, zerrte an der Decke und ließ das Gewitter über sich ergehen.

Schließlich schlug er die Augen auf, blinzelte überrascht in den grausamen Sonnenschein, der durch die Fenster drang, und staunte über dieses meteorologische Wunder. Dann hatte er begriffen; Zentrum des Unwetters war die Tür seines Zimmers, und der Donner kam von den Knöcheln eines Hotelboys, der an die Tür klopfte. Sein Kopf war schwer wie der Helm eines Tiefseetauchers; er hob ihn dennoch vom Kopfkissen und schwang die Beine aus dem Bett. Irgendwie schaffte er den Weg bis zur Tür.

»Tut mir leid, Mr. Drew«, sagte Curly grinsend, aber anscheinend tat es ihm überhaupt nicht leid. Curly war ein junger Bursche in einer hübschen Uniform, unter der Pagenmütze ringelten sich Locken hervor. »Ich weiß, daß Sie mir aufgetragen haben, Sie nicht zu wecken, aber der Mann von der Vermittlung wurde langsam verrückt. Haben Sie denn das Telefon nicht gehört?«

»Das Telefon steht im Kleiderschrank«, sagte Latham mit kehliger Stimme. »Ich habe es hineingestellt.«

»Mr. Conroy von der Anmeldung meinte, ich sollte Sie lieber wecken, ich meine, anscheinend ist es etwas Wichtiges. Sie sind mir doch nicht böse, Mr. Drew?«

»Gib mir meine fünf Dollar wieder.«

»Was?«

»Los – hast du nicht gehört«, sagte Latham mürrisch. »Ich habe dir fünf Dollar gegeben, damit du mich schlafen läßt, und jetzt das!«

Curly murmelte etwas und griff in seine Tasche. Latham nahm den Schein und schob ihn dort hinein, wo seiner Ansicht nach die Tasche des Schlafanzugs sein mußte; der Geldschein fiel zu Boden. Dann schloß er die Augen und ging wieder zu Bett. Curly folgte ihm und blieb nur einen Augenblick stehen, um den Geldschein aufzuheben und in die Hosentasche zu stecken.

»Mr. Drew«, sagte er besorgt zu dem Kissen, das über Lathams Kopf lag. »Der Anruf kam aus dem Weißen Haus. Das ist kein Witz – tatsächlich aus dem *Weißen Haus*!«

»Meinetwegen kannst du verrecken«, knurrte Latham.

»Ich weiß, daß Sie jetzt böse sind, Mr. Drew,

aber vielleicht sollten Sie sich doch lieber melden. Angerufen hat Operator Seven. Sie sollen sofort zurückrufen.«

Einen Augenblick später wurde ein Auge sichtbar. Dann eine leicht schiefe Nase. Der Winkel eines breiten, verdrossenen Mundes. Eine schwarze Stirnlocke, die napoleonisch über einer geschwungenen Augenbraue hing. Zwölf Stunden vorher hatte ein Mädchen in einem Fransenrock diese Ansammlung von Gesichtszügen noch als ›hübsch‹ bezeichnet.

»Das Weiße Haus?« fragte Latham.

»Ja.«

»Operator Seven?«

»Stimmt.«

»Dringend?«

»Ganz dringend.«

»Ich will dir was sagen«, meinte Latham. »Ruf die AP an. Wenn der Präsident und sein Kabinett ermordet worden sind, wenn das Capitol bombardiert worden ist und die Russen am Stadtrand stehen, kannst du mich wecken.« Damit zog er die Decke über den Kopf.

Als Curly jedoch verschwunden war, ließ Latham sich verbinden. ›Operator Seven‹ war der Deckname von Shortlake, und als er Shortlakes lässige Stimme im Telefon hörte, ließ Latham sämtliche Schimpfwörter vom Stapel, die sich in seinem Wortschatz fanden. Shortlake hörte geduldig zu und sprach dann einige beruhigende Worte, nach denen Latham zwar noch knurrte, aber doch zur Zusammenarbeit bereit war. Er legte den Hörer auf, stolperte ins Badezimmer und tauchte in den Strahl einer so kalten Dusche, daß er wie ein Gespenst heulte. Nach zwei Minuten wurde aus dem Heulen die ›Road to Mandalay‹, gesungen in einem wilden, gurgelnden Tenor.

So, wie er war – tropfnaß –, wog Latham Drew hundertsiebzig Pfund, ein beachtliches Gewicht für einen Mann, der fünfzehn Zentimeter kleiner als er gewesen wäre. Die Hagerkeit seines Körpers war für Lathams Vater, den verstorbenen Sergeanten Phineas Drew, die größte Enttäuschung seines Lebens gewesen, zumal er verblüfft beobachtet hatte, wie sein Sohn fünfundzwanzig Zentimeter über den oberen Rand seiner Polizeimütze hinauswuchs. Der Sergeant war selbst ein bulliger Typ, ein Pykniker mit mächtigem Brustkasten und abfallenden Schultern, während seine Frau Eileen ein irischer Spatz war. Bärbeißig hatte er Latham den Spitznamen Beanpole, Bohnenstange, gegeben und hoffnungsvoll darauf gewartet, daß sich auf dessen hageren Knochen Fleisch und Muskeln ansetzten. Das war jedoch nie geschehen. Böse Blicke zu Eileen. »Er ist seinem Großvater nachgeschlagen«, sagte sie sanft. »Du weißt, wie schlank Sean war.«

Bohnenstange oder nicht – Latham war mit einer Berufung auf die Welt gekommen. Als Eileen mit ihm nach Hause kam, steckte Phineas einen

Sheriffstern an seine Windeln. Mit fünf Jahren war Latham das Maskottchen der Polizeiwache. Mit zehn kannte er das *Policeman's Manual*, die Dienstanweisung für Polizisten, auswendig. Mit dreizehn versuchte er zum ersten Mal, jemanden zu verhaften: einen in der Nachbarschaft lebenden Raufbold. Der Raufbold wehrte sich; Latham büßte zwei Zähne ein. Danach kam er zu dem Schluß, daß Muskeln allein als Schutz nicht genügten. Er begann ein Studienprogramm, das ihn noch vor der Rekrutierung für den Rang eines Detective qualifizierte. Als jedoch der Tag der Einschreibung kam, brach er Phineas dadurch das Herz, daß er bei der gesundheitlichen Untersuchung für angehende Polizisten durchfiel.

Beim zweiten Mal und nach einem gräßlichen Jahr im Heimkursus für Muskelbildung, den Phineas Drew im Keller ihres Hauses durchführte, schaffte Latham es mit Mühe und Not. Phineas weinte, als er die überlange blaue Uniform in Lathams Kleiderschrank hängen sah. Er weinte aus anderen Gründen, als Latham zum ersten Mal den kürzeren zog: Nach komplizierter kriminalistischer Arbeit hatte Latham in der Nachbarschaft einen Einbrecherring dadurch geknackt, daß er irrtümlich den Schwiegersohn eines Gefängnisdirektors verhaftete. Die Polizei wurde von der Presse fix und fertig gemacht, so daß der Commissioner Latham persönlich zur Rede stellte.

Aber Lathams Studien und seine große Intelligenz machten sich zwei Jahre später bezahlt. Aus heiterem Himmel wurde er befördert und zur Kriminalpolizei versetzt. Diesmal führte er Verhaftungen durch, die auch vor Gericht standhielten. Ein Jahr später wurde er Detective, und sein U.F.61 stellte alle bisherigen Arbeiten in den Schatten. Er war erst vierundzwanzig, als er einen Lebenslänglichen verhaftete, einen Spion des Zweiten Weltkriegs namens Gellert, der nie den geringsten Verdacht erregt hatte, Kontakt zu den Russen zu haben. Latham hatte keine Ahnung, wie ergiebig die Quelle war, die er anbohrte, als er Gellert aufspürte; vielmehr suchte er nach der Schlüsselfigur eines Spielersyndikats. Lathams Kollegen bezeichneten es als glücklichen Zufall. Phineas bezeichnete es als hervorragende Leistung. Gellert bezeichnete es als ungerechtfertigte Vorwürfe. Das FBI bezeichnete Latham als einen der Seinen.

Lathams Karriere bei Mr. Hoover war spektakulär und kurz. Nach sechs Monaten enttäuschender Routine wurde er wegen seiner eines Bundesagenten unwürdigen Führung entlassen. Die Schande dieser Episode ließ etliche Haare auf Phineas Drews Kopf grau werden, und Latham verließ das Land heimlich an Bord eines Frachters, der nach dem Nahen Osten fuhr. Als er zwei Monate später zurückkehrte und die persönlichen Glückwünsche des Präsidenten erhielt, platzten die Knöpfe über dem stolz geschwellten Brustkasten von Phineas ab. Der alte Mann fragte nie nach Einzelheiten über Lathams Geheimauftrag, aber er wußte, daß sein Sohn etwas für sein Land geleistet hatte. Orden, Geld oder Beförderung gab es zwar nicht, aber Phineas war stolz. Als Latham seine Arbeit wiederaufnahm, geschah dies in einer Abteilung, die einem unauffälligen Gentleman namens Uncle Jack Shortlake direkt unterstand.

Shortlake war in Washington ein Fragezeichen. Er hatte keinen Titel, kein Büro, keine politischen Verbindungen, keine engen Freunde, keine Feinde und keine Haare. Die Washingtoner Presse, die eine Vorliebe für geheimnisvolle Storys aus dem Capitol hatte, gab diese Vorliebe wieder auf, nachdem sich für eine Story keine Hinweise ergaben. Bemerkenswert war, daß Shortlake drei Regierungen überlebt hatte – ungeachtet dessen, was er tat. Die Reporter waren es auch, die ihn ›Uncle‹ tauften. Tatsächlich sah er wie ein Onkel aus. Mit jedem, einschließlich der Präsidenten, redete er wie ein Onkel. Gewisse Leute bezeichneten ihn als ›Berater‹. Als Shortlake dies hörte, gab er eines seiner seltenen Gelächter von sich. Gewisse Leute meinten, er wäre ein Niemand, ein Eindringling, der zu einer Party gekommen und einfach nicht mehr weggegangen wäre. Allerdings war Shortlake ein Niemand, dessen Anrufe immer aus dem Weißen Haus kamen.

Latham traf sich mit Shortlake im Gang des Senatsgebäudes, und für ihre Unterhaltung benutzten sie das Büro von Senator Bollen. Bollen war auf einem Bankett.

»Schlechte Nacht gehabt?« fragte Shortlake und zündete sich eine Zigarre an.

»Eine ganz ausgezeichnete Nacht«, sagte Latham verdrossen. »Ich habe den Beginn meines zweiwöchigen Urlaubs gefeiert. Vielleicht erinnern Sie sich.«

»Dunkel«, knurrte Shortlake.

»Ich war mit einem Mädchen aus, dessen Rock unten mit Fransen besetzt war. Das Mädchen twistete hervorragend.«

»Was ist twisten?«

»Ich kam erst um vier Uhr morgens ins Bett. Hätten Sie noch drei Stunden gewartet, wäre ich mit einem Flugzeug nach Hawaii unterwegs gewesen; was hätten Sie dann wohl mit Ihrer Krise angefangen?«

Shortlake machte ein überraschtes Gesicht. »Wer hat denn was von einer Krise gesagt?«

»In diesem Fall hätten Sie einen anderen geholt, nicht wahr?« sagte Latham vernünftig. »Also – nehmen Sie an, daß ich bereits im Flugzeug sitze. Stellen Sie sich vor, daß ich schon in Oahu bin und in Ruhe frühstücke. Einverstanden? Auf Wiedersehen.«

»Setzen Sie sich«, sagte Shortlake.

Er reichte Latham eine Hochglanz-Photographie.

»Sehen Sie es sich genau an. Studieren Sie es.

Wenn es Ihnen so vertraut ist wie das Gesicht Ihres eigenen Vaters, zerreißen Sie das Bild.«

»Wer ist das?«

»Glauben Sie, daß er Ihnen jetzt so vertraut ist wie Ihr Alter Herr?«

»Alt ist er. Aber das ist auch die einzige Ähnlichkeit.«

Latham studierte die Photographie. Offensichtlich hatte irgendein hartnäckiger Regierungsphotograph hinter der Kamera gestanden, denn Licht und Linsen hatten jede Linie, jede Falte, jeden Krähenfuß, jede Schlaffheit und jede Unreinheit im Gesicht des Mannes festgehalten. Es war ein Porträt der Erosion, eine Anklage der Zeit. Die Nase spitz, der Mund flach über dem eingefallenen Zahnfleisch, die Augen waren ernst, intelligent, ihr Ausdruck ärgerlich angesichts der Aufgabe, auf einen Film gebannt zu werden.

»In Ordnung«, sagte Latham freundlich. »Wer ist dieser traurige alte Mann, Uncle?«

»Er heißt Benjamin Dancer. Er ist Wissenschaftler, Biochemiker. Vierundsiebzig Jahre alt, verheiratet, kinderlos. In den letzten elf Jahren war er im Dienst der Regierung. Ich könnte Ihnen noch eine ganze Menge über ihn erzählen, aber ich möchte, daß Sie zuerst das Problem kennenlernen.«

»Soviel ich weiß, sagten Sie vorhin, es gäbe kein Problem?«

»Ich habe gesagt, daß es keine Krise gebe. Jetzt

ist es noch ein Problem, später eine Krise – möglicherweise.«

»Also gut«, sagte Latham. »Welches Problem?«

»Der Mann ist spurlos verschwunden.«

Latham seufzte und legte das Bild auf den Schreibtisch von Senator Bollen neben einen Briefbeschwerer, den der Senator von seinen Wählern geschenkt bekommen hatte: einen schreienden Esel aus Eisen. »Ein alter Mann«, sagte Latham. »Vielleicht ist er irgendwo tot umgefallen. Daran haben Sie wahrscheinlich auch schon gedacht?«

»Das haben wir.«

»Sie sagten, er sei Biochemiker. Kein sehr geheimnisvoller Beruf. Oder hatte er mit biologischer Kriegführung zu tun?«

»Haben Sie schon gefrühstückt?« fragte Shortlake. »Sie sehen blaß aus.«

»Okay – also erzählen Sie, was Sie für richtig halten.«

»Schönen Dank«, sagte Shortlake. Er öffnete seine Aktentasche und holte einen Aktenordner heraus. »Das ist das Dossier. Sie können es in Ruhe während des Fluges lesen.«

»Nach Hawaii?«

»Nach London. Dort hat Dancer sich nämlich angeblich während der letzten drei Monate aufgehalten. Außerdem machte er Ferien, ein langes Wochenende. Ferner hatte er die Absicht, während der letzten Woche an einer Konferenz englischer Biophysiker teilzunehmen – tauchte dort jedoch nicht auf. Seinen Rückflug hatte er für den 14. Mai bei der BOAC gebucht, meldete sich dort jedoch auch nicht. Seitdem hat niemand etwas von ihm gehört.«

»Kann ich meine Frage wiederholen? Hatte er mit biologischer Kriegführung zu tun?«

Shortlake zog die Stirn kraus. »Drew, Sie können einem auf die Nerven fallen. Die militärischen Behörden dieses Landes verabscheuen die Idee der biologischen Kriegführung und lehnen sie ab, und jedes wissenschaftliche Experiment dient einzig und allein Maßnahmen der Verteidigung. Ende des Zitats.« Shortlake seufzte. »Ja, er hatte mit biologischer Kriegführung zu tun. Er war so etwas wie ein Fachmann auf dem Gebiet der kortikalen Steroide und verschiedener Hormone.«

»Hormone und bakteriologische Kriegführung? Das verstehe ich nicht.«

»In der biologischen Kriegführung gibt es eine ganze Reihe von Möglichkeiten. Lebende Wirkstoffe, die Krankheiten hervorrufen, wie Insekten, Bakterien und Viren. Dann chemische Hormone, die als ›Wachstumsregulatoren‹ bezeichnet werden. Und das war Dancers Spezialgebiet. Seine Arbeit war zwar nicht streng geheim, aber er ein wertvoller Mann und hatte sowohl hier als auch im Ausland einen guten Ruf.«

»Politisch interessiert?« fragte Latham diskret.

»Nicht, soweit wir wissen. Genaugenommen hätten wir uns mit dem Gedanken abgefunden,

Dancer sei in die Themse gefallen und ertrunken oder er habe irgendein anderes harmloses Ende gefunden, wäre es nicht ausgerechnet im Februar passiert.«

»Wieso Februar?«

»Im Februar begann bei Dancer eine ganze Folge sonderbarer Handlungen, die erst nach seinem Verschwinden ans Tageslicht gekommen sind. Einmal erhielt er plötzlich Briefe aus dem Ausland, die er, wenn er sie gelesen hatte, sofort verbrannte. Das hat seine Frau uns erzählt.«

»Was ist seine Frau für ein Mensch?«

Shortlake brachte den Sessel von Senator Bollen zum Quietschen. »Ja«, sagte er, »das gehört zu den interessantesten Dingen über Mr. Dancer. Letztes Jahr verlobte er sich mit einer Dame namens Lorelei Haffner, einer Witwe, die er auf irgendeinem diplomatischen Empfang kennengelernt hatte. Eine Witwe von vierunddreißig Jahren.«

»Also später Frühling?«

»Mehr Frühling, als Sie glauben. Übrigens werden Sie noch Gelegenheit haben, sie kennenzulernen, bevor Sie fliegen; vielleicht gelingt es Ihrem hinreißenden Charme, mehr aus ihr herauszuholen, als uns gelang. Irgendwelche Verdachtsmomente haben sich bei dieser Dame nicht ergeben, wenn man roten Nagellack und einen Lippenstift, Marke Shocking Pink, außer acht läßt. Als Dancer von seiner Reise nach London nicht zurückkehrte, haben wir sie, wie üblich, gründlich durchleuchtet;

aber es ergab sich nichts. Sie war hilfsbereit. Sie erzählte uns, daß Dancer im Februar irgendeine persönliche Veränderung durchmachte; die Briefe, die er aus Übersee erhielt, regten ihn so sehr auf, daß er nachts nicht schlafen konnte. Als sie ihn danach fragte, gab er keine Antwort. In der Heizung fanden wir dann noch einen Fetzen eines Briefes. Er war jedoch so stark verkohlt, daß wir nur ein Wort oder zwei entziffern konnten, die bedeutungslos waren. Anders die Sprache.«

»Die Sprache?«

»Es war Russisch«, sagte Uncle Shortlake.

Einen Nachmittag und einen Abend beschäftigte Latham sich mit den Unterlagen über Benjamin Dancer, und seine Empfindungen waren eine Mischung aus Enttäuschung und Bewunderung. Enttäuscht war er über die gründliche Art der Studie, über eine Reichhaltigkeit, die so wenig Platz für kriminalistische Kombinationen ließ. Alles war da, jede noch so unwichtige Angabe, jedes bißchen biographischer und physischer Information, bis hin zu der Angabe über das spatenförmige Muttermal auf Dancers linkem Arm. Alle Fragen waren beantwortet – bis auf drei: 1. Wo war Benjamin Dancer? 2. Worum ging es bei den Briefen aus Übersee? 3. Bestand ein Zusammenhang zwischen diesen beiden Fragen? Irgendein kluges Kind, wahrscheinlich Shortlake selbst, hatte sogar versucht, diese drei Fragen logisch auf einem beigefügten Blatt zu beantworten. Die dort aufgeführten Möglichkeiten waren folgende:

1. Dancer hatte irgendeinen physischen Anfall erlitten, der zu seinem Tode, zu Lähmungen, zu Gedächtnisverlust usw. geführt hatte. Negativ: die Berichte der Polizei und der Krankenhäuser in London und Umgebung, die nichts enthielten. Siehe Anlagen S. 14–19.
2. Dancer verschwand freiwillig. Mögliche Gründe:
   - A. Er ist zu den Sowjets übergelaufen. Negativ: irgendwelche politischen oder ideologischen Kontakte sind bisher nicht bekannt geworden. Positiv: die unerklärlichen Briefe aus dem Ausland. Siehe Beilagen S. 21–30.
   - B. Persönliche Probleme, d. h. Gesundheit, Geld. Negativ: nichts feststellbar. Siehe Anlagen S. 10–12.
   - C. Häusliche Probleme; Schwierigkeiten mit der Ehefrau. Negativ: Haben Sie sie gesehen?

Latham lachte vor sich hin und fand, das wäre eine gute Idee. Er rief Shortlake an, der mit Mrs. Lorelei Dancer bereits für den folgenden Vormittag, elf Uhr, einen Besuch verabredet hatte.

Die Dancers wohnten in einem Apartmenthaus, das sich einer großartigen Aussicht auf den Potomac rühmen konnte. Von der Aussicht sah Latham nichts – nicht einmal dann, als Lorelei Dancer ihren Besucher, wie üblich, zu den Fenstern führte. Eine Aussicht, bei der Lorelei eine Rolle spielte, mußte zwangsläufig darunter leiden. Es gibt Frauen, für die die eigene Üppigkeit eine Quelle der Verwirrung und unerwünschter Aufmerksamkeit ist. Häufig, wie bei Lorelei, versuchen sie, ihre eigene Weiblichkeit zu dämpfen, ihre Figur mit maßgeschneiderten Kleidern zu begradigen, die weichen Wellen aus ihrem Haar zu kämmen und ihr Make-up auf einige wenige Farbakzente zu begrenzen. Einige haben damit Erfolg; andere wiederum nicht. Einige, wie Lorelei, betonen dadurch nur, was sie eigentlich verbergen möchten. Als Latham sie aufsuchte, trug sie ein strenges graues Kostüm, dazu eine schlichte Bluse, und ihr Haar wurde von einem schwarzen Band zusammengehalten. Aber diese Tarnung war erfolglos, immer noch war sie mehr Weib als die meisten Frauen. Für den ägyptischen Mund oder die Augen, die selbst das träge Interesse eines Paschas erweckt hätten, gab es keine Maskierung.

»Tee?« sagte Ägypten. Latham riß seinen Blick von ihren Lippen los und nickte geistesabwesend. »Ja«, sagte er, und sein Nicken bedeutete »nein«. »Ich meine nein, vielen Dank. Wenn es ginge, hätte ich gern etwas Kaltes.«

Sie verschwand in der Küche und kehrte mit dunklem Bier zurück. Latham, der ihren Abgang und Auftritt genoß, war versucht, sie wieder in die Küche zu schicken, um Brezeln zu holen. Mit einiger Mühe erinnerte er sich dann jedoch seines Auftrags.

»Ich weiß nicht, was ich Ihnen noch erzählen kann«, sagte Lorelei. »Benjamin hat so etwas noch nie getan. Natürlich ist dies das erste Mal, daß wir uns seit unserer Hochzeit trennten, aber da er so schwer gearbeitet hatte, glaubte ich, daß er sich diese Reise verdient hätte.«

»Warum haben Sie ihn nicht begleitet?«

»Das war Benjamins Idee. Er meinte, ich würde mich bei den vielen Tagungen und Vorträgen, die er besuchen wollte, doch nur langweilen. Gesellschaftlich wäre nicht viel los, es sei denn, ich zählte einige äußerst langweilige Partys dazu, die er besuchen würde. Ich weiß, was er damit meinte; in dieser Wohnung habe ich selbst schon einige veranstaltet. Wissenschaftler sind natürlich wunderbare Menschen. Aber für Partys sind sie nicht der richtige Typ – finden Sie nicht auch?«

»Ich kenne nicht viele Wissenschaftler.«

»Sind Sie vom FBI, Mr. Drew?«

»Eigentlich nicht.«

»Vom Secret Service?«

»Wenn es Ihnen nichts ausmacht, Mrs. Dancer ...«

»Natürlich nicht. Wissen Sie, Gedanken habe

ich mir darüber gemacht, weil ich mir einbilde, Menschen beurteilen zu können. Ich habe mich nämlich früher mit Psychologie beschäftigt. Es gibt einen bestimmten Männertyp . . .«

»Früher war ich Polizist«, sagte Latham. »Zuerst gewöhnlicher Polizist, später Detective. Das ist zwar auch schon eine ganze Weile her, aber vielleicht merkt man es doch noch.«

»Nein«, sagte Lorelei nachdenklich. »Man merkt es nicht. Das ist gerade das merkwürdige bei Ihnen. Nehmen Sie beispielsweise Benjamin. Er sieht tatsächlich so aus, wie er ist, wenn Sie wissen, was ich damit meine. Mein Vater war genauso: Er war College-Professor und sah auch so aus. Natürlich weiß ich, daß an der Geschichte mit der Physiognomie nichts dran ist; sie ist längst in Verruf gekommen. Manchmal sehen Mörder, die einen Menschen mit einer Axt erschlagen haben, wie Börsenmakler aus, nicht? Trotzdem ist irgend etwas daran . . .«

»Mrs. Dancer«, sagte Latham scharf, weil er am Paradies plötzlich einen Makel entdeckt hatte: die Lady redete zuviel. »Wenn Sie nichts dagegen haben, möchte ich Ihnen gern ein paar Fragen stellen.«

»Aber bitte sehr.«

»Die Einzelheiten will ich nicht noch einmal durchgehen; ich kenne sie aus den Berichten. Aber seit das FBI mit Ihnen gesprochen hat, ist einige Zeit verstrichen, und deswegen wüßte ich gern, ob

Ihnen etwas Neues eingefallen ist, besonders hinsichtlich der Briefe aus dem Ausland.«

»Nein, mir ist nichts eingefallen. Wir haben Benjamins Papiere gründlich durchsucht, was nicht ganz einfach ist, wie Sie mir glauben können, weil er nie etwas wegwirft . . .«

»Ich weiß«, sagte Latham schnell. »Das ist erledigt. Meine folgende Frage ist etwas schwieriger, und vielleicht paßt sie Ihnen nicht, aber . . .«

»Ja?«

Latham räusperte sich.

»Mrs. Dancer, warum haben Sie einen so alten Mann geheiratet?«

Lorelei überraschte ihn dadurch, daß sie lachte. »Verzeihung«, sagte sie dann. »Das ist nun wirklich keine originelle Frage; ich habe sie schon hundertmal gehört.« Sie schlug ihre Beine übereinander und zog den Rock herunter. »Benjamin habe ich geheiratet, weil ich eine Vater-Fixierung habe. Er war das ideale Vaterbild und für mich das richtige.« Anscheinend wartete sie auf Beifall.

»Soll das wirklich eine Antwort sein?«

»Es ist die Wahrheit. Mein Analytiker wußte, was ich tat, und ich auch. Für mich wäre es albern zu behaupten, es wären andere Gründe gewesen, weil das nicht stimmt. Sie wissen, daß ich schon einmal verheiratet war?«

»Ja.«

»Mein erster Mann war ein großer Junge, zweiundzwanzig Jahre alt und auf dem Weg, Major in der Air Force zu werden. Vor neun Jahren stürzte er mit einem Versuchsflugzeug über Langley Field ab. Es war keine gute Ehe, wir waren beide noch zu jung.«

»Und war dies eine gute Ehe? Ihre Ehe mit Mr. Dancer?«

Lorelei zögerte.

»Nein«, sagte sie. »Wahrscheinlich nicht. Ich fürchte, ich war für Benjamin eine Art Enttäuschung.«

»Und wie war es umgekehrt?«

»Wahrscheinlich ein bißchen genauso.«

»Glauben Sie, daß sein Verschwinden irgend etwas damit zu tun hatte? Gab es Auseinandersetzungen, unterschiedliche Ansichten, Trennungen?«

»Nein, nicht dieser Art.«

»Mrs. Dancer, die nächste Frage möchte ich Ihnen ganz offen stellen.« Dann tat er es. Lorelei sah schockiert drein. »Bitte«, sagte Latham. »Stellen Sie sich vor, ich sei Ihr Hausarzt.«

»Gut, wenn Sie meinen«, sagte die Frau. »Die Antwort lautet: nein, fast nie.« Sie blickte ihn verstört an. »Glauben Sie denn, daß dies der Grund war? Daß Benjamin mich nur *deswegen* verlassen hätte?«

»*Deswegen* tun die Menschen die merkwürdigsten Dinge«, sagte Latham.

»Ach«, sagte Lorelei.

Latham stand auf. »Wenn Sie mir sonst nichts

Neues erzählen können, möchte ich Ihre Zeit nicht unnötig in Anspruch nehmen. Ich habe die Absicht, übermorgen nach London zu fliegen; falls Ihnen noch irgend etwas einfallen sollte, können Sie mich im Hotel Sylvan erreichen. Vergessen Sie nicht, daß es alles mögliche sein kann, irgendein Gespräch, irgend etwas.«

»Ich werde es nicht vergessen.«

Lorelei brachte ihn zur Tür. Auf dem Weg dorthin lachte sie und legte ihre Hand auf seinen Arm. »Übrigens«, sagte sie, »übrigens gehe ich nicht mehr zu diesem Analytiker. Glauben Sie, daß es falsch war?«

»Das schlägt nicht ganz in mein Fach«, sagte Latham.

»Ich wollte es Ihnen auch nur mitteilen.«

Sie schlug die Augen nieder, und diese Geste ähnelte unmißverständlich einem Fenster, bei dem die Jalousien hinuntergelassen werden. Latham mußte schlucken und schloß die Tür hinter sich.

Vor Uncle Shortlake hatte Latham nur wenige Geheimnisse; er hatte festgestellt, daß es so klüger war. Bei ihrem letzten Zusammentreffen hatte er jedoch die Sünde begangen, etwas zu verschweigen. Über das Mädchen mit dem fransenbesetzten Rock, über das twistselige Geschöpf, das ihm beim Trinken Gesellschaft geleistet und die Geburt seines Katers miterlebt hatte, hatte er sich nicht ganz klar ausgedrückt, denn sicherlich hätte Shortlake dann auch wissen wollen, daß sie Nathalia Druschenkow hieß und ihre Pflichten als Sekretärin an der russischen Botschaft erfüllte.

Nathalia war eine reine Freude. Sie machte kein Geheimnis aus ihrer Verbrüderung mit den Feinden aus dem Kalten Kriege, und irgendwie hatte sie erreicht, daß auch ihre Arbeitgeber nichts daran auszusetzen hatten. Latham war der Ansicht, daß es in ihrer engsten Familie irgendein hohes Mitglied des Kominform geben mußte. Nicht, daß sie etwa nicht loyal gewesen wäre: Nathalia besaß einen scharfen Verstand und eine noch spitzere Zunge, um die kapitalistischen Argumente zu zerfetzen, die sie von allen Seiten zu hören bekam. Sie war eine überzeugte Marxistin, besaß jedoch etwas, dessen sich nur wenige Marxisten aus Lathams Bekanntenkreis rühmen konnten: Sinn für Humor. Sie war auch nicht das hübscheste Mädchen aus Lathams Repertoire; ihre Nase war genauso spitz wie ihre Zunge, und störrisch weigerte sie sich, ihre schmale Figur mit imperialistisch-kapitalistischen Hilfsmitteln abzurunden. Aber sie hatte auch Vorzüge. So gelang es ihr immer wieder, Latham zum Lachen zu bringen. Ferner hatte er es sich zum Ziel gesetzt, sie auf ungezwungene Weise zu bekehren, und obgleich nichts auf ihre Kapitulation hindeutete, genoß Latham diese Auseinandersetzung. Am meisten liebte er jedoch die leichte und unschuldige Art, mit der Nathalia alles genoß, was man sich an der Botschaft erzählte.

Nathalia wußte es zwar nicht, aber dennoch war sie Lathams Spitzel.

Zum Mittagessen traf er sich mit ihr im Merry-Go-Round, und diesmal befand sich an dem GUM, Größe 9, das sie trug, nicht eine einzige Franse. Tagsüber zog Nathalia sich wie eine Traktorfahrerin bei einem Kommune-Picknick an.

»Pink Lady?« sagte er zu ihr.

»Wie bitte?«

»Das war nichts Persönliches. Haben Sie vergessen, daß der Drink so hieß? Montag abend haben Sie vier davon getrunken. Oder haben Sie inzwischen ein Gelübde abgelegt?«

»Welches Gelübde?« sagte Nathalia mißtrauisch.

»Lassen wir das«, sagte Latham. »Wissen Sie, was ich gestern vormittag erlebt habe? Ich wachte mit einem Kopf auf, der so groß wie eine Wassermelone war. Haben Sie gestern etwa *gearbeitet*?«

»Natürlich.« Voller Verachtung für die dekadenten Gerichte überflog sie die Speisekarte. Dann bestellte sie Scampi, ein Beefsteak saignant, Pommes frites und Aubergines au gratin. »Sie hätten auf mich hören sollen«, sagte sie. »Trinken Sie Wodka, und Sie haben keinen Kater.«

»Was ist eigentlich mit Ihnen los, Natjuscha? Sie sind heute nicht gerade umgänglich. Erzählen Sie nur nicht, daß Sie gestern abend wieder getwistet haben.«

»Gestern abend bin ich mit einem guten Buch zu Hause geblieben.«

»Jetzt ist mir klar, daß Sie krank sind.«

Mürrisch starrte sie auf das Tischtuch und spielte mit dem Besteck. Schließlich hämmerte sie mit einem Löffel gegen eine Gabel. »Dieser Andrejowitsch! Ich könnte ihm in sein Glasauge spucken. Langsam wird er zu einem kapitalistischen Simon Legree, einem richtigen Zeitstecher.«

»Zu was?«

»Zu einem Uhrstecher.«

»Sie meinen, zu einer Stechuhr?«

»Ja. Manchmal möchte ich den ganzen Laden einfach hinschmeißen.«

Latham räusperte sich. »Eine interessante Bemerkung. Demnach beklagt Genosse Andrejowitsch sich also über Ihr Benehmen. Was ist mit der vielgerühmten Solidarität?«

»Quatsch«, sagte Nathalia. »Sobald irgend etwas schiefgeht, tut jeder so, als hätte ich allein schuld daran. Nathalia hier, Nathalia dort. Heute geht es wie in einem Irrenhaus zu!«

»Haben Ihre Freunde denn Sorgen? Ist etwa eine Mondrakete explodiert oder etwas Ähnliches?«

»So, wie die sich aufführen, könnte man fast glauben, daß der ganze Kreml in die Luft geflogen ist! Und das alles wegen einer einzigen kleinen . . .« Sie biß sich auf die Lippen, um nichts zu verraten. Nathalias Gefühle besaßen eine umfassende Farbskala, und so versteckte sie ihre errötenden Wangen hinter der Speisekarte. In einem

Augenblick wie diesem drängte Latham sie zwar nur selten, aber diesmal hatte er das Gefühl, es tun zu müssen.

»Wegen welcher Kleinigkeit denn? Was ist passiert?«

»Das geht Sie überhaupt nichts an, merken Sie sich das. Ach, ich hasse diese Stadt, sie macht mir Übelkeit. Ich wünschte, ich wäre wieder in Paris.«

»Das kann ich mir vorstellen; Sie erzählten mir einmal, Sie hätten an der Botschaft in Paris gearbeitet. Das muß sicher angenehm gewesen sein.«

»Es war wunderschön«, sagte Nathalia verträumt. »Dekadent, aber wunderschön. Vergangenes Jahr um diese Zeit trafen wir gerade die Vorbereitungen für den Juniball von Madame de Sala. Ich ging in die Rue de Rivoli, suchte mir ein Kleid aus, etwas ...« Ihre Hände strichen über ihre Schultern. »Wissen Sie, ganz duftig und voller funkelnder Steine ...«

»Demnach sind Sie also vergangenes Jahr hingegangen?«

»Es war ein wunderschöner Ball. Sie ist zwar eine dumme bourgeoise Frau, diese Madame, aber ihre Einladungen sind großartig.«

»Da wir gerade von Einladungen sprechen«, sagte Latham.

»Halten Sie den Mund«, sagte Nathalia und lächelte hinter der Speisekarte. »Oder ich wasche Ihnen das Gehirn mit Seife.«

»In diesem Lande wäscht man sich den Mund.«

»Barbaren«, sagte Nathalia. Klatschend fiel die Speisekarte auf den Tisch. »Essen wir, Genosse. Ich bin am Verhungern.«

»Bitte, nennen Sie mich nicht so«, sagte Latham und gab dem Kellner ein Zeichen.

Vor dem Tag seiner Abreise traf er noch einmal mit Shortlake zusammen. Diesmal hatte Uncle Jack das Büro von Senator Shevelove, der in seinem Wahlkreis mit dem Bearbeiten seiner Wähler beschäftigt war, mit Beschlag belegt. Wieder wunderte Latham sich über die Art und Weise, wie Shortlake sich in den Büros der Senatoren bewegte und sich dort wie zu Hause fühlte; sein Vielzweckgesäß schien in jeden Drehsessel zu passen, der sich im Senatsgebäude fand.

Diesmal klappte er seine vollgestopfte Aktentasche nicht auf. Er lehnte sich lediglich zurück und wartete auf Lathams Bericht.

»Nicht viel«, sagte Latham. »Wie Sie wissen, habe ich Mrs. Dancer besucht, und mit Ausnahme eines kleinen Kinsey-Reports habe ich nicht viel Neues erfahren.«

»Was kam bei Kinsey heraus?«

»Was zu erwarten war. Sie und ihr Mann führten nicht gerade das, was man ein leidenschaftliches Liebesleben nennen kann, aber das ist auch nicht gerade überraschend.«

»Hat sie nur erzählt oder hat sie sich beklagt?«

»Meiner Ansicht nach hat sie nur erzählt. Ich

bezweifle, daß Dancers Verschwinden irgend etwas mit seiner Männlichkeit beziehungsweise dem Mangel an Männlichkeit zu tun hat. Meiner Ansicht nach liegt die Lösung bei den Briefen.«

»Irgend etwas Neues ist ihr nicht eingefallen?«

»Nein, unglücklicherweise nicht. Jedenfalls habe ich noch etwas anderes getan. Ich dachte mir, daß es vielleicht ganz nützlich sein könnte, einen Kontakt zu überprüfen, den ich zu der russischen Botschaft habe.«

»Ach? Davon haben Sie mir nie etwas erzählt.«

»Mein Gott«, sagte Latham unwillig, »dazu sah ich bisher auch keine Veranlassung. Immerhin handelt es sich um einen ausgesprochen privaten Kontakt, und den möchte ich mir vorbehalten.«

Mit einer knappen Bewegung griff Shortlake nach Bleistift und Zettel auf dem Schreibtisch des Senators.

»Also«, sagte er. »Der Name des Betreffenden und sein Aufgabenbereich?«

»Ich sagte eben, daß es sich um einen persönlichen Kontakt handele, Uncle; mehr kann ich Ihnen leider nicht verraten.«

»Mein Junge«, sagte Shortlake, »das Vorrecht, persönliche Geheimnisse zu haben, haben Sie vor langer Zeit verloren. Wenn Sie uns einen Informanten liefern können, der mitten im Lager der Russen sitzt, sind Sie verpflichtet, es sofort zu tun. Das können Sie als Befehl ansehen.«

»Und meine Antwort können Sie als Weigerung ansehen«, sagte Latham, dessen Hemdkragen feucht wurde. Als Shortlake sich nicht rührte, sagte er: »Hören Sie zu, Uncle. Sie müssen mich verstehen. Ich bin Polizist, mein Vater war Polizist, und der Vater meines Vaters war ebenfalls Polizist; hinsichtlich unserer Informanten haben wir einen eigenen Kodex, und Regel Nummer eins ist dabei Geheimhaltung. Informanten haben für uns keinen Zweck, wenn sie nicht auf jede Weise geschützt werden.«

»Es ist ein Befehl, Drew. Halten Sie mich bitte nicht zum Narren.«

»Sie gehört nicht zu den Leuten, die uns irgendeinen Tip geben, wie Sie vielleicht glauben. Sie weiß nicht einmal, wenn sie mir hilft . . .«

»Sie?« Shortlake grinste. »Aha – also so etwas wie eine Mata Hari! Ich hätte mir denken können, daß so etwas Sie reizt.«

»Mata Hari ist Quatsch. Sie ist nur ein kluges Kind, das irgendein Gerede nicht von Staatsgeheimnissen unterscheiden kann. Und ich werde alles tun, daß sie so bleibt: reizend und unwissend.«

»Das wollen Sie wirklich tun?« Shortlake betrachtete einen Augenblick Lathams Gesichtsausdruck und legte dann den Bleistift hin. »Also gut. Solange Sie Resultate erzielen, wollen wir es dabei belassen. Haben Sie irgendwelche Resultate?«

»Nicht sehr viel. Ich wollte das Gespräch auf Überläufer und so bringen, aber es klappte nicht ganz. Ich erfuhr lediglich, daß die Genossen seit gestern irgend etwas auf die Palme bringt, irgendeine Sache, die sie für wichtig halten. Vielleicht wissen Sie, worum es geht?«

Shortlake zog die Stirn kraus. »Ich wüßte nicht, was es sein könnte. Im Augenblick klappen unsere Kontakte zu den Russen nicht so ganz. Keine Ahnung, was die Botschaft aufregen könnte.«

»Jedenfalls ist man ziemlich aufgeregt.«

»Und mehr konnten Sie nicht herausbekommen?«

»Ich weiß, es ist nicht viel . . .«

»Sehr viel ist es allerdings nicht.« Shortlake griff zu seiner Aktentasche. »Also gut, vielleicht haben Sie an Ort und Stelle mehr Erfolg. Hier sind Ihr Paß, Ihr Flugticket sowie Namen und Adresse von einigen Leuten, die Sie aufsuchen sollten. Es sind Biochemiker und Bekannte von Dancer, also Leute, die ihn in London vielleicht gesehen haben. Die meisten haben bereits erklärt, nichts über Dancers Verbleib zu wissen, aber sehen Sie zu, was Sie herausbekommen können. Ich hoffe zuversichtlich, daß Sie Erfolg haben; ich hoffe sehr, daß Sie die Leiche von Dancer in irgendeiner dunklen Allee finden.«

»Das ist ein verdammt frommer Wunsch.«

Shortlake starrte ihn eine Weile mit seinen trüben grauen Augen an. »Eines möchte ich eindeutig klarstellen, Drew. Falls Sie mich beim letzten Mal nicht verstanden haben sollten: Benjamin

Dancer ist ein sehr angesehener Wissenschaftler. Möglicherweise ist er in Moskau noch angesehener – nicht nur wegen der Dinge, die er mit einem Reagenzglas anstellen kann, sondern wegen der Dinge, die er möglicherweise ausspricht.«

»Sie glauben, man könnte ihn für Propagandazwecke verwenden?«

»Ich habe keine Ahnung, was die Russen vorhaben; ich habe mich schon zu oft geirrt. Aber eines weiß ich. Wenn er tatsächlich übergelaufen ist, besteht die Möglichkeit, daß Sie etwas ganz Spezielles tun müssen.«

»Und das wäre?«

»Es ist kein offizieller Befehl. Genaugenommen würde es sich nur um einen unglücklichen Zufall handeln, wenn Dancer irgend etwas zustoßen sollte. Verstehen Sie?«

»Augenblick mal! Meinen Sie damit etwa ...«

»Ich meine den möglichen Schaden, den ein Überläufer wie Dancer den Vereinigten Staaten von Amerika zufügen könnte. Wenn das, was wir annehmen, zutrifft, wäre es uns lieb, wenn er entweder uns im guten Zustand zurückgebracht wird oder dort in nutzlosem Zustand zurückgelassen wird. Sollten Sie letzteres veranlassen, so handeln Sie natürlich als Privatmann. Ein derart tadelnswertes Verhalten könnten wir niemals billigen, Drew – das wissen Sie selbst.«

»Sie wollen also, daß ich ihn umbringe?« fragte Latham unverblümt.

»Nehmen Sie endlich Ihren Flugschein und das andere Zeug«, sagte Shortlake. »Ihre Maschine startet morgen vormittag um neun Uhr dreißig. Wäre ich an Ihrer Stelle, würde ich heute abend nicht mehr twisten.«

»Ich möchte eine offene Antwort haben, Uncle. Wenn Dancer tatsächlich übergelaufen ist – soll ich ihn dann umlegen?«

»Nein«, sagte Shortlake. »Niemand erwartet von Ihnen, daß Sie etwas so Gräßliches tun.«

Latham wußte jedoch, was Shortlake meinte.

Um 8.45 Uhr war er am Washington Airport, zeigte seinen Flugschein vor und gratulierte sich selbst zu seiner Pünktlichkeit, als die Fluggesellschaft bekanntgab, daß der Abflug sich um 30 bis 40 Minuten verzögere. Zuerst knurrte er und rammte die Zigarettenstummel wütend in den Sand des Aschenbechers, der im Warteraum stand. Glücklich über die Verzögerung war er jedoch, als er über den Lautsprecher des Flughafens seinen Namen hörte.

»Mr. Latham Drew. Mr. Latham Drew. Bitte kommen Sie zum Schalter der Pan American Airlines.«

Es hätte alles mögliche sein können: eine Anweisung, die Shortlake in letzter Minute gegeben hatte, die Aufhebung seines Auftrags oder eine Verschiebung. Aber all das war es nicht. Vielmehr handelte es sich um eine phantastische Frau in einem knapp sitzenden goldenen Kleid, die gar nicht erst versuchte, die Üppigkeit ihrer Formen zu verbergen. Er hatte keine Ahnung, warum Lorelei Dancer die Maske plötzlich fallenlassen hatte; er genoß es nur. Und dasselbe taten die Menschen, die den Flughafen bevölkerten; im Umkreis von mehreren Metern hielt Lorelei Dancer den gesamten Verkehr auf.

»Das ist allerdings eine Überraschung«, sagte er entgeistert. »Woher wußten Sie, daß ich hier bin?«

»Ich habe Mr. Shortlake angerufen. Haben Sie vor dem Abflug noch ein paar Minuten Zeit?«

»Im Augenblick rund fünfzehn. Was ist passiert?«

»Passiert ist eigentlich gar nichts, aber ... Können wir uns irgendwo in Ruhe unterhalten?«

Latham sah sich in der bevölkerten Abfertigungshalle um; die meiste Ruhe versprach eine Bank, die von einem kleinen ruppigen Jungen besetzt war. Er steuerte sie in Richtung dieser Bank und forderte den Jungen höflich auf, Platz zu machen. Die Antwort war ein Gesichtsausdruck, der in der Bronx berühmter als in Washington, D.C., ist. Dann fand er in seiner Tasche eine Münze und kaufte damit Ungestörtheit.

»Wahrscheinlich ist es nichts Wichtiges«, sagte Lorelei, öffnete ihre Handtasche und suchte darin herum. »Eigentlich müssen die Leute vom FBI es unter Benjamins Papieren gesehen und sich gedacht haben, daß es nicht wichtig ist. Aber als ich es heute morgen wiedersah, fiel mir plötzlich ein, woher es stammte.«

»Woher?« sagte Latham und starrte in die dunkle Tiefe ihrer Handtasche, während ihr Suchen ihn langsam nervös machte. Über den Lautsprecher forderte die Fluggesellschaft ihre Passagiere zum Einsteigen auf.

»Es lag in einem der Briefe, die Benjamin erhielt; ich sah, wie er es herausnahm. Wahrscheinlich vergaß er, es mit dem Rest des Inhalts zu verbrennen. Hier ist es!« Triumph.

Es war ein dünner hellblauer Papierbogen, vierfach gefaltet. Nach der Art und Weise, wie er zerknittert war, nahm Latham an, daß er schon sehr oft in die Hand genommen worden war. Geschrieben oder gedruckt war auf dem Bogen nichts; er enthielt lediglich eine Zeichnung.

»Löwen«, sagte er und zog eine Augenbraue hoch.

»Ja. Es sieht wie eine Zirkusnummer aus, finden Sie nicht? Vier Löwen, die aufeinander stehen und eine Art Brücke bilden. Ich weiß, daß es albern ist, aber Sie sagten ausdrücklich, daß jede Kleinigkeit wichtig sein könnte.«

»Sie hatten völlig recht, mir dieses Papier zu bringen, auch wenn es nichts zu bedeuten braucht. Aber jetzt«, sagte Latham und stand auf, als die Passagiere zum letzten Mal aufgerufen wurden, »gehe ich wohl lieber zu meinem Flugzeug. Ich danke Ihnen wirklich, daß Sie es mir gebracht haben. Vielleicht ist es eine Hilfe.«

»Ich dachte mir, daß irgend jemand Sie doch zum Flugzeug bringen müßte«, sagte Lorelei leichthin, mit einem Lächeln. Sie lehnte sich gegen ihn. Latham schluckte und wich ihrer Bewegung aus. Dann rannte er zu seinem Flugzeug, den kleinen Handkoffer in der einen Hand, die Löwenbrücke in der anderen.

2

Der Schachspieler

Am Embankment an der Themse stehend, beobachtete Latham Drew die träge Bewegung des grauen Wassers, und träumerisch kreisten seine Gedanken um die Leiche Benjamin Dancers. In seiner Phantasie sah er sie treiben, langsam zum Ufer treiben, das zerfurchte alte Gesicht friedlich im Tode und der Körper gnädigerweise vom Wasser noch nicht aufgetrieben. Er sah die trippelnde Erregung am Ufer des Flusses, hörte, wie die Insassen der Boote aufgeregt riefen, sah die ruhige Art und Weise, wie die Bobbies sich näherten, und hörte dann das ernste Urteil des Polizeiarztes: »Natürliche Todesursache, der arme Kerl. Die Pumpe hat einfach versagt, und er ist in den Fluß gestürzt . . .«

Wenn es doch nur so einfach sein könnte, überlegte Latham. Natürlich wünschte er sich nicht, daß der alte Knabe tot sei. Aber in diesem Fall: lieber tot als rot – besonders wenn das Gegenteil ihn zwingen würde, die Rolle des Mörders zu spielen. Latham hatte schon Menschen umgebracht; aber es hatte ihm nie so viel Spaß gemacht, daß er sich die Zahl gemerkt hätte. Außerdem hatten diejenigen, die er getötet hatte, die Absicht gehabt, ihn zu töten. Gerechtigkeit muß sein.

Unermüdlich floß der Strom dahin, spülte jedoch nichts ans Ufer. Mit einem Schulterzucken verließ Latham das Embankment und machte sich auf den Weg zur Fleet Street und zu Sandy McLash, mit dem er sich zum Mittagessen verabredet hatte.

Sandy wartete an der ausgetretenen Treppe des Old Cheshire Cheese auf ihn, kaute auf dem Ende eines Streichholzes und sah aus, als wäre er tief in philosophische Gedanken versunken. Latham kannte Sandy gut genug, daß er ihn nicht irgendwelcher intellektueller Betrachtungen verdächtigte; wahrscheinlich versuchte er lediglich, sich für Beefsteak oder Pastete zu entscheiden. Wenn Sandy – in den lärmenden und chaotischen Büros, in denen irgendwie jeden Abend der *London Evening Standard* produziert wurde – nicht arbeitete, beschäftigten seine Gedanken sich mit Essen und Frauen, wenn auch nicht immer in dieser Reihenfolge. Drei Jahre waren vergangen, seit Latham den Zeitungsmann zum letzten Mal gesehen hatte, aber Sandys Begrüßung war so beiläufig, als hätten sie sich erst nach dem Frühstück getrennt.

»Ah, Latham«, sagte er und grinste unter seinem Grenadierschnauzbart. »Ich hatte schon geglaubt, Sie würden überhaupt nicht mehr kommen.«

»Meinen Sie nach London oder zum Mittagessen?«

»Beides, alter Freund, natürlich. Sie sehen gut

aus, ein bißchen mager vielleicht. Oh.« Plötzlich fiel ihm ein, was sich gehörte, und er streckte seine Hand aus. »Also, gehen wir nach unten?«

Es hatte nicht viel Sinn, Sandy etwas zu fragen, bevor er nicht die Serviette vorgebunden und den ersten Gang verschlungen hatte; aber Latham machte es nichts aus. Zwei Jahre lang war Sandy der Moskauer Korrespondent des *Standard* und in dieser Stellung ein überragender Erfolg gewesen. Der Grund war vor allem, daß er ein faires Verständnis für die Russen aufbrachte, die dagegen mit ihm überhaupt nichts anfangen konnten. Er war so sehr der fröhliche und unbekümmerte Engländer, daß sie es versäumt hatten, ihn ernst zu nehmen; die Folge war, daß Sandy häufiger irgendwohin gelangte und mehr Menschen kennenlernte als der durchschnittliche Korrespondent.

Schließlich brachte Latham ihn zum Reden. Er vermied spezielle Fragen und begnügte sich mit einem »Was gibt es Neues?«

»Was es Neues gibt? Nun ja, der alte Sidebotham hat es wieder mit der Unruhe gekriegt und ist zu den Cricketspielen nach Westindien gefahren. Dank harter Arbeit und Beharrlichkeit, die Sie kennen, habe ich mir eine Gehaltserhöhung von fünf Pfund erstritten, und außerdem habe ich ein umwerfendes Mädchen namens Jasmine kennengelernt . . .«

»Hören Sie auf«, sagte Latham grinsend. »Sie wissen verdammt genau, daß das nicht das ist, was ich meinte. Was haben Sie von Ihren Freunden am Roten Platz gehört?«

»Ach, die«, sagte Sandy und zerteilte die Kruste seiner Fleischpastete. »Mein Gott, die üblichen Gerüchte, und dazu ein oder zwei neue. Von der Marsrakete haben Sie wahrscheinlich schon gehört?«

»Gehört habe ich nur, daß irgend etwas die Genossen an der Botschaft in Washington beunruhigt. Hat man hier vielleicht auch etwas gehört?«

»Wahrscheinlich meinen Sie Gerücht Nummer fünf. Ich numeriere sie nämlich, damit ich sie nicht durcheinanderbringe. Nummer fünf ist das Gerücht über den Wissenschaftler ...«

Lathams Gabel blieb mitten in der Luft hängen. »Wissenschaftler?«

»Ja. Ich hörte, daß einer abgehauen sei, aus einem Kurort an der Ostsee, und zwar in Richtung Westen. Unsere Leute haben versucht, Kontakt mit ihm aufzunehmen, aber dazu schien er keine Lust zu haben. Das Gerücht ist also entweder das übliche Gerede oder man hat ihn wieder erwischt.«

»Welche Art von Wissenschaftler? Wissen Sie das?«

»Irgendwas mit einem ›Bio‹ davor. Seinen Namen kenne ich zwar nicht, aber nach dem, was ich erfuhr, gehört er in seinem Fach zu den Spitzenleuten.«

»Verdammt noch mal«, sagte Latham. »Das ist

genau das Gegenteil dessen, was ich vermutet habe.«

»Und das wäre?«

»Können Sie ein Geheimnis für sich behalten?«

»Sicher nicht.«

»Auch bei uns hat sich einer aus dem Staube gemacht: Unserer Ansicht nach ist er übergelaufen, aber Genaues weiß keiner. Und zufälligerweise hat er auch ein ›Bio‹ vorn.«

»Das ist allerdings ein verdammt komisches Zusammentreffen, oder?«

»Wahrscheinlich kann man es so bezeichnen. Übrigens: Wenn Sie auch nur ein einziges Wort darüber veröffentlichen, bringe ich Sie um.«

»Das täten Sie nicht!«

»O doch«, sagte Latham. »Diesmal habe ich nämlich eine Kanone eingepackt. Wollen Sie sie sehen?«

»Nein, vielen Dank«, sagte Sandy steif. »Übrigens ist die ganze Geschichte für ein langweiliges Blatt wie den *Standard* viel zu lächerlich. Es klingt, als machten Amis und Russen irgendeinen Tauschhandel. Schickt ihr mir euren Bio-Dingsda, schicke ich euch meinen. Tut mir leid, alter Freund, aber das würde ich auch dann nicht drucken, wenn ich es könnte.«

Latham seufzte. »Sie haben recht – es klingt zu unwahrscheinlich.«

Eine Weile aß Sandy mit Bedacht. Dann sagte er: »Andererseits ist da dieser Knabe Konradin.«

»Wer?«

»Konradin«, sagte Sandy. »Vor drei Tagen tauchte er im Dorchester auf, und seitdem schnüffelt er überall herum. Ginge es bloß um irgendein Versteckspiel, hätte man nicht Konradin losgeschickt. Vielleicht ist also an der Geschichte doch etwas Wahres.«

»Einen Moment. Meinen Sie etwa Gregor Konradin – groß, gut aussehend, wie ein amerikanischer Footballspieler?«

»Keine Ahnung. Meiner Ansicht nach ähnelt er mehr einem Rugbyspieler. Ein großer Kerl, rote Haare, kauft seine Anzüge von der Stange und sieht dementsprechend aus. Kennen Sie ihn?«

»Ich bin ihm einmal zufällig begegnet«, sagte Latham und kramte in seiner Erinnerung. »Es war in einem Zug, in Turin. Ich hielt ihn für einen Amerikaner, und wir freundeten uns richtig an, bis einer meiner Kollegen mir einen Wink gab, daß er Russe sei und Agent dazu.«

»Ja, aussehen tut er nicht danach, aber soviel ich höre, leistet er gute Arbeit. Wahrscheinlich so etwas wie ein Gegenspieler von Ihnen.«

»Soll das vielleicht ein Kompliment sein?«

»Natürlich, alter Freund, was denn sonst? Jedenfalls könnte an der Geschichte etwas dran sein, wenn die Russen Konradin deswegen hergeschickt haben. Ich an Ihrer Stelle würde mich hinter Konradin klemmen, bis sich irgend etwas entwickelt.«

»Bloß suchen wir nicht denselben Mann.«

Latham kratzte sich den Kopf. »Oder vielleicht doch?«

»Für mich ist das alles viel zu verworren.«

Latham schob den Teller mit den Resten der Mahlzeit beiseite und nippte gedankenverloren an seinem Weinglas. Dann fiel ihm ein, was Lorelei Dancer ihm im Zusammenhang mit der Geschichte gegeben hatte, und er holte es aus seiner Brieftasche.

»Damit können Sie wohl auch nichts anfangen, nicht?«

Sandy betrachtete die Zeichnung zwei Bissen eines Brötchens lang und gab sie dann zurück. »Tut mir leid«, sagte er. »Das besagt mir überhaupt nichts. Aussehen tut es wie vier räudige Löwen.«

»Und das stimmt genau. Eine Löwenbrücke. Vielleicht hat es irgend etwas mit einem Zirkus zu tun. Aber was immer es auch ist – es ist der einzige Hinweis, den ich besitze.«

»Wie haben Sie es genannt?«

»Eine Löwenbrücke. Warum?«

»Das ist allerdings komisch. Ich meine die Bezeichnung – die habe ich schon einmal gelesen.«

»Wirklich?«

»Ja, und zwar in dieser verdammten Zeitung. Ich mache mir nämlich den Spaß, die Anzeigen unter der Rubrik ›Persönliches‹ zu lesen, und dieses Ding lief monatelang.«

»In welcher Zeitung? Im *Standard*?«

»Natürlich meine ich den *Standard*, oder glauben Sie etwa, ich lese die verfluchte Konkurrenz? Das wäre vielleicht ein Ding, wenn ich durch die Redaktion liefe mit einer *Times* unter dem Arm! Die Anzeige ist einmal in der Woche erschienen, einzeilig, und genau das stand drin: *Bridge of Lions* – Löwenbrücke.«

»Haben Sie sie vielleicht heute auch gesehen?«

»Nicht, daß ich wüßte, aber das könnten wir in der Redaktion überprüfen.«

»Könnten wir das vielleicht gleich machen, Sandy?«

»Ich warte noch auf den Nachtisch.«

»Bitte, Sandy, es ist wichtig.«

Sandy seufzte. »Verfluchter Mist«, sagte er. »Wie soll ich mich mit einem Mann streiten, der eine Kanone bei sich hat?«

In Sandys engem, fensterlosem Büro in der zweiten Etage des *Standard*-Gebäudes in der Fleet Street überflog Latham die kleingedruckten Anzeigen unter ›Persönliches‹, bis seine Arbeit belohnt wurde.

Die Anzeige lautete:

Bridge of Lions, Box 143

»Bitte«, sagte Sandy selbstzufrieden. »Habe ich es nicht gesagt?«

»Und was soll das Ihrer Ansicht nach bedeuten?«

»Woher, zum Teufel, soll ich das wissen? Unter

›Persönliches‹ wimmelt es von derartigen geheimnisvollen Texten. Sehen Sie sich diesen an: ›*Grimditch: why not Thursday? Octopus!*‹ Was würden Sie darunter verstehen, Sherlock?«

»Meiner Ansicht nach klingt es wie die Verabredung zu einem Treffen«, sagte Latham lächelnd. »Grimditch teilt ihrem achtarmigen Freund mit, daß die Küste am Donnerstag klar sein wird.«

»Und was ist mit dem? ›*Chicken and Spider. Call Baxter or leave key with mermaid!*‹ Oder diese: ›*Umbrella in transit. Brian.*‹ Verstehen Sie, was ich meine? Wenn man den Code nicht kennt, klingt es nach purem Unsinn.«

»Wer nimmt die Anzeigen für ›Persönliches‹ an?«

»Eine Puppe namens Susan Dekes, unten bei den Kleinanzeigen.« Mit einem Finger strich Sandy über seinen Bart. »Übrigens ein sauberer Käfer.«

»Und dieses Fach 143 ist wahrscheinlich hier im Hause?«

»Ja. Alle Abholfächer sind unten, im gleichen Raum, wo Susan die Anzeigen annimmt. Wollen Sie nach unten gehen und sich ein bißchen umsehen?«

»Eine gute Idee.«

»Vielleicht redet sie mit Ihnen«, sagte Sandy bedauernd. »Mir hat sie nicht mehr allzuviel zu sagen. Vor einer Woche sind wir uns nämlich in die Haare geraten. Ich zog sie auf, ganz freundschaftlich, aber sie nahm es übel. Sie behauptete, mein Schnurrbart wäre dreckig.«

Latham lachte über Sandys beleidigtes Gesicht. Dann folgte er ihm zum ächzenden Aufzug, der knarrend zwischen den Stockwerken des Verlagsgebäudes auf und ab fuhr.

Die Beschreibung Susans stimmte: ein ausgesprochen weiblicher Käfer in Angorapullover und kurzem, knappem Rock. Als sie Sandy erblickte, steckte sie ihre kecke Nase in die Luft; für Latham hatte sie jedoch ein Lächeln.

»Fach 143?« sagte sie und strich sich über die Locke an ihrem Ohr. »Das ist schwer zu sagen, weil es nämlich so viele sind.« Sie blickte zu der Reihe der verstaubten Abholfächer. »Im Augenblick scheint nichts da zu sein. Wenn ich es mir genau überlege, ist für 143 nur selten Post da.«

»Wissen Sie, wer die Anzeige aufgegeben hat?«

»Nein, leider nicht. Irgend jemand kam herein und bezahlte die Rechnung im voraus.«

»Können Sie die Person beschreiben, die die Post abholt?«

»Sind Sie von der Polizei?«

»Beantworte die Frage, Schatz«, sagte Sandy hilfsbereit. »Er ist ein guter Freund von mir.«

Susan wurde störrisch. »Das ist das Schlechteste, was man von jemandem sagen kann.« Aber dann lächelte sie Latham wieder an. »Nein, das kann ich, glaube ich, nicht. Ich weiß nicht einmal mehr, ob es ein Mann oder eine Frau war.«

»Verdammt«, sagte Latham.

»Aber noch ist nicht alles verloren«, sagte Sandy fröhlich. »Susan wird sich für Sie kriminalistisch betätigen, nicht wahr, Susan? Achten Sie auf den Mann von 143 und geben Sie uns Bescheid, wenn Sie ihn entdeckt haben.«

»Das kann aber Wochen dauern.«

»Für Sie könnte dabei eine Schachtel Pralinen herausspringen«, sagte Sandy. »Und vielleicht zwei Theaterkarten, wenn ich eine davon bekomme.«

»Die Pralinen sind mir lieber«, sagte Susan. »Und nur eine Karte.« Dann kokett zu Latham: »Wo kann ich Sie erreichen?«

»Da ist noch ein Problem«, sagte Latham nachdenklich. »Eine Beschreibung genügt nicht. Ich brauche den Namen oder ... Einen Moment – ich habe eine Idee. Wenn unser Freund hier auftaucht und die Post für 143 abholen will, sagen Sie ihm, Sie könnten ihm die Post nicht geben, weil die Rechnung noch nicht bezahlt sei.«

»Aber das ist sie doch, bis zum letzten Penny ...«

»Das spielt keine Rolle. Sie tun einfach so. Lassen Sie sich einen Scheck oder irgend etwas geben und sagen Sie dann, Sie würden den Betrag überweisen, falls Sie sich geirrt hätten. Glauben Sie, daß Sie das tun können?«

»Sie sind also doch von der Polizei!« strahlte Susan. »Oh, ich habe es die ganze Zeit gewußt! Arbeiten Sie hier mit Scotland Yard zusammen?«

»Nicht so laut!« sagte Sandy und legte einen Finger auf die Lippen. »Sie dürfen kein Wort verraten, Susan. Ich und Mr. Drew haben nämlich einen äußerst gefährlichen Auftrag. Also kein Wort, Schatz.«

Susan machte ein erschrockenes Gesicht und verzog dann ihren Mund. »Das glaube ich nicht«, sagte sie. »Sie würde man nicht einmal in einen Flohzirkus schicken. Aber für Ihren Freund werde ich tun, was ich kann.«

»Ich wohne im Royal«, sagte Latham. »Sollte ich nicht da sein, hinterlassen Sie bitte eine Mitteilung am Empfang. Und tausend Dank.«

»In Dollar oder Pfund?« lachte Sandy. Aber Susan reagierte nicht; sie wandte ihre kecke Nase und ihren Angorapullover von ihm ab und ging zum Telefon, um den Hörer abzunehmen. Als Latham und der Zeitungsmann gingen, blieb Sandy vor der Glastür einen Augenblick stehen und betrachtete prüfend das Spiegelbild seines Schnurrbarts. »Dreckig, so etwas«, murmelte er.

Der folgende Tag war die reinste Zeitverschwendung. Latham führte Shortlakes Anweisung aus und befragte jene Wissenschaftler, die an der biophysikalischen Tagung teilgenommen hatten, zu der Benjamin Dancer nicht erschienen war. Von den fünf Männern, die er befragte, hatte nur einer überhaupt etwas zu sagen. Er war Dancer in London zufällig begegnet, und zwar in der ersten

Woche des dreimonatigen Urlaubs, und berichtete, der alte Herr hätte einen »unruhigen« Eindruck gemacht.

Aber am Mittwoch, als Latham mittags von einem Spaziergang im Hyde Park zurückkam, wartete am Empfang eine Mitteilung auf ihn. Sie war von Susan und fast genauso geheimnisvoll wie die Anzeigen, die sie annahm. Der Text lautete: *»143 erledigt. Verliere wahrscheinlich meine Stellung. Erbitte Anruf.«*

Das tat er, und das Mädchen sagte: »Sie erschien heute vormittag, und plötzlich konnte ich mich wieder an sie erinnern, und das war auch nicht allzu schwer, wenn man diesen Typ mag. Sie fragte nach der Post, und es war tatsächlich etwas da, und zwar ein einziger Brief, aber ich weigerte mich, ihn herauszugeben. Auf Grund dessen, was Sie wegen der Bezahlung gesagt hatten. Das gab vielleicht einen Krach! Sie sagte, die Rechnung wäre bezahlt und wieso ich dazu käme, sie für eine Betrügerin zu halten, und wer mein Vorgesetzter sei und so weiter! Ein Wunder, daß man mich nicht gleich hinausgeworfen hat . . .«

»Das tut mir schrecklich leid«, sagte Latham. »Ich hatte wirklich nicht die Absicht, Ihnen Schwierigkeiten zu bereiten. Aber erfuhren Sie wenigstens ihren Namen?«

»Ja, schließlich doch. Sie hörte auf, mir eine Szene zu machen, und bezahlte den Betrag – so viel Lärm wegen vier Shilling! Ich sagte ihr, ich würde ihr das Geld überweisen, wenn ich mich geirrt hätte, und sie nannte mir daraufhin ihre Adresse...«

»Wunderbar! Mehr, als ich gehofft hatte. Wie lautet sie?«

»Ich habe sie aufgeschrieben. ›Joanna Sweet, bei Swickert, The Marshes, Sevenoaks, Kent.‹ Ist es das, was Sie wissen wollten, Mr. Drew?«

»Das ist genau das, was ich wissen wollte, Susan. Sie sind ein Geschenk des Himmels.«

»Gern geschehen, Mr. Drew. Und sagen Sie Sandy McLash, daß er mir mit seinem dreckigen Schnurrbart aus den Augen bleiben soll.«

»Ich werde es ihm ausrichten«, erwiderte Latham grinsend.

»Oder lassen Sie es lieber«, sagte Susan leichthin. »Ich weiß auch so, wie man mit ihm umgehen muß, wenn er wieder auftaucht.«

Latham führte noch ein zweites Gespräch.

»Sandy? Was wissen Sie über Kent?«

»Kent, Sir? Nur das, was jeder über Kent weiß: Äpfel, Kirschen, Hopfen und Frauen.«

»Was Dickens darüber geschrieben hat, interessiert mich nicht. Ist Ihnen schon einmal der Name The Marshes in Sevenoaks begegnet?«

»Sevenoaks kenne ich. The Marshes muß der Name eines Hauses sein.«

»Gut, ich nehme an, daß ich es selbst finden kann.«

»Brauchen Sie Gesellschaft? Gegen eine Fahrt

aufs Land hätte ich nämlich nichts einzuwenden. In Tunbridge Wells kenne ich eine Kellnerin . . .«

»Nein, vielen Dank«, sagte Latham. »Ich fahre lieber allein.«

»Haben Sie Ihre Löwen entdeckt?«

»Was ich entdeckt habe, weiß ich noch nicht. Ich will mich nur einmal dort umsehen. Aber wenn es Ihnen möglich ist, wäre ich dankbar, wenn Sie den üblichen Plan A in Angriff nähmen.«

»Pressekarte und so weiter?«

»Richtig. In einer Stunde komme ich vorbei und hole mir alles ab. Sollten Sie mittlerweile im Archiv irgend etwas über einen Mann namens Swickert in Sevenoaks herausfinden, wäre ich dafür ebenfalls dankbar.«

»Wird erledigt«, sagte Sandy hilfsbereit.

Latham nahm einen Zug, der um 13.30 Uhr von Charing Cross Station abfuhr; bei sich hatte er einen Presseausweis des *London Standard* und eine Notiz von Sandy McLash. Als Latham im Gebäude des *Standard* erschien, war der Journalist gerade zu einer Redaktionskonferenz gerufen worden. Er hatte sich jedoch die Zeit genommen, einige Angaben über jenen Mann herauszusuchen, zu dem Latham jetzt fuhr. Der Brief lautete:

Lieber Sherlock,
im Archiv nicht allzuviel über Swickert, aber Marshes Name eines alten Herrenhauses wie Knole, wenn auch nicht ganz so groß. Haus ge-

hörte früher einem Duke, aber Swickert kaufte vor vielleicht drei, vier Jahren, nach meiner Vermutung für gut 50 000 Pfund. Swickert-Familie hat mit Baumwollspinnereien in Lancashire zu tun und ist demnach entsprechend reich. Im Archiv zwei Namen Swickert, James und Norman, aber James kann es nicht sein, weil tot. Muß also Norman sein, was äußerst überraschend ist, weil nämlich dieser ausgesprochen alte Knabe eigentlich ebenfalls schon lange tot sein müßte. Beiliegend Pressekarte, rufen Sie mich an, wenn zurück, falls Löwen Sie nicht gefressen haben.

Gezeichnet,
Watson

Latham saß allein in dem Abteil erster Klasse, streckte seine Beine aus und lehnte sich zurück, um die Aussicht zu genießen. Nach dem grauen London wirkten das Grün der Landschaft und die hügeligen Äcker, auf denen Obstbäume und Frühlingsblumen blühten, ausgesprochen lebendig. Nach einiger Zeit ermüdete ihn die wunderschöne Monotonie jedoch, und er zog das blaue Blatt Papier aus der Tasche, das ihn auf diese Reise gebracht hatte.

Während Latham die mysteriöse Zeichnung betrachtete, hörte er in seinem Bewußtsein eine geheime Stimme, die ihm Fragen stellte, welche er nicht beantworten wollte. Wenn die Zeichnung tatsächlich irgendeine Bedeutung hatte, warum hatte er Shortlake nichts davon gesagt? In Washington saßen Experten, wahre Genies mit ihren Mikroskopen und Chemikalien, die in einem Laboratorium vielleicht mehr über die Bedeutung des Briefbogens herausbekommen hätten als er, auch wenn er noch so sorgfältig auf den Britischen Inseln herumsuchte. Vielleicht kam überhaupt nichts dabei heraus; vielleicht hatte Lorelei Dancer sich geirrt, stammte dieser Bogen gar nicht aus einem der geheimnisvollen Briefe aus Übersee. Latham hatte die Zeichnung ›Löwenbrücke‹ getauft. Diese Zeichnung und die Anzeige im *Standard* brauchten jedoch nicht den geringsten Zusammenhang zu besitzen.

Aber es war ein Anhaltspunkt. Ein Hinweis mit einem großen A als Anfangsbuchstaben. Ähnlich den fünf Apfelsinenkernen, dem gefleckten Band oder den Tänzern. Dieser Anhaltspunkt reizte jene Romantik, die für Latham Drew ein Ansporn, für Sergeant Phineas Drew dagegen ein Grund zur Verzweiflung gewesen war. Die balancierenden Leos hatten ihn gepackt; er steckte das Papier wieder in die Tasche und war bereit, die Rolle des rasenden Reporters zu spielen, der hinter einer alltäglichen Geschichte her war.

Vor dem Bahnhof Sevenoaks stand nur ein einziges Taxi, aber dessen Fahrer kannte The Marshes gut. Latham versuchte, ihn über Swickert auszufragen, aber der Fahrer interessierte sich mehr für die Häuser als für deren Bewohner. The Marshes, so erklärte er und redete dabei wie ein Fremdenführer, wäre vom Duke of Chalmers »speziell für die Duchess« gebaut worden, für eine Lady, die voller Neid auf die Pracht von Knole mit den Gruppen elisabethanischer Kamine, Giebel und Türmchen war. Dem guten Duke war jedoch während des Baues des Hauses »das Geld ausgegangen«, so daß Knole hinsichtlich dieser Konkurrenz nichts zu fürchten gehabt hatte.

Als der Wagen in die gewundene Auffahrt einbog, betrachtete Latham das langsam näher kommende Haus und überlegte, wie irgendein Bau mit seiner Größe konkurrieren konnte. Er bestand aus gewaltigen geometrischen Massen von Stein und Ziegeln, die einen von Säulen gestützten Eingang flankierten; hier eine Kuppel, dort ein kleiner Turm, und so viele Kamine, daß der Himmel an einem kalten Tag von ihrem Rauch verdunkelt werden mußte. In jeder anderen Umgebung hätten die Linien des Baues grob und häßlich gewirkt; hier aber, umgeben vom feuchten Grün der englischen Landschaft, besaßen sie einen derben Reiz.

Als das Taxi knirschend auf dem Kiesweg vor dem Haus anhielt, war The Marshes plötzlich bezaubernd. Denn die Treppe zwischen den hohen weißen Säulen herab kam eine Frau – nicht die bezauberndste Frau, die Latham jemals gesehen hatte, und auch nicht die größte Frau, die Latham je erblickt hatte, aber mit Sicherheit die bezauberndste große Frau, die Latham bisher vor Augen gekommen war. Sie war wohlgeformt, ohne üppig, schlank, ohne hager zu sein, und rothaarig, ohne einer brennenden Kerze zu ähneln. Selbst aus der Entfernung konnte er das Blau ihrer Augen, die klaren Flächen ihrer Wangen und den Ausdruck ihres vollen Mundes erkennen. Genaugenommen bedeutete dieser Ausdruck Ärger.

»Was für eine Unverschämtheit«, sagte sie und kam auf hohen Absätzen klappernd die Steinstufen herunter. »Vor mehr als einer Stunde habe ich angerufen, und Mr. Swickert ist mittlerweile außer sich. Wäre ich an Ihrer Stelle, würde ich mir selbst eine Spritze geben, bevor ich zu ihm ginge – so schlecht ist seine Laune heute.« Zum erstenmal sah Latham, daß das weiße Kleid, welches sie trug, in Wirklichkeit eine maßgeschneiderte Schwesterntracht war.

»Ich bitte um Entschuldigung«, sagte er. »Aber leider habe ich keine Ahnung, wovon Sie sprechen.«

»Sie kommen doch von Dr. Tom, oder?«

»Nein, ich bin vom *Evening Standard.* Ist Mr. Swickert krank?«

Seine Worte hatten auf sie keine besänftigende Wirkung, sondern machten sie nur noch wütender. »Vom *Standard*? Dann sind Sie hoffentlich gekommen, um mir mein Geld zurückzubringen!«

»Wie bitte?«

»Ich weiß zwar nicht, wer Sie sind, Mister, aber

in Ihrer Anzeigenabteilung sitzt ein kleines Mädchen, das hinausgeworfen gehört. Wenn Sie irgendwelchen Einfluß haben sollten, schlage ich vor, daß Sie es möglichst sofort tun.« Sie starrte ihn an; aber dann wurde ihr Ärger von Neugierde besiegt. »Wer sind Sie überhaupt?«

Latham bezahlte das Taxi, dessen Fahrer keine Lust zu haben schien, mitten in der Unterhaltung wegzufahren. Als er anfuhr, sagte Latham: »Mein Name ist Drew, Miss, ich bin Reporter. Genaugenommen habe ich tatsächlich gehört, was in der Anzeigenabteilung passiert ist, und Sie waren vollkommen im Recht, so daß Miss Dekes mich bat, Ihnen das Geld zurückzugeben.« Er griff in seine Tasche und holte vier Münzen hervor. »Allerdings habe ich den weiten Weg nicht allein deswegen gemacht«, sagte er lächelnd.

»Weshalb sind Sie dann gekommen?«

»Um Mr. Swickert zu besuchen. Mein Redakteur glaubte nämlich, daß die Anzeige von Mr. Swickert eine gute Story abgeben würde. Im Moment sitzen wir an einem Artikel über ungewöhnliche Anzeigen, die unter ›Persönliches‹ erscheinen, und ...«

»Sind Sie Amerikaner?«

»Ja.« Sein Lächeln verbreitete sich zu einem Grinsen. »Sie auch?«

»Ich bin Kanadierin.« Sie wandte sich graziös um. »Es tut mir leid, Mr. Drew, aber Mr. Swickert kann wirklich niemanden empfangen. Mr. Swikkert ist krank, und ich erwarte jeden Augenblick den Arzt.«

»Mehr als ein paar Minuten wird es nicht dauern, und immerhin habe ich diese weite Reise gemacht.«

Wieder betrachtete sie ihn neugierig, und Latham berichtigte seinen ersten Eindruck: ihre Augen waren nicht blau, sondern meergrün. »Ja, Sie haben eine ziemlich weite Fahrt gemacht. Ist es denn wirklich so wichtig?«

»Sie kennen doch den *Standard*, Miss.«

»Ich habe ihn noch nie gelesen«, sagte sie trokken. Dann ging sie zu der Tür aus massivem Mahagoni. »Ich werde Mr. Swickert sagen, daß Sie gekommen sind, Mr. Drew. Vielleicht können wir einen anderen Termin für Ihr Interview ausmachen.«

»Sie vergessen Ihr Geld«, sagte Latham.

Sie kam wieder die Treppe herunter und nahm ihm die vier Shilling aus der Hand.

»Ich würde es begrüßen, wenn Sie Mr. Swickert fragten, ob er mich jetzt empfangen könne«, sagte er. »Zumindest das können Sie für jemanden tun, der von London hierher gefahren ist, um eine Schuld zurückzuzahlen.«

Sie blickte ihm ins Gesicht, und die Nähe bestätigte alles: das Mädchen war bildschön.

»Sie sind groß«, sagte sie sanft.

»Ja«, sagte Latham. »Wird mir das weiterhelfen?«

»Nicht im geringsten.«

»Dann richten Sie ihm bitte etwas aus. Sagen Sie ihm nur, daß ein Mann ihn wegen der Löwenbrücke sprechen möchte. Einverstanden?«

Sie überlegte.

»Einverstanden«, sagte sie. »Ich werde es ihm mitteilen. Aber sollte er Sie wirklich empfangen, wäre es Ihnen vielleicht lieber, er hätte es nicht getan. Wenn Mr. Swickert nämlich sein Beruhigungsmittel braucht, ist er ziemlich streitsüchtig. Manchmal wirft er auch mit irgendwelchen Gegenständen.«

»Denen kann man ausweichen, oder?«

»Als Ziel sind Sie zu groß, als daß man Sie verfehlen könnte.«

Damit verschwand sie im Haus. Zwar verstrichen einige Minuten bis zu ihrer Rückkehr, aber die Antwort war günstig. Latham durfte eintreten.

Das Innere von The Marshes war düster, feucht und kalt. Die Jalousien waren heruntergelassen, die Vorhänge zugezogen, die Türen geschlossen, die Kamine kalt und die Hallen ohne Teppiche. Der einzige Raum, in dem es überhaupt warm war, war eine riesige viereckige Bibliothek, und hier war die Wärme wiederum zu groß. Außerdem waren fast zu viele Bücher da, zu viel dunkelbraunes Holz, zu viele Lampen mit grünen Schirmen mit Fransen sowie zu große Hitze, die von dem vornehmen Kamin ausstrahlte. Aber der einzige

Bewohner des Raumes schien dies alles zu brauchen; er saß in einem Rollstuhl, der von dem prasselnden Feuer nur gut einen Meter entfernt war, vor einem schweren eichenen Schachtisch mit eingelegten Feldern und übergroßen Figuren. Über seine Schultern war eine schwere Decke gelegt, eine andere lag über seinen Knien und war unter die Beine gestopft; um den Hals war ein Tuch geschlungen, und auf dem Kopf trug er eine Kappe. In dieser Anhäufung wollener Dinge steckte irgendwo ein Mensch, den Latham jedoch erst erkennen konnte, als eine klauenähnliche Hand mit einem Stock auf den Teppich klopfte und ein zahnloser Mund sich wie eine gähnende Höhle öffnete und einen Schrei ausstieß.

»Diese Ärzte! Diese Ärzte!« sagte die Stimme mit schriller Durchdringlichkeit. »Bringt die Ärzte um und laßt die Patienten am Leben! Wo, zum Teufel und seiner Hölle nochmal, haben Sie gesteckt? Miss Sweet! Miss Sweet! Rufen Sie Dr. Tom an und sagen Sie ihm, daß er entlassen sei. Entlassen!« Bum, bum, machte der Stock.

»Nicht doch, Mr. Swickert«, sagte die Schwester sofort, »dieser Gentleman kommt nicht von Dr. Tom. Nicht von Dr. Tom! Es ist der Reporter, von dem ich Ihnen erzählt habe, der Mann vom *Standard*.«

»Reporter? Welcher Reporter?«

Vorsichtig trat Latham einen Schritt näher. »Es tut mir schrecklich leid, daß ich Sie behellige,

Mr. Swickert, zumal Sie sich nicht wohl fühlen ...«

»Was hat er gesagt?« krächzte Swickert.

»Sie müssen lauter sprechen«, sagte die Schwester. »Mr. Swickert ist schwerhörig. Am besten ist es, Sie wiederholen, was Sie sagen.«

Latham räusperte sich. »Ich sagte, es täte mir leid, Sie zu behelligen. Leid. Ich hoffte, Sie hätten ein paar Minuten Zeit für mich.«

»Ein paar Minuten wovon?«

»Zeit. Zeit!« schrie Latham.

Joanna Sweet ging zu dem alten Mann im Rollstuhl und besänftigte seine Gereiztheit dadurch, daß sie die Decken, die ihn einhüllten, neu ordnete. Das Gesicht wurde ruhig, beinahe selig, während sie ihn umsorgte, und zum ersten Mal konnte Latham es genau betrachten. Es war das Gesicht eines Skeletts, so hager, daß es keine Falten des Alters aufwies. Die Augen, die in dunklen Höhlen lagen, wurden nur selten sichtbar. Im Rollstuhl befanden sich mehr Wolldecken als Mann; Swikkerts Körper mußte eine jammervolle Sammlung fleischloser Knochen sein.

»Verzeihung«, sagte der alte Mann ruhig. »Ich hatte nicht die Absicht, Sie anzubrüllen, junger Mann; das kommt nur von meiner verdammten Krankheit. Wissen Sie, was ich habe?«

»Nein, Sir«, sagte Latham.

»Die verdammten Ärzte wissen es auch nicht.« Er gackerte und wedelte mit dem Stock. »Die verdammten Ärzte auch nicht.« Offenbar hatte auch Swickert eine Vorliebe für Wiederholungen – wahrscheinlich, weil er sie so häufig zu hören bekam. »Also los«, sagte er. »Was wünschen Sie?«

»Es handelt sich um die Löwenbrücke ...«

Hatte der alte Mann den Atem angehalten? Mit Sicherheit konnte Latham es nicht sagen. »Joanna«, sagte Swickert, »seien Sie doch so nett und holen Sie mir von dieser verteufelten Medizin. Und rufen Sie Dr. Tom an und sagen Sie ihm, ich wartete immer noch.«

Das Mädchen sah Latham an und sagte: »Ja, Sir.«

Als sie gegangen war, sagte Swickert: »Was war das eben? Löwenbrücke?«

»Ja, Sir. Uns ist aufgefallen, daß Sie seit einiger Zeit diese Anzeige unter der Rubrik ›Persönliches‹ veröffentlichen ...«

»Was?«

»Die Anzeige!« schrie Latham. »Unter ›Persönliches‹. Ich hätte gern gewußt, ob Sie mir sagen könnten, was sie zu bedeuten hat!«

»Wozu wollen Sie das wissen?«

»Wir bringen einen Artikel über die seltsamen Anzeigen, die in unserer Zeitung erscheinen. Wir dachten, die Leute könnte vielleicht interessieren, was Löwenbrücke bedeutet.«

»Was sie bedeutet, geht keinen etwas an! Das ist persönlich, nicht wahr; so heißt doch auch die Rubrik!«

»Ja, Sir, das weiß ich. Natürlich würden wir ohne Ihre Erlaubnis nie etwas veröffentlichen ...«

»Damit haben Sie auch verdammt recht, junger Mann, verdammt recht. Sonst würde ich Sie nämlich sofort vor Gericht bringen, darauf können Sie sich verlassen, und meine Anwälte würden Ihnen an den Kragen gehen.« Er lachte vor sich hin, als machte diese Aussicht ihn glücklich.

»Allerdings«, sagte Latham entschlossen, »würden wir es begrüßen, wenn Sie uns eine Information gäben. Wir haben nämlich wegen Ihrer Anzeige eine ganze Reihe von Anfragen erhalten, und wenn Sie sich vielleicht etwas ausführlicher ...«

»Dazu kann mich niemand zwingen. Leute, die wissen, was es bedeutet, wissen Bescheid. Das genügt. Sie wissen, was es bedeutet!« Gereizt klopfte er wieder mit dem Stock auf den Fußboden. »Miss Sweet! Miss Sweet!«

Joanna kam angerannt. »Ich versuchte gerade, Dr. Tom zu erreichen ...«

»Das ist nicht so wichtig! Schaffen Sie diesen jungen Mann 'raus. Werfen Sie ihn hinaus. Prügeln Sie ihn hinaus! Tun Sie, was Ihnen Spaß macht!«

Wortlos machte Joanna eine auffordernde Geste, aber Latham sagte: »Vielleicht wäre es besser, Mr. Swickert, Sie erzählten es mir selbst; Sie wissen doch, wie Zeitungsleser sind. Wenn wir die Tatsache veröffentlichen, daß Sie irgendeine Art von Geheimnis haben, besteht die Möglichkeit, daß hier alle möglichen Gauner auftauchen ...«

»Wollen Sie mir drohen?«

»Wenn Sie nicht wollen, werde ich die Information nicht veröffentlichen; aber ohne Antwort kann ich nicht zurückkommen. Das verstehen Sie doch, nicht wahr?«

Der Kopf des alten Mannes schien unter den Decken zu verschwinden. Langsam tauchte er dann wieder auf, wie der Kopf einer Schildkröte. Und als Swickert sprach, klang seine Stimme beinahe sanft.

»Joanna, Liebe«, sagte er. »Erzählen Sie diesem Gentleman, was er wissen will. Über die Löwenbrücke.«

Unsicher sah die Krankenschwester Latham an.

»Nun ja – es ist ein Schachklub.«

»Ein was?«

»Ein internationaler Schachklub. Mr. Swickert korrespondiert mit Mitgliedern in der ganzen Welt. Sie spielen Schach per Post.«

Er hatte das Gefühl, als würde ihm der Teppich unter den Füßen weggezogen.

»Das ist alles? Nur ein Schachklub?«

»Ich würde nicht sagen, daß es *nur* ein Schachklub ist. Mr. Swickert spielt mit Leuten in Spanien, Italien, in den Vereinigten Staaten, in Deutschland und sogar in Rußland. Für ihn bedeutet dies natürlich eine großartige Ablenkung – so behindert, wie er ist. Manchmal dauert ein Spiel

Monate und sogar Jahre, je nach der Schnelligkeit der Postverbindung.«

Latham sah sich den Schachtisch genauer an. Offenbar handelte es sich um ein eben begonnenes Spiel. Zwei Bauern waren aus den vorderen Reihen herausgezogen worden.

»Ich verstehe. Dann haben also Sie und Mr. Swickert nicht gegeneinander gespielt?«

»Ich? Ich verstehe doch nichts davon. Und wenn ich es könnte, würde ich mit einem so guten Spieler wie Mr. Swickert bestimmt nicht spielen.« Sie lächelte den alten Mann liebevoll an. Er merkte es nicht; mürrisch starrte er in das Kaminfeuer.

»Das ist allerdings eine Erklärung«, sagte Latham. »Mit Ausnahme natürlich des Namens Löwenbrücke.«

»Irgendeine Herkunft hat er wahrscheinlich«, sagte Joanna. »Mit Namen ist es manchmal sehr merkwürdig. Dieses Haus wird The Marshes genannt, obgleich die einzige Marsch im Umkreis von fast hundert Kilometern Romney Marsh ist. Sie sehen also, daß auch daran gar nichts Geheimnisvolles ist.«

»Allerdings«, sagte Latham unglücklich. »Gar nichts Geheimnisvolles. Sagten Sie übrigens vorhin nicht, daß Mr. Swickert auch in Amerika Korrespondenten hätte?«

»Ich glaube, es waren zwei oder drei.«

»Ein alter Freund von mir spielte ebenfalls Schach per Post, ein Mann namens Benjamin Dancer. Wissen Sie zufällig, ob er auch in diesem Klub war?«

»Doch, ja, der Name ist mir bekannt. Wir haben von Mr. Dancer zwar eine ganze Weile nichts gehört, aber ich bin überzeugt, daß Mr. Swickert auch mit ihm Schach gespielt hat.« Sie beugte sich zu dem verhüllten Ohr des alten Mannes hinunter. »Dancer, Mr. Swickert. Der Gentleman kennt Mr. Dancer. Erinnern Sie sich?«

»Was? Dancer? Was ist mit ihm?«

Joanna lächelte. »Er erinnert sich. Aber soviel ich weiß, hat Mr. Swickert das Spiel verloren.«

Latham erwiderte das Lächeln, aber sein Lächeln war mit Enttäuschung vermischt.

Joanna Sweet begleitete ihn in die vordere Halle und bestellte von sich aus beim Bahnhof ein Taxi. Während sie warteten, sprachen sie nicht viel, aber als sie das Knirschen der Räder auf dem Kies der Auffahrt hörten, sagte Latham: »Haben Sie eigentlich irgendwann auch mal Zeit für sich?«

»Ich wohne natürlich hier im Hause. Aber die Wochenenden habe ich frei.«

»Und was machen Sie mit Ihren Wochenenden?«

»Ach, ein bißchen von jedem. Gewöhnlich fahre ich nach London, kaufe ein und gehe vielleicht ins Theater. In Chelsea habe ich ein paar Freunde.«

»Morgen ist Sonnabend. Haben Sie die Absicht, morgen nach London zu fahren?«

»Ja, eigentlich hatte ich es vor.«

»Falls Sie nicht zu viel zu tun haben ...«

Das Taxi hupte ungeduldig.

»Ja?« sagte Joanna drängend. »Was wollten Sie sagen?«

»Ich dachte, daß wir vielleicht zusammen zu Abend essen könnten oder so ähnlich. Ich meine, wenn zwei Wolkenkratzer wie wir sich finden ...«

Sie lachte. »Mittags treffe ich mich mit einer Freundin in Harrod's, und dann wollte ich ein paar Einkäufe machen. Gegen vier werde ich damit fertig sein. Wir könnten also zusammen Tee trinken.«

Wieder die Hupe.

»Großartig«, sagte Latham, »also um vier bei Harrod's. Wie finde ich Sie? In welcher Abteilung?«

»Glauben Sie wirklich, daß wir beide uns verfehlen könnten?«

»Nein«, sagte Latham. »Wahrscheinlich nicht.«

Als er mit dem Zug zurückfuhr, hatte er sowohl das Gefühl, etwas verloren, als auch das Gefühl, etwas gewonnen zu haben. Die Zeichnung, die in seiner Jackettasche steckte, hatte einen Teil ihres illusorischen Glanzes verloren, nachdem Joanna alles so einfach erklärt hatte: das war der Verlust. Joanna selbst dagegen war der Gewinn. Er würde sich mit der Antwort nicht so schnell abgefunden haben, hätte sie nicht so verdammt *vernünftig* geschienen. Briefe aus aller Welt, die nichts Geheimnisvolleres als den nächsten Schachzug enthielten: Was konnte es Harmloseres geben? Das alles erklärte die geheimnisvolle Korrespondenz von Benjamin Dancer und vielleicht auch die schlaflosen Nächte nach dem Eintreffen der Briefe. Vielleicht hatte den alten Mann nichts Aufregenderes als der Verlust eines Turmes wachgehalten.

Aber in jedem, der mit dem Gesetz zu tun hat, steckt ein Instinkt, ein unklarer und unerfreulicher Instinkt, der überentwickelt ist. In seiner nettesten Form könnte man ihn Skeptizismus nennen; in seiner häßlichsten ist er zynischer Argwohn. Je mehr Kilometer Latham Drew von The Marshes trennten, desto weniger befriedigend fand er die Lösung. Warum sollte Benjamin Dancer die Korrespondenz des Schachklubs verbrennen? Warum hatte er seiner Frau sein Steckenpferd verheimlicht? Und dann das Schachbrett in Swickerts Bibliothek: Latham hatte zwar nie gelernt, Schach zu spielen, aber er hatte zugesehen, wenn andere spielten, und an dem Spiel, das in dem überhitzten Raum durchgeführt wurde, störte ihn etwas.

Bevor der Zug in Charing Cross Station einlief, faßte er drei Entschlüsse, von denen einer recht erfreulich war. a) Wollte er noch einmal die Angaben über Benjamin Dancer genau durchsehen. b) Würde er sich ein Schachbuch kaufen. Und c) würde er sich mit Joanna Sweet anfreunden – natürlich um die Nachforschungen voranzutreiben. Sollte sich daneben noch irgend etwas anderes entwickeln – nun, das blieb abzuwarten.

In dieser Nacht las er noch einmal das Dossier durch. In dem Teil, der sich mit Dancers persönlichen Gewohnheiten, Geschmack und Steckenpferden beschäftigte, stieß er auf folgende Aufzählung:

Freizeitbeschäftigungen: Dancer besaß zu Hause ein Laboratorium für private Experimente. Besuchte häufig Konzerte, mit starker Bevorzugung romantischer Komponisten; große Diskothek. Besuchte nie Filme oder Theater. Spielte gern Schach und soll ein hervorragender Spieler gewesen sein.

Das Schachbuch, das er sich gekauft hatte – ein Paperback zu zwei Shilling Sixpence mit dickem Papier und fast unleserlicher Schrift –, erwies sich ebenfalls als Enttäuschung. Er starrte auf die unverständlichen schwarzen und weißen Vierecke sowie auf den verwirrenden Code der Schachbezeichnungen und wußte, daß seine Kenntnisse von dem Spiel zu gering waren, um den Fehler zu finden, den er suchte. Mit verbitterter Entschlossenheit, auf die sein Vater stolz gewesen wäre, las er sich dennoch durch das Buch, bis die Schrift vor seinen Augen verschwamm und die Augenlider schwer wurden.

Dann ging er schlafen, dachte dabei an morgen und an c), Joanna Sweet. Als er aufwachte, wußte er plötzlich, was mit dem Schachbrett von Norman Swickert nicht stimmte.

Er stellte ihr die Frage bei Tee, Gurkensandwiches und Kuchen. Für Latham war es nicht einfach, sachlich zu bleiben, solange Joanna Sweet ihm gegenübersaß, und zwar so dicht, daß ihre langen Beine sich unter dem kleinen schmiedeeisernen Tisch unbedingt berühren mußten. Soweit es möglich war, fiel Joannas Schönheit vor der Kulisse Londons noch mehr auf als sonst: ihre Farben traten gegenüber dem Londoner Grau noch stärker hervor, ihr Haar wirkte röter und ihre Augen schienen grüner. Im Bau ihres Gesichtes war irgend etwas, das flüchtig an ein Pferd erinnerte, obgleich niemand behaupten konnte, es sei ein Pferdegesicht. Im Zusammenhang mit ihrem Appetit dagegen konnte man von einem Roß sprechen.

»Bestellen Sie uns noch etwas Kuchen«, sagte sie sehnsüchtig. »Sie hätten die winzige Portion sehen sollen, die ich zu Mittag bekam.«

»Ich werde Ihnen ein Rumpsteak bestellen, wenn Sie vorher meine Frage beantworten.«

»Worum ging es noch?«

»Ich hatte gefragt, wer die Figuren auf das Schachbrett gestellt hat, vor dem Mr. Swickert saß. War er es selbst?«

»Aber natürlich war er es selbst; ich hätte gar nicht gewußt wie. Übrigens kann man ein Rumpsteak nicht in einem Tea Shop bestellen.«

»Ich sprach auch vom Abendessen. Oder haben Sie andere Pläne?«

»Nein.«

»Großartig. Nun zurück zum Schachbrett. Als ich gestern bei Ihnen war, fiel mir etwas auf, das irgendwie sonderbar zu sein schien; sicher war ich mir allerdings erst, als ich meine Schacherinnerungen aufgefrischt hatte. Ich hatte den Eindruck, daß die weiße Königin auf einem schwarzen Feld stand, und umgekehrt. Können Sie sich erinnern, ob es so war?«

»Ich weiß nicht einmal, welches die Königin ist.«

»Die Figur mit dem Krönchen und den Kurven. Sie steht gleich neben dem großen Kerl, dem König.«

Hilflos zuckte sie die Schultern. »Die ganze Geschichte verwirrt mich, weil ich nämlich die Figuren nicht auseinanderhalten kann. Aber ich kann mir nicht vorstellen, daß Mr. Swickert einen Fehler begangen haben soll . . .«

»Wollen Sie es sich bitte noch einmal genau ansehen?« Er zog einen Federhalter aus der Tasche und zeichnete die Figur einer Königin. »So ungefähr sieht sie aus. Wenn Sie die Möglichkeit dazu haben, stellen Sie doch bitte fest, auf welchen Feldern Ihre Majestäten stehen.«

»Aber wozu? Was ist denn dabei so wichtig?«

»Joanna, haben Sie jemals den Inhalt der Briefe gesehen, die Swickert bekommt?«

»Nein, aber ...«

»Dann haben Sie also nur sein Wort, daß es sich um einen Schachklub handelt, nicht wahr?«

»Warum sollte ich ihm denn nicht glauben?«

»Tun Sie mir den Gefallen, und ich bestelle Ihnen sogar zwei Rumpsteaks.«

»Eins genügt auch«, sagte Joanna.

Sie aßen früh zu Abend, im Gow's, und zwischen den Martinis und dem ersten Bissen Fleisch gab Joanna einen kurzen Überblick über ihre Vergangenheit. Geboren und aufgewachsen war sie in Ontario; dann ging sie an die Montreal University, spezialisierte sich auf Französisch, sehnte sich nach großen Reisen und ließ sich als Pflegerin ausbilden – nicht, wie sie zugab, aus purer Menschenliebe, sondern aus dem Wunsch, in einem Beruf tätig zu sein, der sie vielleicht in die Welt hinaus bringen könnte. Ein Jahr hatte sie in Kanada, vier Jahre in Paris und drei Monate in England gearbeitet, die letztgenannten drei Monate bei Norman Swickert, den sie als einen »Schatz« bezeichnete, wenn man ihn nur genau kannte. Sie war auch einmal verlobt gewesen, und zwar mit einem Jungen, der erheblich kleiner als sie war und es nicht ertragen hatte, daß seine Freunde ihn aus Spaß aufgefordert hatten, ihr einen Eimer auf den Kopf zu stülpen, usw. usw.; die Verlobung war wieder gelöst worden. Sie gab zu, wegen ihrer Größe befangen zu sein; nach dem zweiten Drink gestand sie, insgeheim stolz darauf zu sein. Nach dem dritten gestand sie, daß Swickert alles andere als ein Schatz, nämlich ein alter Bock sei. Und nach dem vierten gestand sie, betrunken zu sein und daß Latham gerissen, groß, hübsch und klug sei und in welchem Hotel er denn wohne?

Um zehn verließen sie Gow's und gingen in sein Hotel. Kaum hatten die Türen sich hinter ihnen geschlossen, und noch bevor er das Licht einschalten konnte, lag Joanna in seinen Armen und drückte ihm einen warmen, sehnsüchtigen Kuß auf die Lippen.

»Soll ich das Licht anknipsen?« sagte er.

»Nein«, murmelte sie. »Wozu?«

Wieder küßte sie ihn, diesmal mit deutlichem Verlangen.

»Einen Moment«, sagte Latham.

Im Dunkeln tastete er sich zum Schlafzimmer und ging hinein. Als er Licht machte, fiel der Schein genau auf das Dossier von Benjamin Dancer, das auf dem Nachttisch lag, wo er es nachmittags liegengelassen hatte. Er schob es in eine Schublade, nahm einen herumliegenden Socken von der Bettdecke, beförderte ein Paar Schuhe mit einem Tritt unter das Bett und sah dann im Badezimmer nach. Am Rand des Waschbeckens lag der benutzte Rasierapparat; er legte ihn in das Arzneischränkchen. Dann schaltete er das Licht aus und ging wieder in die vielversprechende Dunkelheit des vorderen Zimmers.

»Joanna?« flüsterte er.

Als keine Antwort kam, durchquerte er vorsichtig das Zimmer bis zu der Stelle, wo sie zuletzt gestanden hatte, und stieß sich dabei das Schienbein am Kaffeetisch. »Au«, sagte er gutmütig. Dann blieb er stehen und versuchte, seine Augen an die Dunkelheit zu gewöhnen. »Joanna?« sagte er.

Immer noch keine Antwort. Einen Augenblick überlegte er, ob sie vielleicht ohnmächtig geworden wäre. Er tastete sich zur Wand und suchte den Lichtschalter.

Klick. Das Zimmer war leer.

»He«, sagte er ärgerlich, »laß doch den Unsinn.«

Er ging zum einzigen Schrank des Zimmers und riß die Tür auf. Regenmäntel. Er blickte hinter das Sofa. Nichts. Er lief zur Tür, öffnete sie und blickte in den Gang hinaus. Leer.

»Verdammter Mist!« sagte Latham und knallte die Tür zu.

Er setzte sich auf das Sofa und rauchte eine Player's mit so schnellen, nervösen Zügen, daß sie binnen dreißig Sekunden zu Asche geworden war. Dann beschloß er, einen ausgedehnten Spaziergang zu machen.

Über der Stadt lag Nebel, aber Latham merkte es nicht. Die Hände in den Taschen, wütend über die Welt im allgemeinen und das Wesen der Frauen im besonderen, marschierte er in irgendeine Richtung los und landete am Green Park.

Dort erst fiel ihm das Klicken von Absätzen hinter ihm auf; erfüllt von einer plötzlichen Hoffnung, fuhr er herum und rechnete fast damit, ihren großen Schatten zu sehen. Die Frau hinter ihm blieb ebenfalls stehen, aber Joanna Sweet war es nicht.

Einen Augenblick betrachteten sie einander. Dann bewegte die Frau sich mit einem einzigen Schritt in Richtung der Straßenlampe, so daß Latham sie besser sehen konnte. Das Licht war zwar nicht schmeichelhaft, aber trotz des bläulichen Scheines konnte er erkennen, daß die Frau ungewöhnlich hübsch, wenn nicht sogar schön war, und selbst im Trenchcoat, den sie trug, war ihre gute Figur erkennbar; die knapp sitzende Baskenmütze bedeckte einen Wasserfall glatter blonder Haare. Ihr Gesicht hatte einen tragischen Ausdruck und wirkte irgendwie ausländisch; Latham dachte, sie sei vielleicht eine Deutsche – eine Vermutung, die durch ihren Akzent bestätigt zu werden schien.

»Verzeihung«, sagte sie ernst. »Ich möchte Sie nicht belästigen, aber haben Sie vielleicht Feuer?«

»Wieso, ja, wahrscheinlich.«

Als er das Streichholz anriß, kam sie näher, viel näher, als es notwendig war. Und als sie die Flamme des Streichholzes in das Ende ihrer Zigarette sog, wanderte ihr Blick nach oben und begegnete seinem.

»Ich«, sagte sie mit kehliger Stimme, »heiße Olga.«

3

Die Notlüge

Das Meer war ruhig, verführerisch in seiner Wärme, und Latham trieb in seiner Umarmung mit einem Gefühl des Friedens, das schon fast Glück war. Dann plötzlich Verrat. Das Meer wurde zu einem Ungeheuer, dessen grüne Finger seine Arme und Beine umklammerten, seinen Mund verstopften, um den Schrei des Entsetzens zu ersticken, während es ihn in die Tiefe zog, in die Dunkelheit, die Nässe, die Vergessenheit ...

Latham schrie, ruderte mit Armen und Beinen, stieß gegen ein treibendes Brett und spürte, wie es seinen ölverschmierten Fingern wieder entglitt. Dann faßte ein Enterhaken ihn unter die Achseln, und er wurde hochgezogen, zappelte dabei wie ein riesiger Fisch und wehrte sich gegen den Griff des fremden Fischers, der ihn halb widerwillig aus dem Wasser zog.

Nach einer Weile schlug er die Augen auf.

Der Fischer sagte: »Wie geht es Ihnen, Freund?«

Latham verschob seinen Körper auf dem, was eigentlich das Deck eines Bootes sein mußte, sich aber mehr wie ein Federbett anfühlte. Und das war es auch. Er lag an Bord des guten Schiffes Zimmer 411 des Hotels Royal. Mit Ausnahme der Wolldecken, die doppelt über ihm lagen, war er nackt. Seine Zähne klapperten, und im Mund hatte er den Geschmack von Seife.

Er richtete sich auf und bedauerte es sofort. An seinem Hinterkopf hing ein Gewicht von tausend Pfund. Er stöhnte.

»Wahrscheinlich haben Sie Kopfschmerzen«, sagte der Mann fröhlich. »Das hätte ich auch, mit einer derartigen Beule. Sie sind in der Wanne übel hingefallen.«

»In der Wanne?« Er blinzelte, bis der Nebel vor dem Gesicht seines Retters verschwand. Es war ein kräftiges, hübsches Gesicht mit tief eingegrabenen Grübchen, gesprenkelt mit Sommersprossen und mit rostrotem Haar. Es war ein lächelndes Gesicht, strahlend von Freundschaft und gutem Willen, aber irgend etwas in Lathams Erinnerung war schuld daran, daß er mißtrauisch blieb.

»Da haben Sie noch einmal Glück gehabt«, sagte der Mann. »Einfaches, unverschämtes Glück. Ich wußte, daß Sie in Ihrem Zimmer waren, weil der Mann vom Empfang Sie hinaufgehen sah. Am Telefon meldeten Sie sich nicht, so kam ich herauf und klopfte an die Tür. Als Sie sich auch dann nicht meldeten, drückte ich auf die Klinke, und die Tür war nicht verschlossen.«

»Sie sind Konradin«, sagte Latham.

»Jawohl, stimmt«, sagte der Rotschopf grinsend. »Wir sind uns schon einmal begegnet, Mr. Drew. Wissen Sie noch? Damals waren Sie allerdings erheblich nüchterner.«

»In Turin.«

»Im Zug. Menschenskind, daß Sie sich daran noch erinnern, schmeichelt mir. Jedenfalls betrat ich Ihr Zimmer und hörte im Bad das Wasser laufen. Und da lagen Sie, das Gesicht praktisch unter Wasser, die Seife auf dem Boden der Badewanne. Sie sollten sich wirklich mehr vorsehen, Mr. Drew.«

»War jemand hier? Im Zimmer oder im Gang?«

»Nein.« Konradin machte ein erstauntes Gesicht. »War jemand hier?«

»Eine Frau.«

Konradin errötete. Selbst in seinem jammervollen Zustand konnte Latham nicht anders als sich über dieses Phänomen zu wundern. Aber es war nicht zu bestreiten: Trotz der Sommersprossen sah man, wie das Gesicht errötete. »Also«, sagte der Russe schnell, »kann ich Ihnen etwas holen? Vielleicht etwas Warmes zum Trinken?«

»Nein, danke. Aber geben Sie mir eine Zigarette.«

Latham zündete sie an, brauchte möglichst viel Zeit dazu und versuchte, logisch zu denken. Er erinnerte sich an Olga, an ihre Rückkehr zum Hotel, an das kurze Geplänkel im vorderen Zimmer und – aber das war auch schon alles. Offenbar stammten Olgas Einnahmen eher aus Gewalttaten als aus Liebe – er fragte sich, ob seine Brieftasche noch in der Gesäßtasche seiner Hose steckte.

Aber im Augenblick gab es Wichtigeres als die Erinnerung an Olga in seinem Schlafzimmer. Aufmerksam betrachtete er Gregor Konradins leutseliges Gesicht und hoffte, dessen Absichten erkennen zu können.

»Ach ja«, sagte Latham schließlich. »Wahrscheinlich wäre es unhöflich von mir, wenn ich mich nicht bedankte.«

»Sie haben sich bei mir nicht zu bedanken. Schließlich hätten Sie als Ertrunkener für mich keinen Wert mehr.«

»Wie kommen Sie darauf, daß ich für Sie unter anderen Umständen von Wert sein könnte?«

Konradin lachte vor sich hin. »Sie sind ein komischer Kauz, Mr. Drew. Sie wissen, wer ich bin, und ich weiß, wer Sie sind. Warum machen wir uns etwas vor? Wo liegt da der Unterschied? Wir sind keine Feinde, nicht im eigentlichen Sinne. Unsere Länder haben Differenzen, aber kann man uns als Feinde bezeichnen, wenn wir Ballerinen und Jazzmusiker austauschen? Sie sind nach London gekommen, um einen Auftrag Ihres Bosses auszuführen, und ich bin hierher gekommen, um dasselbe für meinen Boß zu tun. Oder stimmt das etwa nicht?«

»Doch, doch. Sagen Sie mir eines, Gregor: Ist es wirklich wahr, daß Sie in Harvard gewesen sind?«

Konradin lachte schallend. »Das ist eine Lüge. Ich war nur auf einer kleinen Universität im Mittelwesten. Eine Tante von mir brachte mich kurz vor dem Krieg nach Amerika. Sie hieß Maria Notrownja Konradin und hat nie ein Wort Englisch gelernt. Eine großartige alte Dame, Mr. Drew – Sie hätten sie bestimmt gemocht.«

»Zweifellos«, sagte Latham. »Au«, fügte er hinzu und richtete sich auf.

»Jedenfalls nehme ich an«, sagte Konradin, »daß Sie wissen möchten, warum ich hier bin.«

»Abgesehen vom glücklichen Zufall.«

»Ja, abgesehen vom Zufall. Gut, ich will es Ihnen sagen. Ich bin gekommen, um Sie zu fragen, ob wir nicht zusammenarbeiten wollen.«

»Sie meinen eine Art von Vertrag?«

»So ungefähr. Wissen Sie, es ist nicht schwer, sich den Zweck Ihres Besuches hier vorzustellen, Mr. Drew, und nach den Leuten zu urteilen, mit denen Sie gesprochen haben, würde ich sagen, daß es schon mehr als nur eine Vermutung ist.«

»Sind Sie mir etwa gefolgt?«

»Sagen wir lieber, ich hatte wohlwollendes Interesse für Ihre Tätigkeit. Beispielsweise scheinen Sie sich sehr stark für Biochemiker zu interessieren. Sehen Sie – ich auch. Und ich hoffe ehrlich, daß Sie dabei mehr Erfolg gehabt haben als ich.«

»Soll ich wissen, was Sie damit meinen?«

»Ja, das wissen Sie«, sagte Konradin grinsend. »Sie wissen von Mr. Gritzkij und ich weiß von Mr. Dancer. Sie sehen also, mein Freund, daß alles gut zusammenpaßt.«

Latham drückte seine Zigarette aus.

Immer noch liebenswürdig lächelnd, zog Konradin die oberste Schublade des Nachttisches auf.

»Hier drinnen ist die Kurzbiographie von Mr. Dancer«, sagte er. Dann klopfte er gegen seine Stirn. »Und hier drinnen ist die von Mr. Gritzkij. Müssen wir denn die ganze Nacht Unsinn schwätzen, können wir uns nicht wie intelligente Menschen unterhalten?«

»Einverstanden«, sagte Latham. »Woran denken Sie?«

»Daran, daß wir uns zusammentun, wie ich bereits sagte. Hier sitzen wir beide, zwei Männer mit demselben Problem. Meiner Ansicht nach könnten wir uns gegenseitig helfen.«

»Und was würde Moskau dazu sagen?«

»Moskau hat dazu nichts zu sagen. Diese Idee stammt nämlich von mir, mein Freund, und ich erledige alles auf meine eigene Weise. Können Sie dasselbe auch von sich behaupten?« Zum ersten Mal klang ein Anflug von Schärfe in der Stimme des Russen mit. Aber dann wurde er wieder gutmütig. »Wissen Sie, drücken wir es doch einmal so aus: Ihr Mann ist Biochemiker, richtig? Nein, ich brauchte Ihren Aktenordner nicht, um das zu erfahren; ich wußte es schon lange vorher.«

»Okay«, sagte Latham. »Er ist also Biochemiker.«

»Gut. Mein Mann, dieser Gritzkij, ist dank eines merkwürdigen Zufalls, den zu erklären ich nicht bereit bin, ebenfalls ein Biochemiker. Richtig?«

»Wenn Sie es sagen.«

»Zwei Biochemiker, Ost und West, beide auf geheimnisvolle Weise verschwunden. Ihre letzte Adresse: London. Richtig? Ihr Mr. Dancer war in Ihrem Land ein hervorragender Wissenschaftler. Mein Mr. Gritzkij war in meinem Land ein hervorragender Wissenschaftler. Wie geht diese Rechnung Ihrer Ansicht nach auf?«

»Das Rechnen haben Sie übernommen, Konradin. Also?«

»Also: Eins minus eins ergibt null, oder? Diese beiden Männer haben ihren eigenen Wert gegenseitig aufgehoben, und zwar für Ihr Land und für mein Land. Ihr bekommt Gritzkij, wir bekommen Dancer. Nichts verloren, aber auch nichts gewonnen. Richtig?«

»Richtig«, sagte Latham. »Was wollen Sie also von mir?«

»Natürlich Informationen. Ich erzähle Ihnen, was ich über den Aufenthalt von Benjamin Dancer weiß, und Sie erzählen mir dasselbe über Gritzkij. Das ist doch nicht mehr als recht und billig, nicht?«

»Woher soll ich wissen, daß Sie die Wahrheit sagen? Und umgekehrt? Oder soll dies ein *Gospodin's agreement* sein?«

Konradins Gesichtsausdruck wurde ernst. »Hören Sie zu, Drew, in diesem Punkt wollen wir offen sein. Wir sind nur zwei Männer, die einen Job haben. Wir sind keine glühenden Patrioten, keiner von uns ist es. Wir sind Polizisten, Detektive. Politik, national oder international, ist mir völlig egal, und Ihnen doch wohl auch. Habe ich recht?«

»Und das soll ich Ihnen glauben?«

Der Russe krauste die Stirn. »Hören Sie – Sie müssen doch einiges über mich wissen. Ich habe praktisch genauso lange in den guten alten USA gelebt wie in Rußland. Verdammt noch mal – mir gefällt Amerika. Ich will nicht mehr, als meinen Auftrag erfüllen, und habe nichts dagegen, wenn es sich abkürzen läßt. Was meinen Sie dazu? Helfen wir uns gegenseitig? Sie erzählen mir, was Sie über Gritzkij wissen, und ich erzähle Ihnen, was ich über Dancer weiß.«

Latham schob sich hoch, bis er gegen das Kopfbrett lehnte. »Okay«, sagte er. »Wahrscheinlich ist das ein gutes Geschäft. Aber Sie zuerst, mein Freund.«

Konradin lächelte und zog ein kleines Spiralnotizbuch aus seinem Jackett. Er klappte es auf und sagte: »Benjamin Dancer bestieg am Freitag, dem 11. Mai, im Londoner Flughafen eine Düsenmaschine der Swissair, die direkt nach Bern flog. Dort sollte er sich mit zwei Vertretern der Sowjetunion treffen, um seine zukünftigen Pläne zu besprechen. Man nahm an, daß er etwa drei Wochen in Bern bliebe, um sich endgültig zu entschließen. Er verwendet den Namen Stanley Bennett. Sehen

Sie?« sagte Konradin. »Was ich Ihnen erzähle, sind nachprüfbare Tatsachen. Wie steht es damit bei Ihnen?«

»Genauso«, sagte Latham leichthin. »Sogar mit Freuden. Ihr Mr. Gritzkij war bis letzte Woche Gast des Catham Inn in Sussex, und zwar unter dem Namen Franz Gebhardt. Freitag vormittag reiste er ab und gab als nächste Adresse Paris an. Ich weiß zwar nicht, ob er sich dort mit irgend jemandem treffen will, aber zumindest ist er hingefahren.«

Konradin machte sich Notizen in seinem Buch.

»In Ordnung«, sagte er. »Nett von Ihnen, daß Sie mir geholfen haben.«

»Vorausgesetzt, ich habe Ihnen die Wahrheit erzählt.«

»Ja, das ist das Risiko, das wir beide eingehen, oder?« Konradin steckte das Notizbuch wieder ein, schlug sich auf die Knie und stand auf. »Wahrscheinlich ist es jetzt besser, wenn ich mich auf den Weg mache. Es ist schon nach Mitternacht, und gewöhnlich liege ich bereits um zehn im Bett. Hoffentlich geht es Ihnen bald etwas besser, mein Freund.«

»Danke«, sagte Latham.

Der Russe ging zur Tür des Schlafzimmers. Auf halbem Wege drehte er sich um und grinste.

»Ich an Ihrer Stelle«, sagte er, »würde jetzt ein hübsches heißes Bad nehmen. Bis bald, Sie Alligator.«

»Raus!« sagte Latham.

Er wartete, bis die vordere Tür zuschlug, und sprang dann aus dem Bett. Während er versuchte, nicht auf das Dröhnen in seinem Hinterkopf zu achten, ging er vorsichtig über den Teppich in das Wohnzimmer, öffnete die Tür einen Spalt, um sicher zu sein, daß sein Besuch tatsächlich gegangen war, und griff dann nach dem Telefon. Der Nachtportier mußte eingeschlafen gewesen sein; Latham fluchte über die Verzögerung. Schließlich hatte er die Verbindung.

»Hallo, Marcus? Hoffentlich habe ich dich aufgeweckt?«

»Damit hast du verdammt recht – wer, zum Teufel, ist denn da?«

»Hier spricht der liebe Gott. Schaffe erst einmal das Weib aus deinem Zimmer.«

»Latham«, schrie Marcus Moynahan, »du verdammte Knallerbse – wann bist du angekommen? Hallo, Molly, Molly!« brüllte er. »Dein Lieblingsjunge ist am Telefon!« Im Hintergrund hörte Latham aufgeregtes Gerede, und er lachte, als er sich das Bild vorstellte: Molly Moynahan in ihrem dicken Baumwollnachthemd, mit den dicken kleinen Händen aufgeregt in der Luft herumwedelnd. Marcus und Molly, Besitzer des Catham Inn in Sussex, hatten sich mit Latham während dessen erstem Auftrag in England angefreundet, und er hatte ihre Zuneigung erwidert, indem er sie auf jeder späteren Reise besuchte. Inzwischen betrachteten die kinderlosen Moynahans ihn praktisch als ihren Adoptivsohn.

»Ich bin seit einer Woche in London«, sagte Latham. »Ich hätte schon eher angerufen, aber leider hatte ich zu tun.«

»Einen Moment, mein Junge, hier versucht eine verrückt gewordene Frau, mir den Hörer zu entreißen.«

»Latham?« Mollys Stimme schrillte im Hörer. »Du kommst sofort hierher, hast du gehört? Oder ich versohle dir den Hosenboden.«

Latham lachte. »Molly, mein Liebling, laß den alten Mann ans Telefon, ich habe etwas Wichtiges mit ihm zu besprechen. Und ich besuche euch, sobald die Angelegenheit hier erledigt ist.« Als Marcus wieder am Apparat war, sagte er: »Höre genau zu, denn es ist wichtig. Es ist mehr als wahrscheinlich, daß morgen oder in den nächsten Tagen ein Mann um das Catham herumschleicht und sich nach einem gewissen Franz Gebhardt erkundigt . . .«

»Nie von ihm gehört«, sagte Marcus.

»Das macht nichts. Soweit es dich betrifft, *kennst* du ihn. Er war letzte Woche von Montag bis Freitag vormittag als Gast bei dir. Als er abreiste, erwähnte er, daß er nach Paris führe. Hast du alles mitbekommen?«

»Ja, das habe ich. Franz Gebhardt. Reiste Freitag vormittag ab. Nach Paris. Was soll das alles, Latham?«

»Einzelheiten kann ich dir jetzt nicht erzählen. Aber sorge dafür, daß alles, was du sagst, auch überzeugend klingt. Falls der Mann Fragen nach dem Aussehen von Gebhardt stellt, sagst du einfach, Gebhardt wäre ein netter alter Herr, und damit Schluß. Das Gästeverzeichnis wird er vermutlich nicht sehen wollen; falls aber doch, darfst du es ihm nicht zeigen.«

»Wie sieht der Mann denn aus, der die Fragen stellen wird?«

»Wenn er selbst kommt, handelt es sich um einen großen rothaarigen Mann mit Sommersprossen, gut aussehend und mit breiten Schultern. Behandele die ganze Angelegenheit nebensächlich, Marcus; je weniger du redest, desto besser.«

»In Ordnung, ich habe verstanden. Du bist doch nicht in irgendwelchen Schwierigkeiten, Latham?«

»Nein, mir geht es großartig«, sagte Latham, berührte seinen Hinterkopf und zuckte zusammen. »Ich will versuchen, euch bald zu besuchen. Und sage Molly, daß es mir leid täte, um diese Zeit angerufen zu haben, aber ich hatte keine andere Wahl.«

»Schon gut, mein Junge. Sieh nur zu, daß du dein Versprechen hältst. Diese verrückte alte Frau macht mir nämlich bestimmt das Leben zur Hölle, wenn du es nicht tust.«

Latham legte den Hörer auf, wickelte sich in ein Laken, um seine Blöße zu bedecken, und setzte sich hin, um auf dem Briefpapier des Hotels ein

Fernschreiben abzufassen. Er wollte es am kommenden Morgen an Shortlake schicken und über Konradins Besuch sowie über die erhaltene Information und die Notlüge berichten, die er erzählt hatte, um seinen Teil des Handels einzuhalten. Offen gestanden hatte er kaum Hoffnung, daß Konradins Geschichte glaubwürdiger sei als seine eigene.

Nachdem das Fernschreiben fertig war, lehnte er sich zurück und dachte an Olga. Wenn ihr Motiv nur Diebstahl gewesen war – warum dann die mit warmem Wasser gefüllte Badewanne? Warum hatte dann nicht ein einfacher Schlag auf den Kopf genügt?

»Die Brieftasche«, sagte er laut.

Er ging wieder in das Schlafzimmer. Unordentlich hing seine Hose über der Lehne eines Stuhls, und er griff in die Gesäßtasche. Die Brieftasche war da. Auch das Geld war noch vollzählig.

Also hatte Olga mehr als nur das Geld gewollt. Das Strichmädchen hatte ihn umbringen wollen.

Aber warum?

Er kehrte zum Bett zurück und überlegte immer noch. In seinem Kopf pochte es, und seine Augen waren bleiern; als sie schließlich zufielen, war es mehr aus Betäubung als aus Müdigkeit. Seine Träume waren zerquält, eine von Dali stammende Anhäufung von Wasser, Frauen, Schachfiguren, Russen und balancierenden Löwen.

Guter alter Sandy. Als Latham ihn nach dem Namen eines vertrauenswürdigen Zuhälters fragte, stotterte der Journalist keinen Augenblick und stellte auch keine Frage.

»Billy Black«, sagte er sofort. »Reden Sie mit Billy, mein Alter, er wird sich Ihrer annehmen.«

»Sie mißverstehen mich«, sagte Latham. »Kommen Sie heute zum Mittagessen, und ich werde Ihnen die Geschichte erzählen.«

»Geht nicht«, sagte Sandy. »Sonst gern, natürlich, aber ich habe Susan zum Essen ins Claridge eingeladen. Endlich habe ich die Schwäche des Mädchens entdeckt – verstehen Sie. Sie ißt gern. Wie war es übrigens in Kent?«

»Ganz prima. Aber ich will Ihnen schnell mein Problem erklären. Ich suche jemanden, der sich mit den Mädchen genau auskennt, sie gut kennt. Ich suche nämlich ein ganz spezielles . . .«

»Wie wäre es denn mit der Polizei?«

»Die Polizei möchte ich nicht einschalten, noch nicht. Glauben Sie, daß Ihr Freund Billy Black mir helfen kann?«

»Billy kennt eine Menge Mädchen, das können Sie mir glauben. Nicht, daß ich irgendwann sein Kunde gewesen wäre, verstehen Sie. An solchen Sachen finde ich keinen Geschmack. Ein reiner Pressekontakt. Sie werden ihn mögen – er ist Klasse.«

»Wie bekomme ich mit ihm Verbindung?«

»In der Middlesex Street, in East End, liegt das

Hotel Blue Bottle. Wohnen tut er dort nicht; Leute wie Billy haben keine ständige Adresse. Aber gewöhnlich ist er zumindest in der Gegend. Wenn er dort nicht sein sollte, fragen Sie beim Empfang; dort wird man Ihnen Näheres sagen können.«

»Und wie komme ich hin?«

»Am einfachsten mit der U-Bahn. In Aldgate steigen Sie aus. Und wenn Sie Billy sprechen, bestellen Sie ihm einen schönen Gruß.«

»Das werde ich«, sagte Latham.

Im East End hatte er das merkwürdige Gefühl, nach Hause gekommen zu sein; die schmalen Häuser, die gewundenen Straßen und öden Toreinfahrten erinnerten Latham an seinen ersten Rundgang als Streifenbeamter. Der alte Marcus Moynahan hatte, in einer Art verkehrtem Stolz, immer das große Format jener Verbrecher gepriesen, die in diesem Bezirk groß geworden waren, und einmal hatte er sogar versucht, Latham den besonderen Cockney-Akzent beizubringen, der hier gesprochen wurde. Latham hatte es jedoch bald wieder als unmöglich aufgegeben. Und deswegen hoffte er, daß Billy Black sich einer schlichten, unkomplizierten Prosa bedienen würde.

Das Blue Bottle machte, auf den ersten Blick, überraschend einen Eindruck schäbiger Achtbarkeit. Der Empfangschef war vom Fach, und in der Hotelhalle saßen träge alte Männer und alte Damen mit freundlichen Gesichtern herum; an jeder Wand hingen Bilder der britischen Königin. Offenkundig war es ein nettes Familienhotel und kaum das Hauptquartier eines erfolgreichen Zuhälters. Latham überlegte, ob Sandy sich nicht geirrt hätte, als er zum Empfang ging und diskret nach »Mr. Black« fragte. Der Empfangschef gab ihm verstohlen einen Hinweis. »Er trinkt gerade ein Glas mit Coker Pettigrew«, sagte er. »Eigentlich müßte er in fünf Minuten wieder hier sein. Wollen Sie warten?«

Latham setzte sich zu einer großmütterlich wirkenden Frau, die ihn äußerst freundlich anlächelte. Nachdem sie ihn einen Augenblick prüfend betrachtet hatte, sagte sie: »Yankee?« Latham nickte zustimmend. »Haben Sie ein Mädchen?« Latham erwiderte das Lächeln, und die alte Dame griff mit einer schnellen Bewegung in ihre Handtasche und holte einen glitzernden Ring hervor, dessen Funkeln von Diamanten stammte – oder auch nicht. »Da. Wetten, daß sie sich rasend darüber freuen wird? Ich lasse Ihnen den Ring für zehn Pfund. Wert ist er fünfzig.«

»Nein, danke«, sagte Latham. »Ich möchte sie nicht zu sehr verwöhnen.«

»Bah!« sagte die alte Dame angewidert. »Elender Knicker!«

Unwillig stand sie auf und zog ab.

Wenige Minuten später trat ein schmucker Gentleman, der nur wenig über einen Meter fünfzig groß war, durch die Tür, und der Empfangschef gab ihm ein Zeichen. Das graue Jackett war auf Taille gearbeitet, und der schwarze Samtkragen entsprach ziemlich genau der Haarfarbe. Er bewegte sich wie ein eitler Gockel; mit Ausnahme der Daumen waren die Hände in den Jackettaschen verborgen, die schmalen Schultern waren durchgedrückt, und seine gewaltige Nase ragte wie der Schnabel eines kecken Habichts in die Luft. Sein scharfer Blick folgte der Bewegung des Empfangschefs, und er entdeckte Latham. Er ließ sich neben ihn auf den freien Stuhl fallen und zündete sich eine Zigarette an.

»Wer hat Sie geschickt?« sagte er beiläufig.

»Ein Freund von mir. Sind Sie Mr. Black?«

»Wie heißt Ihr Freund?«

»Sandy McLash. Vom *Standard*.«

»Dann bin ich Black.« Er zwinkerte Latham durch den Zigarettenrauch zu. »Sie sind Amerikaner, oder?«

»Stimmt. Können wir irgendwo ungestört reden?«

»Was stört Sie hier?«

Latham blickte zu den anderen hinüber, und Billy Black lachte leise vor sich hin.

»*Die* sind in Ordnung«, sagte er. »Das könnten Mitglieder meiner eigenen Familie sein. Sehen Sie da drüben den alten Knaben mit dem Backenbart? Das ist Uncle Humphrey. Der versetzt Ihnen die Zähne aus dem Mund.« Nachdenklich betrachtete er Lathams Füße. »Wie ein Reporter sehen Sie nicht aus, Mister. Was ist Ihr Job?«

»Ich bin kein Reporter«, sagte Latham. »Ich möchte etwas über jemanden wissen, über ein Mädchen. Sandy meinte, Sie wären der Mann, der mir helfen könnte.«

»Welche Art von Mädchen?«

»Die Art, die man am Green Park kennenlernt.«

»Na, na«, sagte Billy Black vorwurfsvoll, »eigentlich sollten Sie doch Bescheid wissen, ein so netter Mann wie Sie. Wenn Sie nächstesmal einen Wunsch haben, rufen Sie mich an. Ich habe nämlich so eine Art Stellenvermittlung.«

»Einen Wunsch habe ich jetzt schon, Mr. Black, aber dabei handelt es sich nur um dieses eine Mädchen. Mit ihm habe ich nämlich noch ein Hühnchen zu rupfen.«

Black grinste und streichelte liebevoll die Spitze seiner Nase. »Was hat sie denn getan, mein Freund – etwa Ihnen die Uhr geklaut?«

»Sie hat mir zwar ihren Vornamen genannt, aber möglicherweise stimmt er nicht. Dafür könnte ich Ihnen eine gute Personenbeschreibung geben.«

»Das kann ich mir vorstellen.«

»Sie ist ziemlich groß, gute Figur, aber etwas zu breite Schultern. Glatte blonde Haare. Hoch angesetzte Wangenknochen, großer Mund und dunkle Augen. Spricht mit unverkennbarem Akzent, deutsch, wienerisch oder ungarisch – genau weiß ich es nicht...«

»Mit Akzent?« Jetzt streichelte er beide Seiten

seiner Nase. »Ihr Name war nicht zufälligerweise Olga, oder?«

»Doch«, sagte Latham gespannt. »Olga war der Name, den sie nannte. Glauben Sie, sie zu kennen?«

Black knurrte. »Eine Freundin von mir ist sie genaugenommen nicht. Eine Königin von Saba, so ungefähr, mit entsprechenden Preisen.«

»Was wissen Sie über das Mädchen?«

»Sie ist neu und arbeitete zuerst ohne großen Erfolg am Piccadilly. Ich versuchte sie für meine Organisation zu interessieren, aber dazu hatte sie keine Lust. So ist das immer mit den Ausländern, ihnen ist der Gemeinsame Markt völlig egal.«

»Wo wohnt sie? Könnten Sie mich hinbringen?«

»Klar, ich kenne ihre Bude. Hinbringen könnte ich Sie zwar, aber meine Zeit ist kostbar.«

»Wie kostbar?«

»Fünf Pfund reichen ungefähr hin.«

Latham erhob sich. »Gehen wir«, sagte er. »Sollen wir ein Taxi nehmen, oder ...« Er unterbrach sich und grinste albern. »Oder haben Sie einen fahrbaren Untersatz?«

»Nein«, sagte Black und lachte leise. »Einen Wagen habe ich nicht. Wir nehmen ein Taxi, Freund, und die Kosten gehen auf Ihr Konto.« Alle Blicke im Blue Bottle folgten ihnen zum Taxistand an der Ecke. Der Kopf von Billy Black reichte kaum bis zum obersten Knopf von Lathams Mantel. Die Fahrt war eine angenehme Besichtigungsreise durch London: vorbei an der Bank von England, an St. Paul's, am Britischen Museum und dann in den von Autobussen beherrschten Verkehr der Shaftesbury Avenue, anschließend ein Dutzend Mal nach rechts oder links, je nachdem, wie Billy Black den Fahrer anwies, und dann kamen sie zu einer Pension in Soho, die ihr Ziel war.

Es war ein schmaler grauer Bau, geschwärzt von Ruß, der sich in Jahrzehnten auf den Backsteinen festgesetzt hatte. Im vorderen Fenster hing ein Schild, daß ein Zimmer zu vermieten sei, und irgendein Werbegenie hatte als Ergänzung das Wort »Zwei« hinzugefügt. Die Bedeutung dieser Zahl sollte Latham noch erfahren.

Billy Black war es, der an der Tür läutete und ein knappes, offenbar streitlustiges Gespräch mit der Vermieterin führte. Sie schienen sich jedoch restlos zu verstehen, denn als Billy auch Latham vorstellte, lächelte die Xanthippe ehrfurchtsvoll.

»Mrs. Chester sagt, die junge Dame sei ausgezogen«, erklärte Billy. »Anscheinend vor etwa zwei Wochen und ohne neue Adresse. Stimmt es, Mrs. Chester?«

»Ja, das stimmt«, sagte die Wirtin. »Und ich bin vielleicht erleichtert. Nicht, daß sie nicht zu den anständigen Mädchen gehört hätte, verstehen Sie, denn so etwas finden Sie bei *mir* nicht. Aber Sie kennen doch diese Ausländer und die Art, wie sie kochen! Bei ihr und dem Katzenmann stank es immer infernalisch.«

»Beim Katzenmann?« fragte Latham.

Billy rieb sich die Nase und lachte. »Haben Sie denn noch nichts davon gehört? Das war vielleicht eine Sache, was, Mrs. Chester? Sie wollen Reporter sein, Mister, und wissen nichts davon?«

»Ich bin kein ...«, fing Latham an. »Ach, lassen wir das.«

»Es stand in sämtlichen Zeitungen«, sagte Mrs. Chester stolz. »Ich bin es nämlich gewesen, die ihn gefunden hat, und zuerst habe ich das Miauen und Weinen der armen kleinen Mieze gehört, das einem das Herz brechen konnte, und bin reingegangen, und da lag der alte Mr. Hughes ertrunken in der Badewanne, ohne einen Fetzen am Körper ...«

Für Latham war es wie ein Bad in eisigem Wasser.

»Was sagten Sie? Jemand ist in der Badewanne ertrunken?«

»Der Herr, der vom *Mirror* war, machte sogar ein Bild von mir, aber in der Zeitung habe ich es nicht entdecken können.«

»Wie hieß er?« fragte Latham. »Der Mann, der ermordet wurde?«

»Ermordet? Wer hat denn gesagt, daß er ermordet worden ist? Nein, er war bloß ertrunken, der alte Idiot ist in der Badewanne eingeschlafen und ertrunken. Interessant waren für die Zeitungen nur die Katzen. Können Sie sich vorstellen, daß er diese armen kleinen Dinger einfach umgebracht hat? Ein richtiger Jack the Ripper war er ...«

»In welcher Wohnung hat er gewohnt?«

»Das war die Wohnung direkt neben der Ihrer Freundin. Und die beiden waren auch miteinander befreundet. Soviel *ich* weiß, haben sie die Katzen gebraten – wahrscheinlich kam daher der fürchterliche Gestank.«

»Darf ich sie mir einmal ansehen? Die Wohnung?«

Mrs. Chester machte ein mißtrauisches Gesicht, aber Billy Black nickte ihr aufmunternd zu. »Gehen wir«, sagte er. »Das ist schon in Ordnung, Mrs. Chester, mein Freund ist nämlich Reporter. Vielleicht schafft er es, daß Ihr Bild gebracht wird.«

»Also dann meinetwegen.«

Sie ließ sich ausführlich über Katzen aus, als sie die ächzende Treppe hinauf in den ersten Stock gingen.

»Große dicke Katzen waren es«, sagte sie, keuchte und stützte sich auf ihre breiten Knie, während sie nach oben stieg. »Einige waren schon so alt, daß sie fast keinen Zahn mehr im Maul hatten. Drei lagen im Ascheimer, wie irgendwelcher Müll. Wahrscheinlich hätte er die andere auch noch umgebracht, wenn er nicht vorher ertrunken wäre. Wissen Sie, man lernt hier zwar alle möglichen Leute kennen, aber das war wirklich ein Kauz ... Da wären wir!«

Sie schob einen Schlüssel in das Schloß und lehnte sich kräftig gegen die Tür. Latham betrat ein kleines viereckiges Zimmer und fuhr angesichts des durchdringenden Karbolgeruchs zurück. Offenbar hatte Mrs. Chester die Wohnung desinfiziert, aber Latham war überzeugt, daß der ursprüngliche Geruch vorzuziehen gewesen war.

Das, was an dem Zimmer auffiel, war das Fehlen jeglicher Farben. Das Muster der Tapete war bis zur Unkenntlichkeit verblichen, und das Linoleum auf dem Fußboden war fast bis zu den Dielenbrettern abgewetzt. In dem Zimmer stand ein frisch bezogenes Bett mit einer Überdecke, aus der jedes Muster ausgewaschen war. Ferner standen in dem Zimmer eine schmutzigweiße Kommode, ein Tisch mit schiefen Beinen, der mit grauem Wachstuch bedeckt war, und ein Stuhl, der zu unsicher schien, um sich darauf niederzulassen. Alle Eigenarten waren aus dem Zimmer herausgescheuert und herausgeschrubbt worden; nichts deutete darauf hin, daß hier irgendwann einmal ein menschliches Wesen gelebt hatte. Mrs. Chester hatte sämtliche Anhaltspunkte beseitigt.

»Und Sie sagten, diese Miss – Miss Olga hätte nebenan gewohnt?«

»Das stimmt, in 2C. Sie haben sich großartig verstanden, die zwei; in beiden Wohnungen stank es zum Himmel.«

»Wie hat er ausgesehen? Dieser Mr. Hughes?«

»Mr. Hughes war ein alter Knacker mit einem

langen weißen Bart. Vor ungefähr sechs Wochen zog er ein und machte einen netten, ruhigen Eindruck. Behauptete, er wäre pensioniert. Und das wird wohl gestimmt haben, wenn Sie *mich* fragen – den haben sie irgendwo wegen Dummheit rausgeworfen.«

»Engländer kann er nicht gewesen sein«, sagte Billy Black voller Nationalstolz. »Nicht wahr, Mrs. Chester?«

»O doch, ich glaube schon. Reden tat er wie ein Professor, mit vielen großen Worten. Aber Kinder hat er gemocht. Wie er immer mit denen hier umging! Sie liefen ihm nach wie dem Rattenfänger. Einmal habe ich sogar gesehen, daß einer dieser kleinen Teufel ihm eine Katze brachte. Können Sie sich das vorstellen? Und daß er ein Katzenmörder war?«

»Aber warum hat er die Katzen getötet? Weiß das jemand?«

»Das war eine Manie«, sagte Mrs. Chester weise. »Wenigstens stand das im *Mirror*. Dem alten Trottel machte es Spaß, für ihn war es ein Sport. Brrr! Ich kann nicht behaupten, daß es mir leid tut, ihn nicht mehr hier zu haben.«

»Na ja«, sagte Billy Black gedankenvoll. »Menschen sind manchmal schon komisch, nicht?«

»Ja«, stimmte Latham ihm zu. »Würde es Ihnen etwas ausmachen, wenn ich mir auch noch Zimmer 2C ansehe?«

»Wie Sie wollen«, sagte die Wirtin mit einem

Schulterzucken. »Aber es sieht genau so aus wie dieses hier, ganz genau so. Ich habe nur eine einzige Art von Zimmer und auch nur einen Preis. Ich führe ein gutes sauberes Haus und serviere anständige Mahlzeiten; das können Sie ruhig Ihren Freunden sagen, Mister.«

»Ich werde Ihr Haus mit Freuden weiterempfehlen«, sagte Latham. »Kann ich mir jetzt das Zimmer ansehen?«

Er bekam es zu sehen, und Mrs. Chester hatte recht gehabt. Das Logis, das Olga bewohnt hatte, wies nur einen einzigen Unterschied auf: Selbst das Karbol konnte den übelkeiterregenden Duft des billigen Parfüms nicht ganz überdecken.

Am gleichen Abend erschien Sandy um sieben Uhr in Lathams Zimmer und machte einen zerstreuten, in Gedanken versunkenen Eindruck. Er wollte nicht einmal seinen Mantel ausziehen; unaufhörlich wanderte er durch das Zimmer, als wäre er am liebsten sofort wieder gegangen.

»Kommen Sie doch endlich zur Ruhe«, sagte Latham. »Seien Sie doch nicht so nervös.«

»Nervös? Ich bin nicht nervös«, sagte Sandy nervös. »Ich habe bloß eine Verabredung, mein Freund, und Sie wissen, wie so etwas ist. Eine Verabredung, ein Stelldichein.« Nervös lachte er.

»Haben Sie das Zeug mitgebracht?«

»Das Zeug? Richtig, das Zeug.« Er griff in seine Manteltasche. »Einen Zeitungsausschnitt«, sagte er und ließ ihn auf den Tisch fallen. »Und eine Photographie. Eine scheußliche Photographie. Der *Standard* bringt so etwas natürlich nicht. Fürchterlich! Mit Toten kann man keine Zeitungen verkaufen. Oder doch? Jedenfalls hat die Polizei die Veröffentlichung verboten, aber hier ist sie.«

Latham griff gespannt nach den beiden Dingen, sagte dazwischen jedoch: »Wollen Sie sich nicht, bitte, hinsetzen? Sie stecken mich langsam an.«

»Tut mir leid, mein Freund. Eine Verabredung, wie gesagt. Pünktlich um sieben Uhr dreißig. Und ich enttäusche andere nicht gern.«

»Geschäftlich?« Dann grinste Latham. »Verzeihen Sie meine Dummheit. Sie sagten, es sei eine Verabredung. Also wahrscheinlich mit einem weiblichen Wesen?«

»So ungefähr.«

»Vielleicht mit Susan? Lassen Sie – ich will nicht neugierig sein. Sie haben über diese Katzengeschichte nicht zufällig selbst berichtet?«

»Ich? Nein, zum ersten Mal hörte ich davon, als Sie anriefen. Daraufhin habe ich nachgesehen und sie gefunden. Gelesen habe ich diese blutrünstige Geschichte auch, und ich bekam eine Gänsehaut. Katzen mag ich sowieso nicht, aber dann noch zehn Shilling dafür zu bezahlen, um sie umzubringen – brrr! Ein bißchen viel.«

»Bezahlt? Sie meinen, der alte Knabe hat die Katzen tatsächlich *gekauft*?«

»Lesen Sie den Bericht. Ich gehe jetzt.«

»Okay, okay«, sagte Latham lächelnd. »Und viel Vergnügen.«

»Danke, mein Freund«, sagte Sandy strahlend und war verschwunden.

Latham las den Zeitungsausschnitt.

In der Badewanne ertrunken – Sein Hobby: Katzen umbringen.

In der vergangenen Woche hätte jeder in der Merchant Street zehn Shilling verdienen können, indem er lediglich eine schöne fette Katze fing. Tut mir leid, aber jetzt ist es dazu zu spät. Den Mann, der diese Käufe tätigte, traf ein unglückliches Schicksal: Er schlief im heißen Badewasser ein und ertrank. Bei der Entdeckung der Leiche durch die Wirtin kam das seltsame Hobby ans Tageslicht. Drei tote Katzen befanden sich im Mülleimer des Mieters, und eine noch lebende Katze, die sich im Zimmer befand, entging demselben Schicksal nur durch das vorschnelle Ende ihres Herrn.

Der Tote wurde von der Polizei als Mr. Arnold Hughes aus Liverpool identifiziert. P. C. Otto Barnstead führte in der Nachbarschaft die Nachforschungen durch und hörte über diese seltsamen Transaktionen von mehreren Halbwüchsigen, die aussagten, Mr. Hughes, der als freundlicher Herr mit einem weißen Bart geschildert wurde, hätte für Katzen von entsprechender Größe und fortgeschrittenem Alter pro

Stück bereitwillig zehn Shilling gezahlt. Die Wirtin, Mrs. Adelaide Chester, erklärte, ihr Mieter wäre ein stiller feiner Herr von gutem Benehmen gewesen, der in der Nachbarschaft beliebt gewesen sei, und nichts hätte auf sein blutrünstiges Interesse an Katzen hingedeutet. Sein Hinscheiden ist für die Katzenbevölkerung von London natürlich eine gute Nachricht, und zweifellos werden die Miezen einen Seufzer der Erleichterung ausstoßen.

Latham grübelte über den Text des Zeitungsausschnittes nach und griff dann nach der Polizeiphotographie, die Sandy aus dem Archiv des *Standard* gemaust hatte.

Das Gesicht des Mannes, der sich Arnold Hughes nannte, zeigte nicht friedvolle Ruhe. Der Tod hatte wie eine Schwerkraft gewirkt und die harten Linien sowie den betrübten Gesichtsausdruck geschärft. Der Mann war zwar alt, aber auf sein Schicksal nicht vorbereitet gewesen; sein letzter Gesichtsausdruck war der des Bedauerns.

Eine Frage, die Latham beschäftigt hatte, wurde jedoch durch die Photographie beantwortet.

Der Mann, der sich Hughes nannte, war nicht Benjamin Dancer.

Dennoch gab es eine Verbindung. Es mußte sie geben. Wenn Olga sich an Latham Drew herangemacht hatte, um ihn zu ermorden, mußte ihr Motiv mit dem vermißten Wissenschaftler zusammenhängen. Wenn Olga diesen Hughes in derselben Weise umgebracht hatte, mußte ihr Motiv eine ähnliche Verbindung haben. Natürlich gab es immer die leichte Erklärung eines merkwürdigen Zufalls, doch Latham lehnte sie ab. Es gab eine Verbindung; er mußte sie nur finden.

Aber die Katzen. Warum die Katzen?

Er versuchte, Schlußfolgerungen in der Art von Sherlock Holmes zu ziehen. Es half nichts. Weder spielte er Geige, noch nahm er irgendwelche Drogen, und er besaß auch nicht die legendäre Fähigkeit des großen Mannes, aus induktiven Strohhalmen deduktive Ziegelsteine zu machen. Plötzlich hatte Latham das Gefühl, seine ganze fieberhafte Tätigkeit führte lediglich dazu, daß er wie ein Blinder ständig in neue Sackgassen hineinrannte.

Mit geringem Appetit aß er im Restaurant seines Hotels. Er wußte, Sergeant Phineas Drew wäre von seinem Sohn enttäuscht gewesen. Er hätte Latham beschuldigt, einem romantischen Regenbogen nachzujagen. Phineas hätte die Dinge völlig anders angepackt. Hätte er Olga verdächtigt, den alten Mann ermordet zu haben, hätte er sich inzwischen der Hilfe der Londoner Polizei versichert. Er hätte die ganze Stadt durchkämmen lassen, bis die Frau aufgetaucht wäre; er hätte sie Stunden um Stunden verhört, bis er die Tatsachen erfahren hätte. Er hätte nicht müßig und grübelnd in einem Hotelzimmer herumgesessen; er hätte nicht in einem eleganten Restaurant Wein getrunken und Roastbeef gegessen. Phineas hätte schwer gearbeitet, und zwar in seiner hartnäckigen, unermüdlichen Weise – und hätte seine Aufgabe gelöst.

Aber der Sohn von Phineas, Latham, beschloß seine Mahlzeit und kehrte, erschöpft von einem Tag, der nichts gelöst hatte, in sein Zimmer zurück.

Er schlief, als das Telefon läutete. Nur halb wach, hörte er, wie die Vermittlung sagte, er möge sich für ein Überseegespräch bereithalten.

»Latham?« bellte die Stimme über fast fünftausend Kilometer Kabel. »Hier ist Shortlake!«

Schuldbewußt fuhr Latham zusammen und richtete sich auf.

»Vor einigen Stunden erhielt ich Ihr Fernschreiben«, knurrte Shortlake. »Ich möchte Ihnen zu Ihrer Dämlichkeit gratulieren. Wer, zum Teufel noch mal, hat Ihnen erlaubt, irgendwelche Vereinbarungen mit einem sowjetischen Agenten einzugehen?«

»Mit Konradin? Ich habe die Situation doch erklärt. Ich war der Ansicht, es lohne sich ...«

»Sie meinen die erlogene Geschichte wegen der Schweiz? Davon stimmt kein Wort. Dancer ist niemals nach Bern geflogen. Kein Mensch verwendet den Namen Stanley Bennett. Wie konnten Sie nur so dämlich sein, diesem Knaben zu vertrauen?«

»Ich habe ihm nicht vertraut!« sagte Latham wütend. »Ich habe Sie vielmehr darauf hingewiesen, daß die Geschichte wahrscheinlich falsch ist. Ich habe nie erwartet, daß er mir die Wahrheit erzählt. Dagegen hatte ich den Eindruck, daß . . .«

»Ja, Sie hatten den Eindruck, es sei eine gute Idee. Deswegen gaben Sie ihm dafür den Tip wegen Gritzkij. Hübsche Arbeit.«

»Von Gritzkij hatte ich nie etwas gehört. Konradin schien anzunehmen, ich wisse Bescheid, aber er irrte sich. Ich habe ihm lediglich einen falschen Tip gegeben, wie er ihn mir gegeben hat . . .«

Statisches Knacken in der Verbindung. Oder war es Shortlake?

»Genau darum geht es«, sagte Uncle Jack bissig. »Sie haben haargenau das Richtige getroffen, mein Freund. Weil Sie nämlich Konradin die Wahrheit erzählt haben.«

»Das habe ich nicht! Ich habe nur gesagt, daß Gritzkij in einem Gasthaus gewohnt hätte, das alten Freunden von mir gehört. Anschließend habe ich dort angerufen und gebeten, daß man meine Angaben bestätigt, um ihn von der Spur abzubringen. Ich habe Konradin erzählt, Gritzkij sei nach Paris gefahren . . .«

»Ja«, sagte Shortlake. »Und damit haben Sie sogar recht gehabt. Unser eigener Nachrichtendienst hat eben einen Bericht über den russischen Überläufer durchgegeben, und in diesem Bericht wird genau das behauptet. Gritzkij soll in Paris sein. Herzlichen Glückwunsch, Drew. Wirklich schade, daß Sie nicht für uns arbeiten.«

4
Der Höhepunkt einer Party

Irgendwo im britischen Empire fand ein Kricketspiel statt, und der verwirrende Bericht über dieses Spiel wurde von der BBC ausgestrahlt. Latham, der in einer halbdunklen Ecke des Pig in the Pound saß, hörte der trockenen Aufzählung unverständlicher Angaben zu und wartete unruhig darauf, daß der andere Stuhl besetzt würde. Als er Joanna Sweet in The Marshes angerufen hatte, hatte er eigentlich mit einer Ablehnung gerechnet; anscheinend hatte Joanna jedoch an diesem Tag in London zu tun und ebenfalls den Wunsch, ihn zu sprechen. Sie hatte sich jedoch verspätet, um eine gute halbe Stunde verspätet; und Latham überlegte, ob ihr greisenhafter Arbeitgeber sich vielleicht in ihre Pläne eingemischt hatte.

Bei der Kellnerin mit den rosafarbenen Wangen bestellte er einen zweiten Drink. Er traf zusammen mit Joanna Sweet ein. »Es tut mir schrecklich leid«, sagte sie. »Aber ich habe den ersten Zug verpaßt und mußte warten. Mr. Swickert glaubt, ich wolle Besorgungen machen, und einiges muß ich tatsächlich noch besorgen; deswegen können wir nicht lange miteinander reden.«

»Möchtest du einen Drink oder lieber etwas zu essen?«

»Natürlich etwas zu essen. Ich bin überrascht, daß du nach allem, was passiert ist, tatsächlich daran denkst, mir einen Drink anzubieten.« Sie lächelte scheu. »Ich hatte schon geglaubt, du wärest auf mich so wütend, daß du nie wieder anrufen würdest. Es tut mir wirklich leid, Latham.«

»Das soll es dir auch«, knurrte er. »Du hast gar keine Ahnung, wie leid es dir tun sollte.«

»Dann will ich versuchen, es wiedergutzumachen.«

»Oh!«

Joanna wurde rot. »Aber nicht so, wie du denkst.«

»Also gut, dann können wir jetzt schon anfangen«, sagte Latham. »Hast du getan, um was ich dich gebeten hatte – wegen des Schachspieles?«

»Du meinst die schwarze Königin auf dem weißen Feld und alles andere? Ich habe wirklich versucht, es herauszubekommen, aber von den Figuren waren so viele verstellt worden, daß ich es wirklich nicht sagen kann . . .«

»Es spielt auch keine Rolle. Ich bin überzeugt, daß die Figuren falsch standen und daß dein Chef wahrscheinlich überhaupt nicht Schach spielen kann. Und wegen der Löwenbrücke: Möglicherweise ist es ein Klub – aber ich bezweifle, daß es dabei um Schach geht.«

»Warum ist denn das alles so wichtig? Warum kümmert der *Standard* sich so sehr um eine kleine Anzeige?«

»Du sagtest, du wärst bereit, mir zu helfen, nicht wahr?«

»Aber wie?«

»Wenn ich mir einmal einen Brief ansehen könnte, der für Box 143 eintrifft ... Hast du vielleicht irgendwann einmal heimlich einen Brief aufgemacht?«

Joanna machte ein entsetztes Gesicht. »Niemals!«

»Würdest du es vielleicht tun, wenn ich dich darum bitte?«

»Nein!«

»Also gut«, sagte Latham. »Dann wollen wir jetzt bestellen. Und anschließend werde ich dir etwas erzählen, was deine Ansicht vielleicht ändert.«

Sie bestellten, und dann berichtete Latham.

»Erstens«, sagte er, »bin ich nicht Reporter. Ich bin Agent der amerikanischen Regierung.«

Er schwieg, damit Joanna diese Mitteilung mit dem Bissen geschmorten Lamms herunterschlucken konnte. Ihre Augen wurden groß und sahen noch hübscher aus als je zuvor.

»Es tut mir leid, daß ich dich anlügen mußte, aber es war nötig. Ich glaube nämlich nicht, daß Mr. Swickert Lust gehabt hätte, sich mit einem Polizisten zu unterhalten. Deswegen habe ich mich zum Reporter gemacht.«

»Das ist schon in Ordnung«, flüsterte Joanna, deutlich erschrocken. »Bist du vom FBI?«

»Die Befehlskette verbindet mich mit einer Stelle irgendwo zwischen Intelligence und Secret Service. Genaugenommen arbeite ich jedoch ziemlich auf eigene Faust. Dafür gibt es Gründe, die ich jedoch nicht weiter erläutern möchte.«

»Natürlich nicht.«

»Die Wahrheit ist, Joanna, daß ich nach London gekommen bin, um jemanden zu suchen.«

Dann erzählte er ihr. Gebannt lauschte sie der Geschichte von Benjamin Dancer, dem verschwundenen Biochemiker. Mit offenem Mund hörte sie seiner Beschreibung von Olga, der Badewannen-Mörderin, zu. Verwirrt klapperte sie mit den Augenlidern bei der Geschichte von Arnold Hughes, dem Katzenmörder von London. Ein ängstliches Gesicht machte sie bei der Erwähnung Konradins, des sowjetischen Agenten, der jetzt nach Paris unterwegs war, dank der unfreiwilligen Hilfe von Latham Drew. »Paris!« sagte sie. »Das ist auch wieder so ein merkwürdiger Zufall . . .«

»Wieso?«

»Wahrscheinlich hat es nichts zu bedeuten. Aber deswegen bin ich heute nach London gekommen, zu Besorgungen. Mr. Swickert fährt nämlich nach Paris, und ich begleite ihn.«

Latham zog die Stirn kraus. »Ich habe dir schon gesagt, was ich von Zufällen halte – man kann sich auf sie nie verlassen. Wenn Swickert nach Paris fährt, hat er möglicherweise auch einen Grund für diese Reise?«

»Aber natürlich. Ich meine, er geht zu der Party von Madame de Sala. Jedes Jahr fährt er dazu nach Paris.«

»Zu wessen Party?«

»Zu der Party von Madame de Sala. Kennst du sie?«

»Irgendwo habe ich den Namen schon gehört.« Latham strengte sein Gedächtnis an. »Warte einen Moment. Nathalia.«

»Wer?«

»Nathalia, die Königin der Bolschewiken. Ein kleines rotes Mädchen, das ich drüben in Washington kenne. Als ich sie zum letzten Mal sah, sagte sie irgend etwas von einem Ball dieser Madame de Sala vom letzten Jahr. Wahrscheinlich ist diese Madame de Sala eine Art pariserischer Elsa Maxwell.«

»Das trifft die Sache ziemlich genau. Selbst kenne ich diese Frau zwar nicht, aber Mr. Swickert hat mir von ihr erzählt. In den *London Illustrated News* war einmal ein Artikel über ihre Party. Er zeigte ihn mir, weil ein Bild von ihm dabei war. Sie ist eine reiche Witwe, die diese aufsehenerregenden Feste gibt. Ausgesprochen High-Society, internationale Berühmtheiten und ähnliche Leute. In dem Artikel hieß es immer nur: Fürst Sowieso, Sir Sowieso und Botschafter Sowieso.«

»Bist du auch eingeladen?«

»Ich?« Joanna lachte. »Krankenpflegerinnen besuchen keine Kostümbälle. Natürlich, wenn ich einen hübschen dicken Kürbis als Wagen hätte, dazu sechs Mäuse als Gespann und eine gute Fee ...«

»Das ist schade«, sagte Latham. »Dabei klingt es, als wäre diese Party interessant.« Er verstummte, während die trockene Stimme des BBC-Reporters mit der Schilderung des Kricketspieles fortfuhr.

»Woran denkst du?«

»An das, was als nächstes zu tun ist«, sagte Latham. »In London bin ich nicht allzuweit gekommen. Vielleicht sollte ich es einmal in Paris versuchen.«

Auf reizende Weise errötete sie. »Das ist eine bezaubernde Idee. Paris im Frühling, tralala. Vielleicht könnten wir uns manchmal treffen.«

»Das wäre einer der Vorzüge.« Nachdenklich zog er den zusammengefalteten blauen Bogen aus der Tasche, den er seit seinem Eintreffen in England nicht mehr angesehen hatte. Er reichte ihn ihr, und sie betrachtete die balancierenden Löwen, wobei ihre hochgezogenen Augenbrauen zwei Fragezeichen bildeten.

»Soll das etwas bedeuten?« sagte Joanna.

»Als ich es zum ersten Mal sah, habe ich es ›Löwenbrücke‹ getauft. Diese Zeichnung vor allem hat mich nach The Marshes gebracht, nachdem ich die Anzeige im *Standard* entdeckt hatte. Dieser Bogen wurde unter den privaten Papieren Benjamin Dancers gefunden, und bisher ist er nur ein

Stück eines Puzzlespiels. Hast du diese Zeichnung früher schon einmal gesehen? In Swickerts Haus?«

Sie schüttelte den Kopf. Latham nahm das Papier wieder an sich. »Es muß irgend etwas bedeuten, Jo. Für Swickert hat es irgendeine besondere Bedeutung, und vielleicht hatte es dieselbe Bedeutung auch für Benjamin Dancer. Ich muß herausbekommen, was es ist.«

»Dann kommst du also auch nach Paris?«

»Swickert, Gritzkij und Konradin – alle fahren plötzlich dorthin. Wahrscheinlich sollte ich es ebenfalls tun.«

Joanna hob ihr Glas. *»A votre santé«*, sagte sie.

Am folgenden Abend veranstaltete Sandy zum Abschied eine trübsinnige Party. Entscheidend für Lathams Stimmung waren fehlende Fortschritte im Fall Benjamin Dancer sowie die Sorge, daß er durch seine Reise nach Frankreich zu sehr vom eigentlichen Kern abkam. Sandys Melancholie hatte andere Ursachen, vermutlich Frauen. Sie saßen sich in Sandys Klub, The Quill, gegenüber, jeder mit seinen eigenen Gedanken beschäftigt.

Latham brach schließlich das Schweigen. »Haben Sie schon mal von einer Madame de Sala gehört?«

»Nicht, daß ich wüßte«, sagte Sandy apathisch. »Zu derartigen Leuten gehe ich nicht.« Er nippte an seinem Glas und wurde plötzlich lebhaft. »De Sala? Wo habe ich nur meine Gedanken! Ja, ich kenne Madame de Sala, natürlich nur dem Namen nach. Persönlich begegnet bin ich dieser Frau noch nicht.«

»Dieser Mummelgreis draußen in Kent fährt zu ihrer Soiree. Ich überlegte schon, ob es sich lohnen würde, sich eine Einladung zu verschaffen.«

»Bestimmt!« sagte Sandy begeistert. »Bei diesen Gesellschaften gibt es immer phantastisch gut zu essen. Diese Dukes und Barons und was weiß ich – diese Leute muß sie gut behandeln. Natürlich dürfte es nicht einfach sein, sich ohne Einladung einzuschmuggeln.«

»Was würden Sie unternehmen, wenn Sie an meiner Stelle wären?«

»Natürlich würde ich alles in Bewegung setzen. Benutzen Sie doch Ihre Verbindungen. Bestimmt sind auch Leute von der amerikanischen Botschaft eingeladen – das ist so üblich.«

»Das hat keinen Sinn. Sie wissen, daß ich keinen offiziellen Rang habe. Die Botschaft hat also keinen Anlaß, mir einen Gefallen zu tun.«

»Schade – es hätte Ihnen sicherlich Spaß gemacht. Dieses alte Mädchen ist nämlich in diesem Punkt einfach phantastisch.«

»Was wissen Sie über sie?«

»Eigentlich nicht viel. Sie ist Witwe, stinkreich, hat sich in Paris vor etwa zwölf Jahren niedergelassen und widmet ihr Leben der Veranstaltung von Partys für den internationalen Set. Das passiert zwar nur ein- oder zweimal im Jahr, aber es sind die Höhepunkte der Saison. Meiner Ansicht nach eine kluge Frau, aber soviel ich weiß, ist sie nicht durch ihren Verstand so beliebt geworden. Das kommt vielmehr vom Essen.«

»Sandy, denken Sie auch einmal an andere Dinge als an Essen?«

Seine Frage brachte das Licht in Sandys Augen zum Erlöschen, und Sandy war wieder trübsinnig.

»Reden wir bitte nicht davon«, sagte er. »Sprechen Sie dieses fürchterliche Wort nicht noch einmal aus. Gestern abend habe ich mit Susan zusammen in ihrer Wohnung zu Abend gegessen – alles selbst gekocht.«

Latham grinste. »Meinen Glückwunsch. Anscheinend machen Sie Fortschritte.«

»Ihre Mutter war dabei.«

»Oh.«

»Es hat sich herausgestellt, daß dieses Mädchen ausgesprochen prüde ist, eine absolute Zeitverschwendung. Manchmal glaube ich, ich sollte sie einfach sausen lassen.«

»Und warum tun Sie es nicht?«

»Sie wissen doch, wie attraktiv sie ist.«

»Allerdings.«

»Und kochen tut sie wie ein Engel.«

»Aha.«

»Aber damit hat es sich auch. Das alberne Ding kennt nur eine einzige Melodie – den Hochzeitsmarsch.« Sandy erschauerte. »Und dann glauben Sie, Probleme zu haben!«

Zumindest eines von Lathams Problemen löste sich im Laufe des Abends. Joanna Sweet rief an.

»Latham? Unsere Maschine fliegt in zwei Stunden, aber ich dachte mir, ich sollte dir die gute Nachricht noch schnell durchgeben.«

»Fein – ich kann gute Nachrichten gebrauchen.«

»Weißt du noch, was ich dir über die Party von Madame de Sala erzählte? Eben habe ich die gute Fee entdeckt.«

»Großartig! Hat sie vielleicht einen Kürbis, in dem Platz für zwei ist?«

»Das könnte ich mir vorstellen. Sie heißt Hermione, und ich kenne sie noch aus meiner Zeit in Paris. Sie schrieb damals Versdramen oder ähnliches, aber anscheinend ist sie inzwischen anständig geworden und hat eine Stellung angenommen. Kannst du raten, bei wem?«

»Etwa bei Madame?«

»Ist das nicht wundervoll? Als Mr. Swickert ihren Namen erwähnte, wußte ich, daß es sie sein mußte. Sie ist jetzt Privatsekretärin von Madame de Sala und für die Einladungen zuständig. Zwar bin ich mir nicht ganz klar, ob es auch klappen wird, aber wenn das Mädchen auch nur eine Spur von Dankbarkeit besitzt, wird sie uns bestimmt eine Einladung geben. Ich habe Hermione nämlich monatelang durchgefüttert.«

»Aber deinen Chef wollen wir natürlich nicht übergehen . . .«

»Oh, Mr. Swickert hat nichts dagegen. Ich habe

mit ihm bereits über die Möglichkeit gesprochen, und er hielt es für eine gute Idee. Im Grunde ist er doch ein alter Schatz, auch wenn du glaubst, er sei so etwas wie ein Fu Mandschu.«

»An dem Abend, als du betrunken warst, hast du anders über ihn geredet.«

»Das passiert immer, wenn ich trinke. Alles, was ich dann sage und tue, ist ziemlich unhöflich.«

»Stimmt«, sagte Latham. »Das nächste Mal werde ich also dafür sorgen, daß du nüchtern bleibst. Hör zu – wo kann ich dich erreichen, wenn ihr in Paris eintrefft?«

»Wir wohnen im Goncourdine.«

»Meine Maschine kommt morgen nachmittag um vier in Orly an. Wie wäre es, wenn wir uns zum Abendbrot oder sonstwie treffen?«

»Das ›sonstwie‹ braucht dir keine Sorgen zu machen – wir essen zusammen zu Abend. Ich kenne ein Restaurant, das ich sehr liebe, das Cloche Rouge. Es liegt an der Rue de la Huchette, in der Nähe des Boul' Mich'. Das Essen ist zwar nicht besonders, aber die Atmosphäre ist nett, und früher bin ich häufig dort gewesen. Kannst du mich dort treffen?«

»Gemacht. Um welche Zeit?«

»Um halb acht«, sagte Joanna Sweet. »Und drücke fest die Daumen. Hoffentlich stellt sich nicht heraus, daß Hermione ein undankbarer Mensch ist.«

Fünf Jahre war es her, seit Latham zum letzten Mal in Paris gewesen war, und an diesen Besuch hatte er keine angenehmen Erinnerungen. Er war als Tourist gekommen, war gespannt gewesen auf die Boulevards, wollte im Freien *apéritifs* trinken, das Nachtleben genießen und den Charme von Montparnasse in sich aufsaugen. Aber zwölf Stunden später hatte ein Telegramm von Shortlake ihn an die französische Riviera geschickt, mitten in die Jagd des amerikanischen Finanzministeriums auf einen amerikanischen Geldfälscher, der schlecht gemachte Banknoten auf dem europäischen Schwarzen Markt absetzte. Geendet hatte dieser Urlaub für ihn mit einer Kugel im Bein, die er einem übereifrigen *carabiniere* verdankte, der ihn irrtümlich für den Verbrecher gehalten hatte, sowie mit einem zehntägigen kostenlosen Aufenthalt im St.-Sebastian-Hospital.

Trotzdem ergriff ihn die alte Erregung, als seine Maschine auf dem Flugfeld von Orly aufsetzte. Er grinste vergnügt den ganzen Weg bis zum Hotel Bernard, einem kleinen und angenehmen Hause, das im Ruf stand, amerikanische Besucher anständig zu behandeln und nicht übers Ohr zu hauen. Der Concierge, ein schlagfertiger kleiner Mann, hieß Monsieur Guillet, und Latham, der die Bedeutung des Concierges für den Reisenden kannte, begrüßte ihn als erstes mit 200 NF, mit denen er sich unsterbliche Loyalität und Zuneigung erwarb.

Auf den Booten, die im südlichen Arm der Seine dahintrieben, lag rotes Sonnenlicht, als Lathams Taxi sich durch den Boulevard St. Michel hupte. Jenseits des Stromes tauchten die dicken Mauern der Île de la Cité, das langweilige städtische Krankenhaus, das Palais de Justice und die Préfecture de Police auf – allzu viele Erinnerungen an seinen letzten Besuch in der Stadt des Lichtes. Besser wurde ihm erst, als das Taxi in die heiterere Atmosphäre der Rue de la Huchette einbog und er das summende Neonzeichen in der Form eines roten Zylinders erblickte.

Nach seinem Äußeren zu urteilen, wollte das Cloche Rouge ein elegantes Lokal sein; im Innern merkte man jedoch, daß es sich um ein von einer Familie betriebenes Familiencafé handelte, was es schon immer gewesen war. Das Garderobenmädchen war eine Cousine von Monsieur Bertholot, dem Besitzer; die Bardame war die Tochter von Madame Bertholot. Die Kellner waren Schwiegersöhne von Monsieur Bertholot, der Küchenchef war der Onkel von Monsieur Bertholot, und die Wirtin, die zugleich die Gäste begrüßte, war seine Frau.

Als Madame dann Latham zu Joannas Tisch führte, wartete dort eine Überraschung auf ihn. Joanna war nicht allein; neben ihr saß, schmallippig und ernst, eine magere graue Maus von Mädchen. Das Haar war straff zurückgekämmt und endete in einem Knoten, der schmerzen mußte; die Augen blickten an einer langen Nase entlang und starrten gebannt auf die zusammengepreßten Hände, die im Schoß lagen.

»Latham!« sagte Joanna glücklich und erhob sich, um ihn zu begrüßen. »Ich habe eine wunderbare Überraschung für dich. Sieh mal, wer mit uns zu Abend essen wird – meine alte Freundin Hermione Rousse!«

Das Mädchen warf ihm einen schnellen, stechenden Blick zu und wandte dann ihre Augen ab. Latham nahm Platz, fest entschlossen, galant zu sein. »Ich freue mich sehr, Sie kennenzulernen«, sagte er. »Joanna hat mir viel von Ihnen erzählt.«

»Wirklich?« Hermiones Blick huschte zu Joanna hinüber, und ihr Gesicht bekam einen anklagenden Ausdruck. »Was hast du ihm von mir erzählt?«

»Nur, daß wir sehr befreundet waren.«

»Soviel ich weiß, schreiben Sie«, sagte Latham. »Jo hat mir von den großartigen Versdramen erzählt.«

Hermione verzog die Lippen. »Das ist aber komisch. Sie hat nämlich nie auch nur ein einziges Wort von dem gelesen, was ich schrieb.«

»Du weißt doch selbst, daß ich viel zu tun hatte, Hermione. Krankenpflege ist eine Arbeit, die vierundzwanzig Stunden am Tag dauert. Außerdem hast du mir nie angeboten, deine Dramen zu lesen, oder?«

Latham räusperte sich schnell und winkte den

Ober heran. »Was meint ihr – nehmen wir erst einen Drink?«

Hermione bestellte einen Pernod, Latham einen Cognac und Joanna nichts. Als die Gläser vor ihnen standen, entkrampfte Hermione Rousse ihre Hände langsam und legte sie flach auf den Tisch.

»Schon gut«, sagte sie verbittert. »Ich weiß ja, was ihr in Wirklichkeit von mir wollt, ihr beide. Ihr braucht gar nicht so zu tun, als mögt ihr mich. Ihr glaubt doch, ich könnte euch eine Einladung zu der Party von Madame de Sala besorgen, nicht wahr?«

»Das ist aber nicht schön«, sagte Joanna. »Du weißt, daß ich dich mag, Hermione, dich immer gemocht habe. Als ich hörte, daß du die Sekretärin von Madame seist –«

»Da warst du überrascht, nicht wahr?« Hermione starrte Joanna mit boshaftem Blick an. »Dabei hast du nie geglaubt, daß aus mir noch einmal etwas würde, nicht wahr? Siehst du, und jetzt müssen die Leute *mich* um einen Gefallen bitten.«

Joanna begann zu kochen. »Du bist nicht verpflichtet, irgend etwas zu tun. Wenn du glaubst, daß zwei Einladungen ...«

»Ihr braucht nicht zwei, sondern nur eine. Jeder eingeladene Gast kann nämlich einen zweiten mitbringen.« Mit nachdenklich gefurchter Stirn sah sie Latham an. »Bist du mit ihm verlobt?«

»Nein«, sagte Joanna und wurde rot.

»Besitzen Sie einen Gesellschaftsanzug, Mr. Drew?«

»Wahrscheinlich werde ich mir einen leihen müssen.«

»Und eine weiße Fliege! Es handelt sich um eine ausgesprochen formelle Angelegenheit.«

»Ich verspreche Ihnen, nicht mit den Fingern zu essen, Miss Rousse.«

Vernichtend sah sie ihn an. Dann sagte sie: »Also gut, ich werde mein möglichstes versuchen. Können wir jetzt vielleicht eine Speisekarte haben?«

Der Schwiegervater von Monsieur Bertholot erschien. Hermione bestellte die teuersten Gerichte und verspeiste jeden Gang entschlossen mit wortlosem Genuß.

Latham sah Joanna erst am Sonnabend, dem Abend von Madame de Salas Party, wieder. Auf diese Weise hatte er zwei Tage Zeit, um sich einen Gesellschaftsanzug und ein Auto zu leihen – beides Vorgänge, die durch seine ungewöhnliche Größe erschwert wurden. Schließlich fand er einen Anzug und einen Simca Ariane, in denen er seine langen Beine zufriedenstellend unterbringen konnte. Mit dem Ergebnis war er zufrieden, bis er Joanna im Goncourdine abholte. Irgendwie war es ihr gelungen, zu einer schimmernden blauen Sensation von Kleid zu kommen: Tüll um die Schultern, eng am Körper anliegend, um die Hüften knapp gearbeitet und mit weit ausschwingendem Rock. Der Kontrast nahm ihm jeglichen Mut. Er hatte gehofft, auf der Soiree von Madame de Sala nicht aufzufallen. Aber mit einer einen Meter achtzig großen Göttin in Blau am Arm hatte er kaum eine Möglichkeit, der Aufmerksamkeit zu entgehen.

Besser wurde ihm, als sie ankamen; nach der Reihe funkelnder schwarzer Wagen, die vor dem Aufgang des Stadtpalais vorfuhren, mußte die Zahl der Gäste mehrere hundert betragen. Es bestand also kein Anlaß zur Sorge, allzuviel Aufsehen zu erregen; die Konkurrenz war erbittert. Diamanten funkelten an weißen Hälsen und Armen, Orden klapperten an Diplomatenfräcken, Gold leuchtete von Uniformen, und Diademe funkelten unter den Kristallüstern. Einige Damen trugen Kleider, die weniger aus Stoff als vielmehr aus Edelsteinen zu bestehen schienen. Asiatinnen trugen Saris aus fließender Seide. Dunkelhäutige Männer trugen weiße Turbane mit einer Smaragdschnalle. Man sah schwarze und graue Bärte jeglicher Art, rosige Haut, olivfarbene Haut und braune Haut, Matronen in Straußenfedern und junge Frauen in tiefausgeschnittenem Atlas. Inmitten dieser menschlichen Verkleidung hatte nur eine einzige Gestalt eine wirkliche Chance, ungewöhnliches Interesse auf sich zu ziehen: die Gestalt der Gastgeberin. Sie war groß und breitschultrig, trug ein Kleid aus pechschwarzem Samt und als Schmuck lediglich einen einzigen tropfenförmigen Diamanten, durch den ihr Busen einem Schaufenster von Tiffany ähnelte; ihr stolzer Kopf wurde von weißem Haar gekrönt, das zu einer komplizierten Frisur aufgetürmt war. Sie stand am Eingang des großen Ballsaals und begrüßte jeden Ankömmling mit einem warmen Lächeln und einem persönlichen Wort.

Als sie an der Reihe waren und ihre Einladung einem Butler mit steinernem Gesicht übergeben hatten, betrachtete Latham die imposante Figur von Madame und flüsterte: »Was sage ich zu ihr?«

»Nichts!«

Grund zu irgendeiner Besorgnis bestand nicht; Madame de Sala schien entzückt, sie zu sehen. Sie machte eine bewundernde Äußerung über Joannas Kleid und lächelte kokett über Lathams linkische Verneigung. In der Nähe konnte Madame ihr Alter nicht verheimlichen, denn die dicke Schicht weißen Puders auf ihrem Gesicht konnte die Unzahl feiner Falten, die von ihren Augen und den Winkeln ihres lächelnden Mundes ausgingen, nicht ganz überdecken.

»Ich freue mich so, daß Sie gekommen sind«, murmelte sie und betrachtete bereits die hinter ihnen stehenden Gäste. Dankbar ließen Latham und Joanna sich von der glanzvollen Menge aufnehmen, die sich jetzt zum Angriff auf die mit Delikatessen überladenen Tische an den drei Seiten des Raumes formierte.

Ein Streichorchester versuchte, die Unterhaltung zu übertönen. Kellner, die langsam einen gequälten Ausdruck annahmen, bewegten sich geschickt zwischen den Menschen hindurch und balancierten silberne Tabletts auf den Fingerspitzen. Das Knallen der Korken ähnelte einem gedämpften Artilleriefeuer; Teller und Bestecke klirrten, als die Gäste sich versuchsweise an die endlose Vielfalt der eßbaren Dinge wagten, die die goldgeränderten Platten füllten.

»Sieh dir das an«, flüsterte Latham Joanna ins Ohr. »Ist es dir schon aufgefallen? Wenn die Menschen etwas zu essen bekommen, ohne bezahlen zu müssen, werden sie wieder zu Wilden. Selbst Millionäre.«

»Selbst arme Leute wie ich«, sagte sie und warf einen hungrigen Blick auf ein Tablett mit Sandwiches. Latham verstand den Hinweis und schloß sich dem Angriff an.

Zehn Minuten später waren sie getrennt; ein aufgeregter Franzose hatte Joanna in eine Ecke gedrängt und unterhielt sie schnatternd mit französischer Politik oder irgend etwas, das genauso verwirrend war. Joanna schien jedoch standzuhalten; ihr Französisch war fließend, auch wenn ihre Kenntnisse über das Thema dürftig waren. Eine umfangreiche Frau mit gewagtem Ausschnitt schien Latham für einen amerikanischen Sportler zu halten; sie bestand darauf, ihn ihrem Mann vorzustellen, einem glotzäugigen Mann, der irgend etwas mit den bevorstehenden Olympischen Spielen zu tun hatte. Latham, der an seinem dritten Glas Champagner war, murmelte schließlich eine Entschuldigung und begab sich auf die Suche nach Joanna. Joanna war mittlerweile Mittelpunkt eines vielsprachigen Kreises, zu dem ein Araber im Burnus, ein dicker bärtiger Mann mit dem Band der Ehrenlegion auf dem Rockaufschlag und zwei mit bleckenden Zähnen grinsende junge Männer gehörten, deren Gesellschaftsanzüge wie eine zweite Haut saßen.

Im nächsten Augenblick wurde er von einer neuen menschlichen Welle fortgeschwemmt, diesmal zu einer Gruppe, die aus heiter blickenden jungen Damen bestand. Die Beleibte mit der *décolletage* stellte ihn vor; fünf Minuten lang folgten Kopfnicken und Verneigung, Kopfnicken und Verneigung. Er trank sein viertes und fünftes Glas Champagner. Die Flucht gelang ihm, als er am oberen Ende der Treppe ein bekanntes Gesicht entdeckte. Wie sich herausstellte, gehörte es Hermione Rousse, die die Gäste mit gekrauster Stirn und der vorsichtigen Mißbilligung eines Wachhundes beobachtete. Latham lächelte ihr flüchtig zu und ging weiter.

Diesmal fand Joanna ihn. Sie legte ihre Hand in seine und steuerte ihn in einen anderen Teil des Raumes. »Komm mit«, flüsterte sie. »Mr. Swickert ist hier . . .«

Sie drängten sich durch die Menschenmenge; in

einer verhältnismäßig leeren Ecke entdeckte Latham den alten Mann in seinem Rollstuhl. Der Anzug, der seinen eingefallenen Körper bedeckte, war ein Wunder von Schneiderkunst und Polsterung. Swickert lächelte sogar, gestikulierte mit seinem Krückstock, während er mit den beiden Männern sprach, die neben seinem rollenden Gefängnis standen. Derjenige, mit dem er sprach, erwiderte das Lächeln und nickte zustimmend mit dem Kopf, aber Lächeln und Nicken gehörten zu einem Mann, der zuhört und doch nichts versteht – die übliche Höflichkeit eines Tauben.

»Oh, meine Liebe«, sagte Swickert, als Joanna sich ihm näherte. »Wie reizend Sie aussehen! Hier, Graf, sehen Sie, wie gut mein Geschmack ist? Miss Sweet ist meine Pflegerin, Graf. Bezaubernd, was?«

Der Mann, den er mit Graf anredete, nickte, lächelte und sagte nichts. Es war ein graugesichtiger, affenartiger Mann mit tiefgefurchter Stirn; das Lächeln auf seinen Lippen war festgefroren, starr, jedoch freundlich.

»Das ist Graf Morkin«, sagte Swickert. Er krächzte und zupfte am Ärmel des zweiten Mannes, der neben ihm stand. »Und das hier ist Monsieur Corbeau – Sie kennen sich natürlich schon.«

»Allerdings«, sagte Corbeau mit einer steifen Verbeugung. Latham betrachtete er mit einem unerfreulichen Blähen seiner Nasenlöcher. Corbeau hatte ein teuflisches Aussehen, und seiner Ähnlichkeit mit Mephisto schien er sich nicht nur bewußt zu sein, sondern unterstrich sie noch: Er trug einen Schnurrbart und einen Spitzbart, und sein grau-meliertes Haar war in zwei hornähnlichen Büscheln nach oben gekämmt. »Pardon«, sagte er trocken. »Ich glaube nicht, schon das Vergnügen gehabt zu haben.«

»Drew«, sagte Latham. »Latham Drew, Monsieur.«

»He!« sagte Swickert. »Ein Reporter, Gentlemen. Achten Sie auf das, was Sie sagen! Sonst steht es morgen in der Zeitung.« Er kicherte und stieß Graf Morkin warnend mit dem Ellbogen an. Der Graf benötigte diese Warnung jedoch nicht; offenbar hatte er nicht die Absicht, auch nur ein einziges Wort zu äußern.

»Für welche Zeitung schreiben Sie, Mr. Drew?« fragte Corbeau.

»Für den *London Standard.*«

»Ach so. Mr. Sethloe ist ein guter Freund von mir.«

»Wer?«

»Der Verleger Ihrer Zeitung, Mr. Drew«, sagte Corbeau ironisch. »Oder haben Sie ihn noch nicht kennengelernt?«

Latham grinste leicht. »Ich arbeite noch nicht lange dort. Sagen Sie, Monsieur Corbeau, sind Sie ebenfalls Mitglied von Mr. Swickerts Schachklub?« Er spürte, wie Joannas Finger seinen Arm umklammerten.

»Schachklub? Nein«, sagte Corbeau, ohne zu zögern. »Ich interessiere mich nicht für irgendwelche Spiele, Mr. Drew.«

»Und Sie, Graf?«

Morkin lächelte und verneigte sich erneut.

»Der Graf versteht kein Englisch«, sagte Corbeau sanft. »Solange Sie nicht Serbisch sprechen, werden Sie von ihm leider nicht allzuviel erfahren. Ah – ich sehe unsere Gastgeberin.«

Madame de Sala schwebte in ihre Richtung und nickte huldvoll nach allen Seiten wie eine Königin. Sie streckte Corbeau ihre beiden behandschuhten Hände entgegen, er ergriff sie und sagte irgend etwas Galantes auf Französisch. Sie beugte sich hinunter, um einen Kuß auf Swickerts Wange zu hauchen; der alte Mann wand sich unbehaglich. Für den Grafen Morkin hatte sie einen männlichen Händedruck.

»Eine bezaubernde Party«, sagte Corbeau. »Sie haben sich wieder einmal übertroffen, Madame.«

»Es sind immer nur meine Gäste, denen ich den Erfolg verdanke«, sagte Madame de Sala mit kehliger Stimme. »Ich bin entzückt, daß Sie kommen konnten, Monsieur Corbeau. Wir müssen uns heute abend noch ausführlich unterhalten.«

»Unterhalten!« krächzte Swickert. »Ich auch, Corbeau! Sie haben es mir versprochen!«

»Ja, ja«, sagte Corbeau besänftigend. »Auch wir beide werden uns später noch unterhalten, Mr. Swickert.«

»Amüsieren Sie sich gut, meine Freunde«, sagte Madame de Sala. »Um Mitternacht ist noch etwas ganz Besonderes vorgesehen; Madame Rigny von der Scala wird für uns singen ...«

»Charmant, charmant«, sagte Corbeau verträumt. »Madame Rigny gehört zu meinen Lieblingssängerinnen.« Er verneigte sich tief, als die Gastgeberin weiterging, um auch die anderen Gäste ihrer Gunst teilhaftig werden zu lassen. »Gefahr erkannt, Gefahr gebannt«, sagte Corbeau mit verkniffenem Mund. »Mitternacht dürfte meiner Ansicht nach für unser Gespräch ein guter Zeitpunkt sein, Mr. Swickert, ein idealer Zeitpunkt.«

»Los, los!« sagte Swickert mit schriller Stimme und klopfte mit dem Griff seines Stockes gegen Corbeaus Handgelenk. »Hier mag ich nicht mehr sein, Corbeau – los!«

Wortlos entschuldigte Corbeau sich bei Joanna, bei deren Begleiter und bei dem teilnahmslosen Grafen Morkin. Dann schob er den Rollstuhl des alten Mannes über den glänzenden Fußboden. Nickend, lächelnd und wortlos blieb Morkin, wo er war.

Neue Böen begannen die Strömungen der Abendgesellschaft aufzuwühlen. Unter dem beifälligen Gemurmel der Männer und dem gespannten Neid der Frauen betrat eine gefeierte Ballerina den Raum. Ein ehemaliger Monarch traf ein und versetzte die Damen dadurch in Entzücken, daß er einen jungen Löwen an einer silbernen Kette mit sich führte. Irgend jemand hatte das Orchester bestochen, einen Twist zu spielen, und mit einem Weinglas in der Hand lieferte ein stattlicher Diplomat im Mittelpunkt der Tanzfläche ein Solo. Ein Stirnrunzeln von Madame de Sala machte dem ein Ende. Joanna, die mit ihrem fünften Glas Champagner beschäftigt war, wurde unwiderstehlich lustig und wollte, daß Latham mit ihr tanze. Als er sich weigerte, schmollte sie und fand dann einen Partner, der einen Turban und eine Hornbrille trug. Die Menge schien ständig größer zu werden; Latham wurde gestoßen, geschoben und gedrängt und ließ sich schließlich einfach dorthin treiben, wo die Menge sich hinbewegte. Getränke, Rauch und das vielsprachige Gerede machten ihn langsam müde; er hatte Kopfschmerzen in einem Dutzend Sprachen.

Um fünf Minuten vor Mitternacht vollbrachte Madame de Sala ein Wunder, indem sie das Chaos ordnete und ihren Gästen bekanntgab, daß nun eine Vorführung beginne. Latham warf einen Blick auf den wagnerischen *balcon* der Madame Rigny und zog Joanna aus der dichtgedrängten Menge. »Komm«, flüsterte er. »Denke daran, was Corbeau gesagt hat: Gefahr erkannt, Gefahr gebannt.«

»Ich will aber noch nicht gehen!«

»Wir gehen auch noch nicht. Wir schnappen nur frische Luft.«

»Luft!« keuchte Joanna. »Eine großartige Idee!«

Er nahm sie an der Hand, und sie flohen zum Ausgang. Die vordere Halle war mit lebhaften Orientalen gefüllt, so daß sie einen Umweg wählten. Er führte in einen Korridor, der von geschnitzten Türen flankiert war, welche jedoch geschlossen waren; aber am Ende des Korridors schimmerte Grün durch die Glasscheiben, und dort führten Terrassentüren auf eine Gartenterrasse. Eine Oase.

Beide stießen einen Seufzer der Erleichterung aus, als sie in der lauen Nachtluft standen; Joannas Seufzer endete allerdings in einem Schluckauf. Sie lachte und scheuerte ihre Nase an Lathams gestärkter weißer Hemdbrust.

»Schon wieder betrunken, Mama«, kicherte sie. »Und dabei habe ich versprochen, brav zu sein. Du hast einen schlechten Einfluß auf mich, Agent X-9.«

»Mir gefällst du besser, wenn du nüchtern bist. Du hast nämlich die äußerst schlechte Angewohnheit, einfach wegzulaufen, wenn du betrunken bist.«

»Jetzt renne ich bestimmt nicht weg«, sagte sie.

Er legte seine Arme um sie und hatte das Gefühl, als hätte er es schon immer getan. Der Kuß war lang und einschläfernd, vertraut, jedoch nicht allzu leidenschaftlich.

»Schläfst du schon?« sagte er.

»Was ist?«

»Ich bin es nicht gewöhnt, daß Mädchen in meinen Armen einschlafen. Jedenfalls nicht auf einer Terrasse.«

»Ist das eine zotige Bemerkung?« sagte sie.

»Keine Ahnung.«

»Wenn es eine zotige Bemerkung sein sollte, weise ich sie zurück. Meine Mutter hat mich zu einem prüden Mädchen erzogen. Zum größten prüden Mädchen der Welt. Magst du große Frauen wirklich, Latham?«

»Nur eine«, sagte er.

»Der kratze ich die Augen aus«, murmelte Joanna. Dann sank sie in sich zusammen. Latham fing sie auf, bevor sie sich verletzen konnte. Als er sie gerade wieder zum Leben erwecken wollte, ergoß gelbes Licht sich von oben über sie und warf ihre Schatten über das Terrassengeländer bis in den darunter liegenden Garten. Er blickte hoch und erkannte, daß in dem Zimmer über ihnen, links von der Terrasse, eine Lampe eingeschaltet worden war. Sofort trat er in den Schatten und zog Joanna mit sich, als Monsieur Corbeau mit der teuflischen Silhouette die Fensterflügel zuzog. Aus dem Haus drang der erste Ton von Madame Rignys Arie.

Latham, der Joannas schlaffen Körper festhielt, kämpfte mit einer Entscheidung. Dann faßte er einen Entschluß. Er zog sie zu einer steinernen Bank, die auf der Terrasse stand, und zwang sie, sich hinzusetzen, ohne auf ihr Protestgemurmel zu achten. Dann trat er so dicht an den Rand des Terrassengeländers, wie er konnte, ohne abzurutschen, und versuchte zu verstehen, was im Zimmer über ihm gesprochen wurde.

Er verstand nur einzelne Wörter, Bruchstücke von Sätzen, und gelegentlich hörte er ein Krächzen, das nur von Swickert stammen konnte. Wie ein Peitschenknall kam dann der Schluß eines ärgerlichen Satzes: »... viel zu lange!« Dann ein »Verdammt!« und ein »Bumm!«, das wahrscheinlich von Swickerts Stock stammte, und dann – Stille.

Die Enttäuschung war für ihn zu groß. Er betrachtete das Gewirr der Weinranken an der Mauer und überlegte, ob sie kräftig genug waren, sein Gewicht zu tragen. Dann aber erkannte er, daß er doch zu schwer sein würde; aus der Außenmauer ragte jedoch eine ornamentale Einfassung knappe zehn Zentimeter hervor. Vielleicht genügte sie, daß er mit den Fußspitzen Halt fand; und wenn er sich an den Ranken festhielt ...

Er beschloß, es zu riskieren. Er stellte den Fuß auf das Terrassengeländer, zog sich hoch, schwankte gefährlich und klammerte sich an der Türeinfassung fest. Dann stellte er einen Fuß vorsichtig auf die vorstehende Einfassung, griff nach einer Weinranke und hielt sich daran fest, während er den zweiten Fuß nachzog. Zentimeterweise tastete er sich auf dem winzigen Vorsprung weiter, bis seine Ohren knapp einen halben Meter unterhalb des Fensters waren. Es waren zwar keine vier Meter, die ihn vom Gartenboden trennten, aber dennoch schwitzte er wie ein Mann angesichts der Steilwand am Mount Everest. Nach einiger Zeit fiel ihm wieder ein, weshalb er hier war, und er horchte.

». . . saugt mich aus!« hörte er Swickert jammern. »Letzte Woche habe ich fünftausend Empire Oil-Aktien verkauft, um das Geld zu beschaffen, Corbeau . . . war einmal der größte Aktionär. Der größte! Zu mehr habe ich keine Lust!«

Corbeaus Stimme klang trocken. »Erwarten Sie etwa, daß mir das Herz blutet, alter Freund? Ich bin überzeugt, daß Sie einen festen Gewinn eingesteckt haben, nicht wahr? Ihre Klugheit in diesen Dingen ist berühmt.«

»Ich habe keine Lust zu verkaufen«, fauchte Swickert. »Hatte nie Lust dazu. Ich verliere dabei, verliere alles. Immer nur ausgeben! Ausgeben! Ist das das einzige Wort, das Sie kennen?«

»Sie wissen selbst, daß wir Geld ausgeben müssen. Die Arbeit kostet Geld, vielleicht mehr Geld, als ein einzelner aufbringen kann. Selbst Sie, Mr. Swickert.«

»Ein Syndikat bilden, sage ich. Habe ich schon vor Monaten gesagt. Ein Syndikat ist das einzig Richtige, habe ich auch immer so gemacht. Es muß doch noch andere wie mich geben, wie, Corbeau? Noch mehr Dumme! Ha!«

»Die Brücke ist zu weit«, sagte Corbeau, und Latham verlor fast vor Erstaunen seinen Halt. Verzweifelt klammerte er sich fest.

»Ich habe keine Lust mehr!« schrie Swickert. Bum! Der Stock. »Ich mache nicht mehr mit, will endlich Ergebnisse sehen. Resultate, Corbeau, Resultate will ich sehen! Einmal muß Schluß sein!«

»Selbstverständlich. Einmal muß Schluß sein, Mr. Swickert.«

»Zwei Wochen gebe ich Ihnen noch! Haben Sie verstanden? Zwei Wochen, mehr nicht. Danach wird alles gestrichen. Wird die ganze Geschichte gestoppt! Dann nehme ich meine Verluste hin und steige aus!«

»Und was wollen Sie anfangen? Welchen Nutzen hat das viele Geld für Sie, wenn die Brücke Ihnen für immer verschlossen bleibt? Wenn das Blut träge wird, die Adern verstopft sind und das Herz nicht mehr pumpen will ... Was haben Sie dann von Empire Oil?«

»Latham!« Er fuhr zusammen; ein Fuß rutschte von der Einfassung ab, dann auch der andere. Wie eine Glocke schwang er an einer Ranke hin und her, und die Ranke begann sich von der Mauer zu lösen. Bevor er jedoch in den Garten hinunterstürzte, gelang es ihm, mit einem Bein weit auszuholen und es über das Terrassengeländer zu schwingen; dann ließ er die Ranke los, warf sich nach vorn und landete auf beiden Knien. Vor sich sah er den Saum von Joannas Kleid. Er richtete sich auf, und das Mädchen blickte ihn erstaunt an. »Was, um Himmels willen, hast du da eben gemacht?«

»Ich bin nur geklettert. Wie sah es denn sonst aus?«

»Geklettert?«

»Psst!« Er nahm ihren Ellenbogen und zog sie in die Tür der Terrasse. »Da oben sind unsere Freunde, Swickert und Corbeau.«

»Soll das etwa heißen, daß du gelauscht hast?«

»Zumindest habe ich es versucht.« Er warf einen bedauernden Blick auf die erleuchteten Fenster. In diesem Augenblick wurden die Fensterflügel wieder aufgestoßen, und ganz deutlich war Corbeaus Profil zu erkennen, der sich hinausbeugte. Der teuflische Schattenriß bewegte sich langsam hin und her; Latham, der den Atem anhielt, preßte sich gegen Joanna und drückte sie gegen die Tür. Schließlich schien Corbeau befriedigt zu sein, und das Fenster wurde wieder geschlossen.

Aber dann ging das Licht aus.

Im Hause begrüßte Beifall das Ende des musikalischen Zwischenspiels von Madame Rigny.

»Verdammt!« sagte Latham. »Als die Unterhaltung gerade interessant wurde . . .«

»Was hast du gehört?«

»Genau weiß ich es nicht. Sie haben sich gestritten, über Geld. Corbeau hat sehr viel ausgegeben, und dein Chef hat es zur Verfügung gestellt. Corbeau sprach jedoch von einer Brücke . . .«

»Von der Löwenbrücke?«

»Nur von einer Brücke.«

Joanna legte ihren Kopf an seine Schulter. »Es tut mir leid«, sagte sie reumütig. »Wahrscheinlich habe ich alles verdorben. Ich wollte gar nicht einschlafen.«

»Schon gut«, sagte er. »Komm jetzt. Ich glaube, die Gefahr durch Madame Rigny ist vorüber; wir können wieder zu den anderen zurück.«

»Ich will nicht zurück«, murmelte Joanna. »Ich möchte hier draußen bleiben.«

Er grinste, und als er wieder seine Arme um sie legte, wunderte es ihn, wie vertraut ihm die Umarmung vorkam; er küßte sie, aber diesmal war der Kuß nicht matt, sondern eine Explosion.

Peng!

Sie fuhren auseinander, über die Wirkung verblüfft, und merkten dann erst, daß das Geräusch eine andere Ursache hatte. Latham fuhr herum und hörte, daß es unten in den Sträuchern raschelte; er blickte hinunter, hörte wieder dasselbe Geräusch, sah zwischen den Zweigen kurz das Weiß einer Hemdbrust, und dann hörte er den dumpfen Schlag, mit dem der Körper auf die Blumenbeete fiel.

»Was war das?« fragte Joanna. »Was war das, Latham?«

»Das war ein Schuß! Irgend jemand ist getroffen . . .«

Er beugte sich über das Terrassengeländer und

starrte in die Dunkelheit; dann schwang er beide Beine hinüber, hielt sich einen Augenblick mit den Fingerspitzen fest und hörte Joanna protestierend rufen, als sie merkte, daß er in den Garten hinunterspringen wollte. Seine Größe war ihm von Nutzen; er fiel nicht tief.

Lang hingestreckt war der Körper des Mannes; wegen des dunklen Gesellschaftsanzugs war es schwer, ihn in der mondlosen Dunkelheit des Gartens zu finden. Dann entdeckte Latham ein winziges Stück einer weißen Manschette.

Er drehte ihn um. Überrascht hörte ihn Latham stöhnen, hörte das schmerzerfüllte Murmeln letzter Worte.

»*Ja umeraju ... savie doktor ...*«

Türen öffneten sich, Licht strömte heraus, Schritte näherten sich ihm: die Party von Madame de Sala hatte eine neue, wenn auch nicht geplante Attraktion. Graf Morkin lag tot in Madame de Salas Garten; der lächelnde, affenartige Serbe hatte eine Kugel in der Brust, und langsam breitete sich auf der gestärkten Hemdbrust ein dunkler Fleck aus. Latham Drew, der sich plötzlich genau an die von der Regierung veranstalteten Kurse in Russisch I und II erinnerte, wunderte sich, daß die serbische Sprache und die Sprache der UdSSR einander so ähnlich waren. Entweder waren sie sich tatsächlich ähnlich, oder dieser Graf Morkin war weder Serbe noch war er Graf oder hieß Morkin.

5

Der Denker

Es war nie die Rede davon, die Gäste in Haft zu nehmen; schon die Idee war unvorstellbar. Monsieur Fremyet von der Sûreté – der erste Polizeibeamte, der auf dem Schauplatz eintraf – überblickte sofort die Situation und tat das einzig Mögliche: Er erklärte sie für hoffnungslos. Wenn schon die Zahl der Gäste eine Verhaftung undurchführbar machte, so machte die Art der Gästeliste sie einfach unmöglich. Mit einem gallischen Schulterzucken erklärte er Madame de Sala, daß ihre Gäste, wenn sie wollten, gehen könnten; er verlange lediglich eine ganz kurze Unterhaltung mit einer kleinen Gruppe, zu der Madame selbst, ihre Sekretärin und die beiden jungen Leute gehörten, die die gräßliche Entdeckung im Garten gemacht hatten.

Während seiner ersten Kontakte mit europäischen Gesetzeshütern hatte Latham diesen Monsieur Fremyet nicht kennengelernt; hätte er es getan, hätte er sich sofort daran erinnert: Fremyet hatte die Figur eines Cellos, und seine kleinen Hände fuhren nervös über die Knöpfe seines Jacketts und seiner Weste, als wären es Violinsaiten. Wenn er nicht an den Knöpfen herumfingerte, strich er sich über die letzten silbernen

Haarsträhnen, die parallel quer über seinen kahlen Schädel gelegt waren. Offenbar verwirrte ihn ein Mord in dieser Umgebung; Tote waren Monsieur Fremyet in den Seitenstraßen vom Montmartre lieber, denn dort wurde ein armer Polizist bei seiner Suche nach der Wahrheit nicht durch Protokollfragen und diplomatische Immunität behindert.

Die Zusammenkunft fand im Arbeitszimmer von Madame de Sala statt, einem üppig mit warmen Hölzern und eingelegtem grünem Leder ausgestatteten Raum. Ein kostbarer alter Schreibtisch beherrschte das übrige Mobiliar; als Madame hinter ihm Platz genommen hatte, wirkte sie so königlich, daß Monsieur Fremyet noch mehr vor einem Verhör zurückschrak. Hinter ihr hing an der Wand, flankiert von fächerförmigen Fenstern, das goldgerahmte Porträt eines gutaussehenden jungen Mannes in der Uniform eines Fremdenlegionärs; wie Latham später von Joanna erfuhr, zeigte das Porträt den verstorbenen geliebten Mann von Madame de Sala, André.

Monsieur Fremyet begann schüchtern mit dem Verhör. Madames Antworten machten deutlich, daß sie nichts gehört und nichts gesehen hatte und daher auch nichts wußte. Fragen wegen ihrer Gästeliste sollten an ihre Sekretärin gerichtet werden; Hermione Rousse, deren Gesicht vor Angst verzerrt und kalkweiß war, saß zusammengekrümmt in ihrem Sessel und sah den Polizisten verstört an.

»Nein«, sagte sie. »Ich weiß nicht, wer Graf Morkin war, das schwöre ich. Madame hat eine ständige Gästeliste, die wir alle sechs Monate durchsehen. Die verschiedenen Botschaften schlagen uns Namen vor, und außerdem verfolge ich die Presse, um herauszufinden, welche bekannten Persönlichkeiten sich gerade in Paris aufhalten. Die verschickten Einladungen erlauben jedem unserer Gäste, einen weiteren Gast mitzubringen...«

»Aha«, sagte Monsieur Fremyet. »Dann ist dieser Morkin also als Gast eines anderen mitgekommen?«

»Eine vernünftige Annahme«, sagte Madame trocken. »Ich habe von dem Mann noch nie etwas gehört.«

»Und haben Sie irgendeine Möglichkeit, festzustellen, *wer* ihn eingeladen hat?«

»Leider nicht.«

»Wer stand an der Tür, um die Einladungskarten in Empfang zu nehmen?«

»Mein Butler Lucien.«

»Würden Sie ihn freundlicherweise bitten, hierher zu kommen?«

Lucien war ein stämmiger Mann von etwa einem Meter achtzig und entsprechendem Hochmut. Seine Manieren waren tadellos, sein Gedächtnis dagegen war miserabel. Die Fragen von Monsieur Fremyet hörte er sich verständnislos an und gab dann zu, daß er den Ankömmlingen kaum

Aufmerksamkeit geschenkt habe; er habe lediglich die Karten in Empfang genommen. Mit einer angewiderten Handbewegung entließ Monsieur Fremyet ihn wieder.

»Also schön«, sagte er zu Madame, »in wessen Gesellschaft war dieser Graf während des Abends? Wissen Sie das?«

»Bei derartigen Anlässen vermischen die Gäste sich sehr stark, Monsieur. Den Grafen habe ich jedoch in der Gesellschaft dieses jungen Paares und zweier Männer kennengelernt, eines Mr. Swickert und eines Monsieur Georges Corbeau. Die beiden Letztgenannten kenne ich bereits seit einigen Jahren.«

Mit einiger Überraschung wandte Fremyet sich an Latham und Joanna.

»Kannten Sie den Grafen, Monsieur?«

»Nein«, sagte Latham. »Ich habe ihn ebenfalls erst hier kennengelernt. Er stand, wie Madame bereits sagte, mit Mr. Swickert, dem Arbeitgeber von Miss Sweet, und Monsieur Corbeau zusammen. Wir sind nur hingegangen, um sie zu begrüßen, und er stand dabei.«

»Sie heißen Miss Sweet?«

»Ja«, sagte Joanna unbehaglich. »Ich bin die Pflegerin von Mr. Swickert. Das ist mein Begleiter, Mr. Drew.«

Hermione Rousse wand sich vor Verlegenheit. Madame schien jedoch wegen der ungeladenen Gäste keineswegs neugierig zu sein. Sie hatte ihren

Stuhl gedreht und blickte betrübt auf das über ihr hängende Porträt.

»Hatten Sie den Eindruck, Mr. Drew, daß Mr. Swickert und Monsieur . . .«

»Corbeau.«

»Richtig. Hatten Sie den Eindruck, daß die beiden Graf Morkin kannten oder mit ihm lediglich in ein Gespräch verwickelt waren?«

»Das ist schwer zu sagen.«

»Unterhielten sie sich? Konnten Sie zufällig hören, was dabei gesprochen wurde?«

»Nein«, sagte Latham. »Tatsache ist vielmehr, daß ich den Grafen überhaupt nicht sprechen gehört habe, auch bei dieser Gelegenheit nicht. Meiner Ansicht nach sprach er weder Englisch noch Französisch.«

»Welche Sprache gebrauchte er dann?«

»Monsieur Corbeau sagte, der Graf sei Serbe.«

»Aber auf Serbisch hat er auch nichts gesagt?«

Latham zögerte.

»Als ich ihn im Garten fand, sagte er etwas. Die serbische Sprache kenne ich zwar nicht, dafür aber die russische ein wenig. Und so klang es meiner Ansicht nach.«

Madame de Sala drehte sich ruckartig herum, und Joanna öffnete den Mund.

»Russisch, Monsieur?« sagte Fremyet.

»Er bat mich, einen Arzt zu holen. Natürlich kann ich mich irren. Zu diesem Zeitpunkt befand er sich in schlechter Verfassung.«

»Sie sind Amerikaner, Mr. Drew?«

»Ja. Ich bin Zeitungskorrespondent, für den *London Evening Standard.*«

»Wirklich, Inspektor«, sagte Madame de Sala, »inzwischen müßte Ihnen klargeworden sein, daß wir Ihnen in dieser Angelegenheit nicht helfen können. Ich überlasse der Polizei gern unsere Gästeliste, wenn man den Wunsch hat, sämtliche Gäste privat zu verhören. Über Graf Morkin oder dessen Freunde weiß ich nicht das geringste; wahrscheinlich handelte es sich um irgendeine üble balkanische Intrige ...«

»Natürlich, Madame«, sagte Monsieur Fremyet höflich. »Ich erhebe auch keine Beschuldigungen.« Nichtssagend lächelte er Latham an. »Aber wissen Sie, Mr. Drew hat völlig recht. Der Herr war kein Serbe. Das wußten wir in dem Augenblick, als wir seine Papiere überprüften. Der Herr war kein Graf; vielmehr war er Bürger eines Landes, das für Adelstitel nichts übrig hat. Er war Russe, Madame, und zwar ein ziemlich bedeutender. Sein Name war Nikolai Gritzkij.«

Als Latham in das Hotel Bernard zurückkehrte, hatte der Concierge eine Mitteilung für ihn. Monsieur Guillet, sehr darauf bedacht, sich erkenntlich zu zeigen, hatte dafür gesorgt, daß die Mitteilung Latham trotz seiner späten Rückkehr noch zugestellt wurde. Als Latham die Mitteilung las, tat es ihm leid. Sie bestand aus der Aufforderung, ein

Überseegespräch nach Washington, D.C., anzumelden.

Inbrünstig hatte Latham gehofft, er reiße Shortlake aus tiefem, friedlichem Traum, als er das Gespräch anmeldete. Aber selbst wenn dies der Fall gewesen war, merkte man Shortlakes Stimme keine Müdigkeit an.

»Ich dachte mir, daß es Sie wahrscheinlich interessieren würde«, sagte Shortlake in seiner lässigen Sprechweise. »Falls Sie losgefahren sind, um in der Angelegenheit Gritzkij Nachforschungen anzustellen, können Sie den Fall an den Nagel hängen. Unsere Leute haben Kontakt mit dem Gentleman aufgenommen und ihm die Hand der Freundschaft geboten, aber er hat sie abgelehnt. Behauptet, nur einen kurzen Urlaub zu verbringen.«

»Dann ist er also tatsächlich kein Überläufer?«

»Möglicherweise ist er ein Deserteur – aber ein Überläufer ist er nicht. Zumindest behauptet er es.«

»Das ist jammerschade«, sagte Latham trocken. »Wirklich ein Jammer, daß er dem Kreml seine Absichten nicht mitgeteilt hat – möglicherweise hätte er dann länger gelebt. Ich komme gerade von einer Party, und Höhepunkt dieser Party war Gritzkijs Tod.«

»Soll das ein Scherz sein?«

»Nein«, sagte Latham ruhig. »Gritzkij ist tot. Ich wollte Ihnen morgen einen ausführlichen Bericht schicken. Im Augenblick bin ich zu müde, um noch logisch denken zu können.«

»Was für eine Party? Wie starb er? Wer hat ihn getötet?«

»Die Party von Madame de Sala. Durch eine Kugel. Die letzte Antwort kenne ich nicht. Allerdings vermute ich etwas. Ob Gritzkij sich selbst für einen Überläufer hielt oder nicht – offenbar waren die Russen dieser Ansicht. Deswegen schickten sie Konradin auf die Suche nach ihm. Und Konradin hat ihn eben gefunden.«

»Sie glauben, daß Konradin ihn erschossen hat?«

»Genau das glaube ich. Hätte ich nicht meinen dämlichen Mund aufgemacht und Konradin nach Paris geschickt –«

»Sie brauchen sich keine Vorwürfe zu machen. Konradin ist klug genug, um auch selbst auf diese Spur gekommen zu sein.«

»Das letzte Mal sprachen Sie noch anders.«

Shortlake knurrte. »Wie kommen Sie mit Ihrer Löwenbrücke weiter?«

»Ich habe auf der Party eine neue Spur gefunden, weiß allerdings noch nicht, wo sie mich hinführen wird.«

»Hoffentlich zu Benjamin Dancer. Das ist nämlich Ihr eigentlicher Auftrag; vergessen Sie es nicht.«

»Ob zu ihm oder nicht, ich muß einfach Bescheid wissen, Uncle, ich muß herausbekommen, was man vorhat. Vielleicht beunruhigt diese Geschichte Sie nicht, aber *mich* macht sie langsam verrückt.«

»Sagen Sie noch eines: Glauben Sie, daß diese Löwenbrücke für die Vereinigten Staaten von Amerika eine klare und gegenwärtige Gefahr darstellt?«

»Das weiß ich nicht.«

»Möglicherweise handelt es sich lediglich um eine Gruppe von Juwelendieben oder Rauschgiftschmugglern, also um Leute, die uns nichts angehen.« Shortlake seufzte. »Na schön, ich will Ihnen nicht vorschreiben, wie Sie Ihre Nachforschungen durchführen sollen, Drew, das ist Ihr Vorrecht. Sorgen Sie nur dafür, daß Sie sich dabei nicht die Finger schmutzig machen.«

»Also bis später, Uncle«, sagte Latham. »Und geben Sie dem Kongreß einen Kuß von mir.«

»Das würde eine unzüchtige Handlung darstellen«, sagte Shortlake.

Latham führte noch ein zweites Gespräch. Telegraphisch schickte er eine Anfrage an Sandy McLash c/o *London Standard*.

Monsieur Bertholot enthüllte ein Geheimnis seines Erfolges: er erinnerte sich genau, als Latham das Cloche Rouge gegen Mittag betrat, und führte ihn unverzüglich zu Joannas Tisch im Hintergrund. Er erinnerte sich sogar an den Wein, den Latham getrunken hatte, und beehrte sich, ihm zum Essen im Namen des Hauses eine Flasche zu servieren.

Kaum waren Latham und Joanna allein, fingen sie an zu erzählen; Latham ließ der Dame den Vortritt.

»Heute vormittag kamen sie ins Goncourdine«, sagte Joanna aufgeregt. »Monsieur Fremyet und noch ein zweiter. Natürlich wollten sie Mr. Swikkert sprechen.«

»Das braucht nur Routine gewesen zu sein; sie müssen die ganze Gästeliste überprüfen. Weißt du zufällig, ob Morkin von Swickert eingeladen wurde?«

»Nein, Swickert hat ihn nicht eingeladen, das weiß ich genau. Er brachte Corbeau mit.«

»Kennst du Corbeau? Ich habe Sandy gebeten, mir die entsprechenden Unterlagen über Corbeau zu schicken, aber vielleicht kannst du noch das eine oder andere hinzufügen.«

Joanna zuckte mit den Schultern. »Viel weiß ich über ihn nicht. Mr. Swickert hat mir einmal erzählt, er sei so etwas wie ein Verleger. Er gibt einen Informationsdienst heraus, *A l'Intérieur* heißt er.«

»Aber du hast ihn schon früher kennengelernt, nicht wahr?«

»Ein paarmal ist er in The Marshes gewesen. Er und Mr. Swickert schlossen sich dann gewöhnlich in der Bibliothek ein.«

»Brüllten und fluchten sie sich gegenseitig an?«

»Wenn sie in der Bibliothek waren, konnte ich sie nicht hören.« Sie zuckte mit den Schultern.

»Wenn ich Corbeau sehe, bekomme ich immer eine Gänsehaut. Er ähnelt irgendeinem Bekannten; aber wem, kann ich nicht sagen.«

»Das ist ganz einfach. Er ähnelt Mephisto.«

»Natürlich! Ich wußte doch, daß ich ihn kannte.«

»Und ich hatte bisher keine Ahnung, daß du den Teufel kennst.«

»Wirklich nicht? Vor kurzem habe ich ihm doch meine Seele verkauft.«

»Und was hast du dafür verlangt?«

»Ach, die Erfüllung eines Wunsches«, sagte Joanna. »Einen netten großen Jungen.«

Latham grinste und goß die Gläser voll.

Später schlenderten sie am Ufer der Seine entlang. Der Schein der Sonne lag warm auf ihren Gesichtern, und die Stimmung war fast zu heiter für das, was Latham zu sagen hatte.

»Ich möchte, daß du etwas für mich stiehlst, Jo.«

»Gerne. Wie wäre es mit der Mona Lisa? Der Wächter im Louvre hat mich neulich angeblinzelt.«

»Was ich möchte, ist vielleicht schwerer – zumindest für dein Gewissen. Ich habe dir schon einmal dieselbe Frage gestellt.«

»Daran kann ich mich nicht erinnern.«

Sie kamen an einer Bank vorüber, die von einem stämmigen Angler besetzt war, der dort auch sein Mittagessen aus Brot, Käse und Wein abgelegt hatte. Der Mann lächelte und forderte sie auf, sich hinzusetzen. Dankbar nahmen sie sein Angebot an.

»Was wolltest du sagen?« fragte Joanna.

»Ich möchte, daß du einen Brief stiehlst. Irgendeinen, Hauptsache, er war an Box 143 adressiert.«

»Ach, das.«

»Für mich ist es wichtig, Jo, viel wichtiger als bisher. Ich kann einfach nicht mehr im dunkeln herumtappen, sondern muß Resultate vorweisen. Wenn nicht, dürfte Uncle bald ziemlich grob werden.«

»Meinst du damit Uncle Sam?«

»Ich meine Uncle Jack, aber der Unterschied ist nicht groß. In der vergangenen Nacht habe ich mit ihm in Washington telefoniert, und weil ich nicht weiterkomme, hat er mich ziemlich ausgeschimpft. Das bedeutet eine Fahrkarte nach Hause.«

Joanna machte ein betroffenes Gesicht. »Dann würde ich dich nie mehr sehen ...«

»Das auch. Und wenn du es als Erpressung auffaßt, würde ich mich sehr geschmeichelt fühlen.« Er griff nach ihrer rechten Hand und strich leicht über ihre Fingernägel. »Aber das ist nicht der einzige Grund, Jo. Wegen dieser Geschichte mit der Löwenbrücke habe ich ein dunkles, ganz finsteres Gefühl. Irgend etwas an dieser Geschichte ist unheilvoll.«

Sie kicherte. »Unheilvoll – so etwas sagt man, glaube ich, heute nicht mehr.«

»Was braucht es noch, damit du mir glaubst?

Vielleicht noch ein paar Tote? Einer davon ich selbst?«

Das Kichern endete abrupt. »Du glaubst doch nicht, daß der Mann gestern abend . . .«

»Ich bin mir nicht ganz sicher. Die Vermutung ist keineswegs abwegig, daß mein Kollege Konradin ihn erwischt hat und damit einen Befehl des Kreml ausführte. Soviel ich weiß, hat der ganze Fall Gritzkij mit der Brücke nichts zu tun. Aber genau kann ich auch das erst beurteilen, wenn ich weiß, was hinter dieser verdammten Brücke tatsächlich steckt.«

»Vielleicht wäre es besser, wenn du es nicht herausfindest«, sagte Joanna vernünftig. »Sollte sich herausstellen, daß es sich doch um einen Schachklub handelt, wirst du nur schrecklich enttäuscht sein.«

»Es ist kein Schachklub. So, wie ich die Dinge sehe, gibt es mehrere Möglichkeiten . . .«

»Welche, zum Beispiel?«

»Der Name kann überhaupt nichts bedeuten. Er könnte auch eine unsinnige Bezeichnung für irgendeine Gruppe, Bande oder Organisation, für irgendeinen Ring, Klub oder ähnliches sein. Oder er könnte eine Namensbezeichnung sein, vielleicht sogar für eine tatsächlich existierende Brücke irgendwo in Europa oder Asien. Möglicherweise ist er aber auch eine poetische Benennung für irgend etwas Riskantes, irgend etwas Gefährliches.«

»Wie meinst du das?«

»Hältst du es nicht für riskant, über eine Löwenbrücke zu gehen?«

»Das würde ich gar nicht erst versuchen, vielen Dank.«

»Was immer es auch ist – es ist so wichtig, daß dazu auch Mord gehört, daß dazu Wissenschaftler, Huren, ein alter Mann in einem Rollstuhl und ein Verleger gehören.«

»Vergiß nicht die Katzen«, sagte Joanna.

»Und Katzen«, sagte Latham grimmig. Dann seufzte er – weniger aus Verzweiflung als aus dem Wunsch, Eindruck auf Joanna zu machen. »Es hat keinen Sinn, sich darüber weiter den Kopf zu zerbrechen. Ich kann die ganze verrückte Geschichte auch meinem Nachfolger überlassen und nach Hause fahren. Ein Jammer wäre es nur, wenn die Lösung tatsächlich in London, in Box 143, liegt . . .«

Er nahm eine vereinzelte Brotkrume von der Bank und warf sie einer gurrenden Taube hin, die vor ihnen auf und ab stolzierte. Gierig pickte der Vogel sie auf, und diese Bewegung veranlaßte ein Dutzend weiterer Tauben, sich auf die Reste zu stürzen, die vom Mittagessen des Anglers übriggeblieben waren. Latham verscheuchte sie, während Joanna auf den Fluß starrte, an ihrer hübschen Unterlippe nagte und offenbar überlegte.

Dann sagte sie: »Bis London brauchst du nicht zu warten. Ich habe einen der Briefe gelesen.«

»*Was* hast du?«

»Bisher wollte ich es nur nicht zugeben; ich wußte nämlich nicht, was du dann von mir hältst. Es war vor einigen Wochen, bevor ich dich kennenlernte. Aus reiner Neugierde habe ich damals einen Brief über Dampf geöffnet.«

»Du kleines Biest! Warum hast du es mir nicht schon längst gesagt?«

»Vielen Dank, daß du mich klein genannt hast«, sagte Joanna sehnsüchtig.

»Und was war mit dem Brief?«

»Ich hätte es dir schon längst erzählt, wenn etwas Wichtiges dringestanden hätte. Aber er war unwichtig – ehrlich.«

»Du meinst, daß es sich tatsächlich um Schachzüge handelte?«

»Nein. Es war nur eine kurze Notiz von einem Mann, der mit P. Hendron unterschrieben hatte. Es ging um Affen.«

»Um Affen?« Latham schlug sich vor die Stirn. »Ach, du lieber Gott! Zuerst Katzen, jetzt Affen. Und was stand über Affen in dem Brief?«

»Es hieß nur, daß es sämtlichen Affen gutginge, und wenn sich bei Abner keine Symptome zeigten, würde man eine stärkere Dosis ausprobieren. Wahrscheinlich war dieser Abner krank oder so – mag Abner sein, wer will.«

»Wahrscheinlich ein Känguruh. Sag einmal, ist es dir nicht komisch vorgekommen, daß Swickert einen Brief über kranke Affen bekommt?«

»Nein – wieso? Wenn man bedenkt, woher der Brief kam.«

»Und woher kam er?«

»Von einer Insel der Antillen. Ich glaubte damals, er komme von einem Freund Mr. Swickerts, der dort lebte, und was er schrieb, könne für Mr. Swickert wichtig sein, obgleich ich damit nichts anfangen konnte.«

»Und unterschrieben war der Brief mit P. Hendron?«

»Ja.«

Latham traute seinem Gedächtnis nicht. In dem Notizbuch, das er in der Brieftasche hatte, machte er eine Eintragung. Sie lautete: *Hendron, P. Affen. Abner.*

»Na schön«, sagte er. »Möglicherweise war es eine unwichtige Sache, möglicherweise war es aber auch irgendeine Art von Code. Als nächstes möchte ich den Namen dieser von Affen geplagten Insel wissen.«

Joanna zog die Augenbrauen zusammen. »Anfangen tat er mit einem B. Oder war es ein M?«

»Barbados? Martinique? Kannst du dich nicht erinnern, aus welchem Teil der Antillen?«

»Ich glaube, aus den britischen. Oder was früher britisch war.«

»Vielleicht die Bahamas?«

»Ja! Es war eine dieser Inseln. Aber ihr Name begann mit einem B, das weiß ich ganz bestimmt.«

»Bahamas beginnt mit einem B.«

»Aber der Name hieß anders.« Mit der Faust schlug sie sich auf das Knie. »Jetzt habe ich es! Bimini!«

»Bimini? Viel weiß ich darüber nicht. Wahrscheinlich ist sie klein. Aber doch wohl groß genug, um ein Postamt zu haben?«

»Der Name stand auf dem Stempel: Bimini. Das weiß ich genau.«

»Sind noch andere Briefe von dort gekommen?«

»Ich glaube, es waren mehrere. Aber es kamen auch Briefe aus anderen Gegenden. Einer aus Italien, mehrere aus Deutschland und ein paar aus London.«

»Hat Swickert noch weitere Post bekommen? In Sevenoaks?«

»O ja. Das übliche, meistens Rechnungen und Reklame.«

»Keine persönlichen Briefe?«

»Ich glaube nicht. Seine persönliche Korrespondenz ging, glaube ich, über das Fach der Löwenbrücke.«

Latham stand auf und fegte sich die Krümel von der Hose. »Komm«, sagte er. »Ich brauche eine Bibliothek.«

»Eine Bibliothek? Wozu?«

»Ich möchte mich über die Bahamas orientieren. Vielleicht erfahre ich dabei auch einiges über Affen, von denen dieser Mr. Hendron berichtete.«

»Aber es wird nicht leicht sein, einen Reiseführer in Englisch zu finden.«

»Dann nehmen wir einen in Französisch. Bei der Übersetzung kannst du mir helfen.«

Das Buch fanden sie in der Bibliothèque Nationale.

»Bahamas«, stand dort. »Ein Archipel im südlichen Atlantik, der sich von der Küste Floridas bist fast zur Küste von Haiti erstreckt und 690 Inseln sowie 2387 Felsklippen umfaßt ...«

»Junge, Junge«, meinte Latham dazu. »In dieser Gegend könnte man wahrscheinlich auch *fünfzig* Brücken verstecken. Mal sehen, was hier über Bimini steht ...«

»Bimini«, so hieß es dort, »besteht aus zwei Inseln. Nord-Bimini ist bewohnt, Süd-Bimini wird von den Eingeborenen für landwirtschaftliche Zwecke benutzt. Als Anlegehafen für die Bahamas dient das Hauptdorf Alice Town ...«

Dann folgten noch ein Dutzend Absätze. Latham, der einige Sätze nicht ganz verstand, benötigte gut fünfzehn Minuten, um alles durchzulesen. Joanna saß ihm gelangweilt gegenüber am Tisch des Lesesaals und blätterte in einer Nummer von *Paris Match*.

Latham dagegen war alles andere als gelangweilt. Als er den Reiseführer zuklappte, strahlten seine Augen wie die Lampen der Bibliothek, und seine Haut glühte vom Fieber des Triumphes.

Joanna sah es und fragte: »Was ist los? Ist dir nicht gut?«

»Mir? Mir ist es noch nie besser gegangen.«

»Du siehst so merkwürdig aus. Richtig krank siehst du aus. Ist dir das Mittagessen nicht bekommen?«

»Ein besseres Mittagessen habe ich noch nie gehabt.« Er grinste und griff dann nach dem Buch. Feierlich küßte er den Einband.

»Bist du verrückt geworden?«

»Nein«, sagte Latham. »Ich bin vernünftig geworden. Ich habe nämlich herausbekommen, was die Löwenbrücke bedeutet. Wenn du nichts dagegen hast, möchte ich gern laut schreien.«

»Nimm dich zusammen«, sagte Joanna. »Das hier ist nämlich eine Bibliothek!«

6

Das Wasser des Lebens

»Werde alt mit mir! Das Beste kommt erst; der Rest des Lebens, für den der Anfang geschaffen wurde.« Nein, überlegte Latham, stimmen tat es vielleicht für Rabbi Ben Ezra; aber das Beste konnte es nicht sein für diesen jammernden und faselnden alten Mann mit dem zahnlosen Mund und dem skelettartigen Körper, der ständig zwischen winselndem Eigensinn und infantilen Wutanfällen schwankte. Er stand an der Tür zu Swickerts Hotelzimmer und wartete, bis Joanna den quengelnden alten Mann beruhigt hatte, der sich bitter über ihre lange Abwesenheit beklagte. Sie entschuldigte sich nicht; sie besänftigte ihn nur mit gemurmelten Worten und damit, daß sie die Decken über seine Beine und um seine Schultern legte, bis er sich so weit beruhigt hatte, daß er zuhörte, was sie sagte.

»Mr. Drew ist hier, Mr. Swickert. Erinnern Sie sich an Mr. Drew?«

»Drew? Der Reporter?«

»Ja, Sir. Ich möchte, daß Sie ihn anhören, Mr. Swickert. Er möchte mit Ihnen über bestimmte Dinge sprechen.«

Latham räusperte sich und trat in Swickerts Gesichtskreis. Der alte Mann umklammerte den Griff seines Krückstocks fester.

»Ich habe ihn nicht hergebeten«, fauchte er. »Ich habe keine Lust, mich um diese Tageszeit belästigen zu lassen. Außerdem ist jetzt die Zeit für meinen Nachmittagsschlaf«, wimmerte er. »Ich habe noch nicht geschlafen.«

»Es ist gerade drei Uhr«, sagte Joanna. »Sonst schlafen Sie immer erst um vier, Mr. Swickert.«

Latham zog sich einen Schemel heran und stellte ihn in die Nähe des Rollstuhls, so daß die Entfernung zwischen ihm und dem schlechten Gehör des alten Mannes verkürzt war. Das, was er zu sagen hatte, wollte er nicht laut brüllen.

»Mr. Swickert, ich bin hergekommen, um mit Ihnen über die Löwenbrücke zu sprechen.«

»Ich bin müde!« schrie der alte Mann und stampfte mit seinem Stock auf den Boden. »Zu müde, um zu reden. Ich möchte jetzt schlafen!«

»Schlafen können Sie später, Mr. Swickert. Ich weiß, was die Löwenbrücke ist. Vielleicht weiß ich sogar mehr darüber als Sie. Wenn Sie nicht wollen, daß das Ganze veröffentlicht wird, werden Sie mir Ihre Aufmerksamkeit schenken müssen.«

Aus einem Reservoir, das eigentlich schon lange ausgetrocknet sein mußte, quetschte Swickert eine Träne heraus. Sie rann schnell über die wächserne Oberfläche der Wange zum Kinn.

»Das dürfen Sie nicht«, jammerte er. »Damit würden Sie nur alles verderben!«

»Ich bin nicht hier, um irgend etwas zu verderben. Ich möchte Ihnen helfen. Helfen kann ich

Ihnen jedoch nur, wenn Sie mir gegenüber ehrlich sind. Vor allem können Sie mir über Georges Corbeau berichten.«

»Nein! Ich kann nichts sagen!«

»Also schön, dann werde ich Ihnen erzählen. Die Löwenbrücke ist kein Schachklub; Sie selbst können nicht einmal Schach spielen. Vielmehr ist es der Name irgendeiner Art von Organisation, ein Phantasiename für eine Bande von Dieben und Schwindlern –«

Swickert biß auf seinen Krückstock.

»Jawohl, Schwindler«, sagte Latham. »Und je eher Sie dies erkennen, desto besser. Wenn Sie es nicht tun, wird Ihnen nicht ein einziger Penny mehr bleiben. Denn was man Ihnen versprochen hat, Mr. Swickert, ist nicht wahr, ist eine grausame Lüge. Wahrscheinlich hat man Sie auf eine äußerst gerissene Weise überzeugt, und ich bin nicht klug genug, die Behauptungen zu widerlegen – noch nicht. Aber allein auf der Basis des gesunden Menschenverstandes ...«

Er unterbrach sich und sah Joanna an.

»Was die Bezeichnung bedeutete, erkannte ich, als ich den Artikel über die Bahamas las. Bimini ist keine gewöhnliche Insel – sie hat eine Geschichte, die bis zum Beginn des 16. Jahrhunderts zurückreicht. Nach ihr suchte Ponce de Leon, als er Puerto Rico erobert hatte. Und als ich seinen Namen las, wußte ich, worum es bei diesem Schwindel ging.«

»Sagtest du Ponce de Leon?« sagte Joanna.

»Ja. Das erklärt alles – fast alles. Verstehen Sie denn nicht? Die Löwenbrücke, oder Bridge of Lions, ist eine schlechte Übersetzung dieses Namens, eine Mischung aus falschem Französisch und Spanisch. Ponce de Leon, der Entdecker, jener Mann, der seine Zeit damit vergeudete, etwas zu suchen, was es gar nicht gab . . .«

»Die Quelle der Jugend!«

Swickert biß auf den Griff seines Krückstocks und wimmerte vor sich hin.

»Ja«, sagte Latham. »Diese verdammte Quelle der Jugend. Eine verrückte alte indianische Legende, die irgendwelche unternehmungslustigen Betrüger wieder zum Leben erweckten und aus der sie Millionen schöpften. Wieviel hat man aus Ihnen herausgeholt, Mr. Swickert? Wer ist, abgesehen von Corbeau, noch daran beteiligt?«

»Sie irren sich! Sie irren sich!« quietschte Swikkert. »So ist es nicht!«

»Ich irre mich nicht, Mr. Swickert. Sie glauben tatsächlich, Corbeau und seine Bande hätten die Quelle der Jugend entdeckt, und zwar genau da, wo Ponce de Leon sie angeblich gefunden hat. Das ist auch der Grund für die viele Post von Bimini. Sie glauben, man könnte Sie wieder jung machen, nicht wahr? Und dafür waren Sie bereit, jeden Preis zu zahlen . . .«

»Das verstehen Sie nicht!«

»Leider scheinen Sie derjenige zu sein, der nichts

versteht. Hören Sie zu, Mr. Swickert: Ich weiß, daß Sie ein kluger Mann sind. Sie haben in Ihrem Leben eine Menge Geld verdient, können also nicht gerade auf den Kopf gefallen sein. Corbeau hat seine wahnwitzige Geschichte wahrscheinlich sehr attraktiv verpackt, mit einer Menge wissenschaftlichem Unsinn. Wie zum Beispiel die Affen . . .«

Joanna stieß einen leisen, warnenden Laut aus.

»Was?« sagte Swickert. »Affen?«

»Die Briefe von Hendron – in ihnen ging es doch um Experimente mit Affen, nicht wahr? Wahrscheinlich haben Sie eine ganze Menge Berichte darüber bekommen, wie erfolgreich sie verliefen.«

»Sie lesen meine Post!«

Joanna errötete. Und die Röte vertiefte sich noch, als Swickert sich anklagend an sie wandte.

»Sie haben ihm geholfen! Sie waren es!«

»Bitte, Mr. Swickert«, sagte Joanna. »Mr. Drew versucht doch nur, Ihnen zu helfen. Es kann gar keine wahre Quelle der Jugend geben; das ist nur eine alberne Legende . . .«

»Hinaus! Beide – hinaus!«

»Nein«, sagte Latham. »Ich werde erst gehen, wenn Sie mir erzählt haben, was Sie wissen. Wenn Sie nicht wollen, daß die Polizei sich –«

»Polizei?« Swickert stampfte mit seinem Krückstock auf den Fußboden, und zwar nur einen Zentimeter von Lathams Zehen entfernt. »Der Polizei können Sie gar nichts sagen! Wenn ich beschwindelt werde, bin *ich* derjenige, der Klage einreichen kann. Oder etwa nicht?«

»Es ist doch nur um Ihretwillen, Mr. Swickert.«

»Hinaus! Tun Sie, was Sie wollen! Erzählen Sie alles der Polizei und sehen Sie dann selbst, was Sie davon haben!«

»Ich weiß, was *Sie* davon haben! Am Abend der Gesellschaft von Madame de Sala stand ich auf der Terrasse und hörte genau, was Corbeau sagte. Man nimmt Sie aus, Mr. Swickert, und wird Sie erst in Ruhe lassen, wenn man Ihnen auch den letzten Penny abgenommen hat. Und trotzdem werden Sie deswegen um kein Jahr jünger werden – das ist das Grausame dabei. Nicht um einen einzigen Tag.«

»Hinaus!«

Latham stand auf und brachte seinen Mund dicht an das Ohr des alten Mannes.

»Es gibt keine Quelle der Jugend!« brüllte er. »Wie können Sie nur so dumm sein, das zu glauben? Helfen Sie mir, diese Gauner dort hinzubringen, wo sie hingehören!«

Swickert zwinkerte mit seinen Augen, und sein Unterkiefer bebte. Dann sackte er in seinem Rollstuhl zusammen, so daß sein Kopf in den Decken verschwand.

»Latham«, sagte Joanna. »Latham, ich glaube, er hat einen Anfall.«

»Das ist kein Anfall. Er ist dickköpfig.«

Swickert stöhnte; dann machte seine Zunge in

der Höhle des Mundes ein klickendes Geräusch. Sein Gesicht wurde aschgrau, und seine Augen schlossen sich. Latham wurde unruhig, und Joanna stürzte zu dem alten Mann und griff nach dem knochigen Handgelenk.

»Es ist ein Anfall«, sagte sie. »Du hättest nicht so grob zu ihm sein dürfen.«

»Was sollen wir tun?«

»Er hat dafür Tabletten . . .« Sie lief zu einer Kommode und fand in einer Schublade eine winzige Flasche. Latham mußte die Kiefer des alten Mannes mit Gewalt auseinanderziehen, damit Joanna ihm eine der flachen runden Tabletten unter die Zunge schieben konnte. Die Wirkung des Medikaments schien fast sofort einzusetzen; oder aber Swickert hatte simuliert. Er schlug die Augen auf und machte mit der Hand eine zitterige Bewegung.

»Hinaus!« krächzte er. »Sie sind fristlos entlassen, Miss Sweet. Verstanden?«

»Ich kann Sie jetzt nicht allein lassen, Mr. Swikkert. Sie brauchen Pflege.«

»Ich lasse jemand anders kommen. Sie will ich nicht mehr um mich sehen. Verstanden? Sie will ich hier nicht mehr sehen!«

Latham seufzte. »Okay, Mr. Swickert, wie Sie wollen. Corbeau muß eine ganze Menge überzeugender Argumente haben; und ich kann diese Argumente nicht widerlegen, solange ich nicht weiß, worum es geht. Dann werde ich mich dieser Sache also von einer anderen Seite aus annehmen.«

»Warum?« stöhnte der alte Mann. »Warum können Sie mich nicht in Ruhe lassen? Das geht Sie gar nichts an. Warum?«

Diese Frage murmelte er noch vor sich hin, als sie das Zimmer verließen.

»Ich bin noch nie hinausgeworfen worden«, sagte Joanna. »Was tut man eigentlich, wenn man hinausgeworfen worden ist?«

»Soviel ich weiß, betrinkt man sich.«

In einer halbdunklen Ecke eines Bistros mit dem Namen *La Lavalière,* wo eine kirschrote Kerze zwischen ihnen brannte, wiederholte Joanna die Frage des alten Mannes.

»Warum, Latham? Gut, der alte Narr ist beschwindelt worden. Aber du bist doch kein Polizist, kein gewöhnlicher. Warum kümmerst du dich so darum?«

»Vielleicht sollte ich es lassen. Vielleicht sollte ich den Behörden nur berichten, was ich weiß, und es dabei belassen. Ich glaube jedoch nicht, daß Swickert das einzige Opfer von Corbeaus Schwindel ist. Irgendwie war er klug genug, auch einen noch gescheiteren Mann als Swickert davon zu überzeugen, daß es die Quelle tatsächlich gibt.«

»Wen meinst du damit?«

»Dancer natürlich, Benjamin Dancer. Weißt du noch, was ich dir über ihn erzählt habe? Er selbst war zwar ein ziemlich alter Trottel, nicht senil wie Swickert, aber im Verhältnis zu seiner Frau ausgesprochen alt. Nach allem, was ich erfahren habe, bedrückte der Altersunterschied ihn – vielleicht war die Versuchung dessen, was Corbeau ihm versprach, so groß, daß sein gesunder Menschenverstand dadurch aus dem Gleichgewicht gebracht wurde. Trotzdem kann man sich nur schwer vorstellen, daß ein Wissenschaftler auf einen derartigen Trick hereinfällt.«

»Es scheint doch nicht möglich, nicht wahr? Es sei denn . . .« Joanna starrte in die Flamme der Kerze. »Du hältst es doch selbst nicht für möglich, oder? Die Sache mit der Quelle?«

»Soll das ein Scherz sein?«

»Nein, das kann nicht sein«, sagte Joanna sehnsüchtig. »Trotzdem muß Corbeau irgendeine Art von Beweis vorgelegt haben. Sonst hätte ihm doch niemand geglaubt.«

»Oh, ich bin überzeugt, daß es Beweise gibt – unwiderlegbare Beweise. Ein guter Betrüger muß in dieser Hinsicht äußerst geschickt sein. Und offenbar wollten Swickert und Dancer auch glauben, daß es irgendwo ein verjüngendes Wunder gibt. Im Falle Dancer war das Motiv eine bezaubernde junge Frau . . .«

»Du hast mir nie erzählt, daß sie bezaubernd war.«

»Nicht? Nicht sehr groß, aber bezaubernd.«

»Ich bin immer noch eifersüchtig.«

»Und im Fall Swickert ist das Motiv noch klarer. Ein Mann seines Alters kann einfach nicht mehr sehr lange leben. Er kaufte sich nicht nur Jugend; er kaufte das Leben selbst. Und das war ihm wahrscheinlich sehr viel wert.«

»Vor allem *glaubte* er fest daran. Fast ist es eine Schande, ihm diesen Glauben zu nehmen ...«

»Ist es denn nicht auch eine Schande, zuzulassen, daß Corbeau soviel Geld für einen Schwindel erhält?«

»Wahrscheinlich«, sagte Joanna.

»Trotzdem beunruhigt mich dabei eines. Swikkert ist in meinen Augen ein Opfer; er hat sehr viel Geld. Aber Dancer – als reich würde ich ihn nie bezeichnen, bestimmt nicht. Warum aber gibt Corbeau sich dann mit einem derartigen Mann ab?« Latham hielt ein Zündholz in die brennende Kerze und beobachtete, wie es aufflammte. »Es sei denn, er war gar kein Opfer. Es sei denn, er gehört selbst zu den Schwindlern.«

»Aber du sagtest doch, er sei Wissenschaftler ...«

»Das ist richtig. Und deshalb konnte er genau den wissenschaftlichen Popanz abgeben, der Leute wie Swickert überzeugte. Wenn ein Mann von Dancers wissenschaftlichem Ruf für Corbeaus Quelle eintritt ...«

»Aber warum macht er so etwas? Wenn er so angesehen ist und alles?«

»Für Geld tun die Menschen die merkwürdigsten Dinge. Vielleicht fand Dancer das Gehalt, das er von der Regierung bekam, zu klein. Vielleicht wollte er seine Frau mit Pelzen und Edelsteinen überschütten; das war ihm bisher nicht möglich. Wenn es um Geld geht, haben selbst Menschen mit einer hohen Ethik irgendwo eine schwache Stelle...«

»Das ist billiger Zynismus«, sagte Joanna.

»Ich erhebe keine Beschuldigungen, ich stelle nur Vermutungen an. Ob nun Opfer oder Mittäter – der Mann, der mich zu Dancer bringen kann, ist vermutlich unser mephistophelischer Freund. Inzwischen...«

»Inzwischen habe ich keine Stellung mehr. Berührt dich das gar nicht?«

Latham legte seine Hand über ihre. »Das tut mir leid. Ich hätte versuchen sollen, dich aus dieser ganzen Geschichte herauszuhalten.«

»Ich hatte sowieso keine Lust mehr. Wenn wir wieder in London sind, werde ich mich bei der Schwesternvermittlung melden; glücklicherweise habe ich noch den Rückflugschein.«

»Im Augenblick kann ich noch nicht zurück. Erst muß ich mir Monsieur Corbeau vornehmen... Hör mal, hast du nicht gesagt, er sei Verleger?«

»Ja. Zumindest verlegt er einen Informationsdienst. *A l'Intérieur.*«

»Ob dieser Informationsdienst wohl im Telefonbuch steht?«

»Das ließe sich feststellen.«

Er stand im Telefonbuch. Die angegebene Adresse lautete 100 Rue Massenet. Latham wählte die Telefonnummer, und es meldete sich eine sanfte weibliche Stimme, geheimnisvoll, entsprechend dem vertraulichen Charakter des Dienstes. Er fragte, ob Monsieur Corbeau zu sprechen sei, und wurde um seinen Namen gebeten.

»Mein Name ist Latham Drew, vom *London Standard*. Ich habe Monsieur Corbeau bei Madame de Sala kennengelernt – vielleicht erinnert er sich. Sagen Sie ihm, daß ich ihn gern sprechen würde, möglichst noch heute nachmittag. Sagen Sie ihm außerdem, ich hätte Informationen, die für ihn vielleicht nützlich wären.«

»Einen Augenblick«, flüsterte das Mädchen. Aus dem Augenblick wurde eine Minute. »Monsieur Corbeau ist gerade in einer Konferenz. Er läßt jedoch fragen, ob Sie um halb sechs hier sein könnten?«

»Das geht«, sagte Latham. Er hängte auf und wandte sich an Joanna. »Kommst du mit?« sagte er. »Es könnte interessant werden.«

»Was hast du vor?«

»Nicht viel. Ich werde ihm ein faszinierendes Thema für sein Klatschblatt liefern. Über die Quelle der Jugend.«

Mit offenem Mund starrte sie ihn an. »Ist das nicht schrecklich gefährlich?«

»Ich habe keine Zeit mehr, vorsichtig zu sein. Die beste Art und Weise, in der Angelegenheit weiterzukommen, ist der direkte Angriff. Kommst du mit?«

»Also gut«, sagte Joanna widerwillig. »Aber wenn du nichts dagegen hast, werde ich unten warten.«

Unten war, wie sich herausstellte, ein kleiner, jedoch eleganter Salon mit knöcheltiefem Teppich und Kristallüster. Die Büros von *A l'Intérieur* waren in einem stillen Sandsteinbau an einer eleganten Straße untergebracht. Die Empfangsdame hinter dem antiken Tisch hätte genausogut die Inhaberin eines Modegeschäfts sein können. Nichts deutete auf den hektischen Betrieb einer Zeitungsredaktion hin: keine klappernden Schreibmaschinen, keine hemdsärmeligen Männer mit unruhigen, angespannten Gesichtern. Das Büro von Monsieur Corbeau lag im ersten Stock, erreichbar mit einem Aufzug, der gerade Platz für zwei hatte. Latham brachte Joanna auf einem Louis-quatorze-Sofa unter, wo sie in *La Femme* blätterte, und ließ sich von Monsieur Corbeaus Sekretärin, einer winzigen Venus, zu der Nummer eins begleiten. Die Enge des Aufzugs, der langsam zum ersten Stock emporschwebte, war geradezu provozierend, aber die junge Dame, die sehr dicht neben Latham stand, lächelte die ganze Zeit nichtssagend. Dann führte sie ihn in einen vollkommen unmöblierten Raum.

Zumindest war das Lathams erster Eindruck. Das Büro von Monsieur Corbeau bestand aus einer Chaiselongue, einem Tisch, auf dem gerade zwei

Kaffeetassen Platz fanden, und einem spinnbeinigen Stuhl. Sonst nichts. Corbeau selbst lag ausgestreckt auf der Chaiselongue und hielt geziert einen weißen Telefonhörer in der Hand. Mit einem Kopfnicken forderte er Latham auf, sich auf den einzigen Stuhl niederzulassen, ohne sein Gespräch zu unterbrechen.

»Ja, Jo-Jo«, sagte er lachend. »Zehn Millionen Francs, und für was? Die gesamte Produktion der Fabrik beträgt monatlich keine fünfhundert Einheiten. Warte noch ein Jahr, und unser Freund hat auch sein letztes Seidenhemd eingebüßt. Einen Moment, eben ist jemand gekommen, den du auch kennst.« Er deckte die Sprechmuschel mit einer Hand zu und grinste Latham mit gefletschten Zähnen an. »*Bon jour,* Mister Drew. Ich spreche gerade mit Ihrem Arbeitgeber.«

Latham schluckte. Corbeaus Augen wurden boshaft, und er nahm die Hand von der Sprechmuschel.

»Jo-Jo? Dein Mr. Drew ist eben gekommen. Möchtest du ihm guten Tag sagen? ... Drew. D-r-e-w, ja ... Nein, nein, nicht Charlie, sondern Latham ... Was?« Er schnalzte mit der Zunge. »Aber Jo-Jo, ich muß mich deiner schämen. Bisher habe ich dich immer für einen Arbeitgeber gehalten, der ... Einen Moment, ich gebe ihm den Hörer.«

Mit ausgestrecktem Arm hielt er den Hörer in Lathams Richtung. »Hier«, sagte er. »Mr. Sethloe möchte Sie sprechen, Mr. Drew. Bestimmt freut er sich, von Ihnen zu hören.«

»Das glaube ich kaum«, sagte Latham matt. »Ich zweifle, ob Mr. Sethloe überhaupt weiß, daß es mich gibt. Beim *Standard* gehöre ich nämlich zu den kleinen Fischen.«

»Was Sie mit kleinen Fischen meinen, ahne ich zwar nicht«, sagte Corbeau. »Aber Mr. Sethloe hat die merkwürdige Vorstellung, daß Sie gar nicht für ihn arbeiten. Hier. Ihre Chance, sich ihm vorzustellen.«

Latham stand auf und griff nach dem Hörer. Er versuchte, Corbeaus amüsierte Augen nicht zu beachten.

»Mr. Sethloe«, sagte Latham. »Sie erinnern sich, nicht wahr? In den letzten drei Wochen habe ich mit Sandy McLash zusammengearbeitet. Hat er es Ihnen nicht erzählt?«

»McLash?« sagte die Stimme erstaunt. »Wer, zum Teufel, hat Sie angestellt? Was soll das alles?«

»Sandy arbeitet mit mir an einem Sonderauftrag. Ich bin amerikanischer Korrespondent, vom *Washington Star*. Ich arbeite an einem Bericht über Benjamin Dancer, den Biochemiker, der in London verschwunden ist.«

»Warum, zum Teufel, hat Sandy mir nichts davon berichtet?«

»Es tut mir leid, Mr. Sethloe, aber es ist nicht seine Schuld.«

»Meinetwegen. Solange jemand anders Sie bezahlt, bin ich einverstanden. Wie sieht die Geschichte aus?«

»Äußerst vielversprechend«, sagte Latham und stellte erfreut fest, daß das Lächeln langsam von Corbeaus Gesicht verschwand. »Ich habe einen neuen Gesichtspunkt entdeckt, der Sie vielleicht interessieren wird. Ich bin nämlich über jemanden gestolpert, der tatsächlich glaubt, er hätte die Quelle der Jugend gefunden.«

»Was? Sagen Sie, soll das ein Witz sein?«

Corbeau hatte sich nicht gerührt, hatte mit keinem Muskel gezuckt. Er war wie versteinert, und für Latham war diese Reaktion aufschlußreicher, als er gehofft hatte.

»Nein, das ist kein Scherz. Ich werde Ihnen berichten, wenn ich wieder in London bin. Sollten Sie Sandy sehen, bestellen Sie ihm bitte einen schönen Gruß. Auf Wiedersehen, Mr. Sethloe.«

Er gab Corbeau den Hörer zurück. Das Lächeln war völlig verschwunden, und auf Corbeaus sanften Wangen hatten sich blasse Flecken gebildet.

»Jo-Jo?« sagte er ruhig. »Wir reden ein andermal weiter.«

Er legte den Hörer auf die Gabel des Apparats, der auf dem Fußboden stand. Dann schwang er seine Beine von der Chaiselongue und setzte sich auf.

»Kann ich Ihnen etwas anbieten, Mr. Drew? Kaffee? Kognak?«

»Nein, danke.«

»Sie sind wirklich vom *Washington Star*?«

»Ja, tatsächlich. Kennen Sie zufällig auch den Verleger des *Star*?«

»Nein, das kann ich leider nicht behaupten.«

Latham unterdrückte einen Seufzer.

»Sie haben Mr. Sethloe eben eine merkwürdige Geschichte erzählt.«

»Welche Geschichte?«

»Über die – was war es noch? Die Quelle der Jugend.«

Latham lachte. »Ja, komisch, nicht wahr? Wenn man sich vorstellt, daß es tatsächlich Menschen gibt, die eine derartige Geschichte glauben – und das in unserer Zeit!«

»Und wer glaubt sie? In unserer Zeit?«

»Alle Opfer kenne ich noch nicht. Aber das werde ich noch herausbekommen.«

Corbeau griff nach der silbernen Tasse. Der Kaffee war offenbar kalt geworden, denn Corbeau nippte angewidert daran.

»Sagten Sie eben ›Opfer‹, Mr. Drew?«

»Ja. Wissen Sie, ganz offensichtlich handelt es sich um eine Art Bauernfängerei. Eine Gruppe von Schwindlern hat einen Plan ausgeheckt, um ein Mittel zu verkaufen, das wieder jung machen soll. Natürlich wenden diese Leute sich nur an reiche alte Menschen mit viel Geld und nur noch wenig Zeit. Alle Einzelheiten kenne ich zwar noch nicht, aber in einigen Tagen werde ich die ganze Geschichte wahrscheinlich aufgedeckt haben.«

»Ich verstehe. Und – und das wollten Sie mir erzählen? Für *A l'Intérieur*?«

»Wissen Sie, meiner Ansicht nach dürften verschiedene prominente Franzosen in diese Angelegenheit verwickelt sein, und es könnte sein, daß die Tatsachen äußerst spannend zu lesen sind. Ich möchte nicht den Eindruck erwecken, dem *Star* gegenüber nicht loyal zu sein, aber ich habe mir gedacht, daß eine derartige Information für einen Mann wie Sie erheblich mehr wert ist. Ich hoffe, Sie verstehen.«

»Ja, natürlich. Es war von Ihnen äußerst gescheit, an unsere kleine Publikation zu denken. Natürlich möchten Sie diese Information verkaufen?«

»Meiner Ansicht nach ist sie einiges wert, nicht wahr?«

Corbeau stellte die Kaffeetasse wieder hin und lächelte. Plötzlich wirkte er gelockerter.

»So etwas! Ich hatte von Ihnen eine völlig andere Vorstellung, Mr. Drew.«

»Verzeihung?«

»Ach, nichts. Man bildet sich Urteile, Ansichten. Aber man kann sich auch irren. Das spielt jetzt jedoch keine Rolle. Nennen Sie mir Ihren Preis, Mr. Drew, und wir werden sehen, ob wir uns einig werden.«

»In Wahrheit«, sagte Latham, »möchte ich dafür kein Geld, Monsieur Corbeau. Ich möchte ein Geschäft mit Ihnen machen.«

»Oh?«

»Ich werde Ihnen berichten, was ich über diese Gaunergeschichte weiß. Vorausgesetzt, Sie erzählen mir alles, was Sie wissen – über einen einzigen Mann.«

»Und wer sollte das sein?«

»Sein Name ist Benjamin Dancer.«

Corbeau griff wieder nach der Tasse, hielt sie jedoch nur in der Hand.

»Ich hörte schon, wie Sie Mr. Sethloe gegenüber diesen Namen erwähnten. Handelt es sich um den amerikanischen Biochemiker?«

»Ja.«

»Wie kommen Sie darauf, daß ich irgend etwas über ihn wissen könnte?«

»Das habe ich inzwischen herausbekommen. Wenn nicht – dann werde ich wahrscheinlich dem *Washington Star* gegenüber loyal bleiben.«

»Und Sie sind überzeugt, daß diese Schwindler tatsächlich existieren?«

»Oh, davon bin ich überzeugt. Sie haben eine kleine Organisation aufgebaut. Ich weiß sogar, wie sie sich nennen.«

»Und wie nennen sie sich?«

»*Bridge of Lions* – Löwenbrücke. Ein komischer Name, nicht wahr? Es ist eine schlechte Übersetzung von Ponce de Leon. Erkennen Sie den Zusammenhang?«

»Ja«, sagte Corbeau verträumt. »Ich erkenne den Zusammenhang.«

»Um ehrlich zu sein – mein Auftrag hatte eigentlich nichts mit dieser Schwindelgeschichte über die Quelle der Jugend zu tun. Ich arbeitete lediglich an dieser Dancer-Geschichte, als ich plötzlich darauf stieß. Sie sind Journalist, Monsieur Corbeau. Sie wissen selbst, wie das so ist.«

»Ja, ich weiß, wie das so ist«, sagte Corbeau.

»Wenn ich wüßte, wo Dancer ist – dann würde diese Löwenbrücke mich überhaupt nicht mehr interessieren. Dann könnten diese Leute ihr Abwaschwasser in ganz Europa verkaufen. Ich bin doch kein Polizist.«

»Und Sie glauben wirklich, ich könnte wissen, wo dieser Mr. Dancer sich aufhält?«

»Mein Gott, ein Mann in Ihrem Beruf, dazu *A l'Intérieur* und so weiter! Wahrscheinlich erfahren Sie doch eine ganze Menge.«

»Schade«, sagte Corbeau seufzend. »Jammerschade. Es hätte mir wahrscheinlich sehr viel Spaß gemacht, Ihre kleine Geschichte zu veröffentlichen, Mr. Drew.«

»Aber Sie können es nicht?«

»Eben«, sagte Corbeau voller Bedauern. »Ich fürchte nämlich, daß Ihr Preis unannehmbar ist. Wenn ich wüßte, wo Mr. Dancer sich aufhält, hätte ich meine Leser mit Vergnügen schon lange informiert. Aber ich weiß einfach nichts über Ihren Hasen, Mr. Drew. Sie werden ihn leider woanders jagen müssen.«

»Das ist allerdings schade. Dann werde ich die

ganze Geschichte meinem Verleger berichten – und so, wie ich ihn kenne, wird er wahrscheinlich darauf bestehen, die Polizei einzuschalten. Sie wissen selbst, welche Ungelegenheiten so etwas mit sich bringen kann.«

»Ungelegenheiten? Ja, Ungelegenheiten ist ein sehr gutes Wort«, sagte Corbeau trocken. »Ihr Amerikaner habt die wunderbare Begabung, immer die richtige Bezeichnung zu finden.«

Latham erhob sich, trat von einem Fuß auf den anderen und wartete.

»Also«, sagte er dann.

»Also, Mr. Drew?«

»Dann gehe ich jetzt wieder. Sollten Sie Ihre Ansicht ändern ...«

»Meine Ansicht ändern?«

»Ich meine: Sollten Sie weiteres über Mr. Dancer hören, können Sie mich immer im Hotel Bernard erreichen. Die nächsten Tage bin ich noch dort, bis ich zurückfahre.«

»Ja, natürlich«, sagte Corbeau gähnend. »Es war mir ein Vergnügen, mich mit Ihnen zu unterhalten, Mr. Drew. Und grüßen Sie Jo-Jo – Mr. Sethloe, meine ich –, wenn Sie nach London zurückkehren.«

Corbeau schloß die Augen und legte sich wieder auf das Sofa. Da Latham merkte, daß er unerwünscht war, verließ er das Büro.

Eine Enttäuschung folgte der anderen. Sie aßen im Cloche Rouge zu Abend, und das Essen war entsetzlich. Es hatte einen Familienkrach gegeben: Onkel Bertholot, der Küchenchef, hatte sich erbittert mit Papa Bertholot gestritten, und aus Rache hatte Onkel Bertholot alles anbrennen lassen. Mürrisch schoben Latham und Joanna die Hälfte ihres Essens beiseite und machten statt dessen einen Spaziergang. Wie zu erwarten, fing es an zu regnen. Als sie wieder zum Simca kamen, waren beide durchnäßt. Sie fuhren zum Hotel Goncourdine, und dort erfuhr Joanna vom Empfangschef, daß ihr Zimmer bereits vermietet und ihr Gepäck in den Keller des Hotels gebracht worden wäre. Offenbar hatte Mr. Swickert endgültig Schluß gemacht, denn er hatte sie aus ihrer Unterkunft hinausgeworfen. Natürlich, sagte der Empfangschef, könne Mademoiselle ein anderes Zimmer haben, müsse jedoch selbst bezahlen. Unglücklicherweise sei das Hotel jedoch im Augenblick gerade ausverkauft ... Wütend verließ Joanna das Hotel, während Latham hinter ihr hertrottete, beladen mit ihrem Gepäck.

»Und jetzt?« sagte er und versuchte, nicht in die Sturzbäche zu geraten, die vom Sonnensegel des Hoteleingangs herunterprasselten. »Wo willst du jetzt hin?«

»Irgendwo muß ich doch schlafen, oder? Die Unverschämtheit dieses alten ...«

»Ich persönlich würde das Hotel Bernard vorschlagen. Es ist ein angenehmes kleines Haus.«

»Ich weiß gar nicht, was ich tun soll.«

»Mir wäre es sehr lieb, wenn dir etwas einfiele. Hier draußen werden wir nämlich schauderhaft naß.«

Joanna sah ihn an. In der Krempe seines Hutes hatte sich Wasser angesammelt, und sein Hemdkragen war so verknautscht wie der eines Clowns. In den Händen hielt er ihre Koffer, unter dem einen Arm außerdem noch eine Reisetasche, unter dem anderen eine Hutschachtel, alles in allem bot er ein Bild des Jammers. Sie begann zu lachen.

»Was ist denn so verdammt komisch?«

»Du. Du bist der traurigste, nässeste Agent X-9, den ich je kennengelernt habe.«

»Und der dämlichste. Vergiß nicht: der dämlichste.«

»Und der dämlichste«, sagte Joanna. Dann legte sie ihren Arm um ihn und ihr nasses Gesicht gegen seine Schulter. »Also gut«, sagte sie sanft. »Fahren wir zum Hotel Bernard.«

Als sie das Hotel betraten, stand Monsieur Guillet, der Concierge, am Empfang. Latham rechnete damit, herzlich begrüßt zu werden, aber nicht auf diese merkwürdige Weise.

»Oh, Monsieur Smith!« rief Monsieur Guillet. »*Mon pauvre ami!* Wie naß Sie sind!«

»Was ist?« sagte Latham.

»Und Ihre arme Frau! Ein gräßliches Wetter! Ein Jammer, daß Sie noch einmal weg müssen, nicht?«

»Weg? Hören Sie, Sie müssen ...«

»Ja, ich weiß, Ihr Freund hat vor einer Stunde angerufen, Monsieur Smith, und ich soll Ihnen etwas ausrichten. Auch ein Brief ist für Sie gekommen. Einen Augenblick, ich hole ihn.« Er tauchte zu dem Postfach hinunter, und dann hatte er einen dicken Umschlag sowie einen zusammengefalteten Zettel in der Hand. Beides hielt er Latham hin, während er Joanna wie ein Verschwörer zuzwinkerte.

Auf dem Zettel stand: *»Sûreté. Zwei in der Halle, einer oben.«*

Latham sah sich in der Halle um und entdeckte den beleibten Mann, der in einem Sessel saß und auffallend in seine Zeitung versunken war. Latham ergriff Joanna am Ellbogen und sagte: »Ach, richtig, Joe wollte noch anrufen. An sich ist es eine Zumutung, uns bei diesem Wetter und so spät noch wegzuholen.«

»Ich möchte aber nicht mehr weg«, sagte Joanna jammernd. »Ich möchte mir etwas Trockenes anziehen!«

»Ja, ja«, sagte der Concierge und nickte nachdrücklich. »Monsieur Joe bestand darauf, Monsieur Smith. Er erwartet Sie.«

»Komm«, sagte Latham und griff nach den Koffern. »Gehen wir, Gertrude. Wir wollen den alten Joe doch nicht warten lassen, nicht wahr?«

»Aber La – – –«

»Komm jetzt!«

Draußen warf er Joannas Gepäck mit der Geschicklichkeit eines betrunkenen Hafenarbeiters auf den Rücksitz des Simca. Sie protestierte laut, aber er achtete nicht darauf, sondern setzte sich hinter das Lenkrad und befahl ihr mit groben Worten, endlich einzusteigen. Als sie mit durchdrehenden Reifen vom Hoteleingang wegfuhren, war sie eine Bombe, die jeden Augenblick explodieren konnte.

»Es tut mir leid«, sagte er und lockerte den Zünder. »Aber wir mußten schnell weg. Die Mitteilung stammte von Monsieur Guillet: Wir sollten sofort abhauen, und deswegen sind wir abgehauen.«

»Aber warum?«

»Ein guter Concierge kümmert sich immer um das Wohl seiner Gäste. Das ist ein Ehrenkodex. Anscheinend wollte die Sûreté mich abholen.«

»Die Sûreté? Was hast du denn getan? Was wollte man von dir?«

»Woher soll ich das wissen? Vielleicht war mein Zimmer voller verlockender Frauen. Also Unzucht. Weißt du genau, daß du schon über sechzehn bist?«

»Um Himmels willen, sei doch endlich einmal ernst! Vielleicht wollte man dir nur noch ein paar Fragen wegen der Ermordung Gritzkijs stellen. Macht es nicht einen schlechten Eindruck, wenn du einfach wegläufst?«

»Guillet muß gemerkt haben, daß es um mehr

geht. Man wollte mich verhaften – also muß irgend etwas passiert sein . . .«

»Glaubst du, daß es schon in der Zeitung steht?«

»Vielleicht in einer Spätausgabe. Sage mir Bescheid, wenn du einen Zeitungshändler siehst.«

Fünf Querstraßen weiter entdeckten sie einen. Latham ließ den Motor laufen, während Joanna die Zeitung besorgte. Er riß ihr das Blatt aus der Hand und überflog die erste Seite.

»Was suchst du?« sagte Joanna.

»Keine Ahnung. Wahrscheinlich meinen Namen.«

Seinen Namen entdeckten sie nicht. Aber auf der unteren Hälfte der Seite stand eine kurze Meldung, die folgendermaßen lautete:

Neuer Verdacht im Sala-Fall!

Auf Grund der Aussage eines prominenten Gastes, der auf der Gesellschaft im Hause von Mme. André de Sala anwesend war, ist stündlich mit der Verhaftung eines Mannes zu rechnen, der des Mordes an dem russischen Wissenschaftler Nicolai Gritzkij verdächtigt wird. Die Polizei weigert sich, Namen zu nennen.

* * *

Die Seidenraupe kann einen fortlaufenden Faden von fast 1200 Metern Länge produzieren.

7
Das Dreieck

Die Lichter von Paris lagen hinter ihnen. Vor ihnen lagen, an der sechsbahnigen *autoroute*, Versailles und Montfort-l'Amaury. Joanna kämmte die nassen Strähnen ihres Haares aus und versuchte, ihr vom Regen ramponiertes Make-up auszubessern. Frierend und zitternd konzentrierte Latham sich auf die Straße und auf den Versuch, einen Teil des Netzes zu entwirren, das sich um ihn geschlossen hatte.

»Das war natürlich Corbeau«, sagte er. »Daran gibt es keinen Zweifel. Er mußte etwas tun, nachdem er gemerkt hatte, daß ich ihm auf die Schliche gekommen war.«

Er blickte das Mädchen an, und Joanna fing an zu wimmern.

»Schau mich nicht an! Ich sehe schrecklich aus!«

»Natürlich könnte auch Swickert mich angezeigt haben. Beide sind wütend auf mich, und zwar wegen der Dinge, die ich über die Brücke weiß. Am liebsten würden sie mich in einem französischen Gefängnis verfaulen lassen.«

»Eine Haarnadel hast du wohl nicht bei dir?« Joanna stöberte im Handschuhfach herum.

»Dabei habe ich keine Ahnung, wie sie die Polizei überzeugen konnten, daß ich der Mörder bin. Auch wenn ich Gritzkijs Leiche als erster fand . . .«

»Warum machst du dir eigentlich so große Sorgen? Du brauchst doch der Polizei bloß zu erzählen, wer du *in Wirklichkeit* bist. Dann weiß jeder sofort, daß du es nicht getan haben kannst.«

»Wenn es nur so einfach wäre! Ich habe dir doch schon gesagt, daß eine Bedingung meines Berufes die Anonymität ist. Offiziell habe ich keinerlei Verbindung zur amerikanischen Regierung. Und wenn ich in Schwierigkeiten gerate, bin ich aller Wahrscheinlichkeit nach auf mich allein angewiesen.«

»Vielleicht – aber hier handelt es sich schließlich um einen Notfall. Ich meine, dieser Onkel von dir . . .«

»Shortlake? Er ist kein leiblicher Onkel.«

»Das ist jetzt auch egal. Aber er würde dich doch bestimmt nicht im Stich lassen, oder?«

»Dessen bin ich mir nicht ganz sicher.« Dann sagte er: »Nein, wahrscheinlich nicht. Am besten wird es sein, ich rufe ihn an und erkundige mich. Schließlich ist die Situation ziemlich heikel geworden. Gritzkij war ein bedeutender russischer Wissenschaftler, ich bin ein amerikanischer Agent, und Mord ist immer noch eine beliebte Form der internationalen Auseinandersetzung . . .«

»Oh, dieser Corbeau!« Joanna zitterte. »Vielleicht ist er wirklich der Teufel!«

Plötzlich fiel Latham der Umschlag ein, den er

bei sich hatte. Er holte ihn hervor, warf einen Blick auf den Absender und sah dort den Stempel des *London Standard*.

»Das hier könnte uns weiterhelfen«, sagte er. »Der Brief ist von meinem Freund Sandy McLash. Ich habe ihn gebeten, wegen Corbeau im Zeitungsarchiv nachzusehen ... Glaubst du, daß du es lesen kannst? Aber ich warne dich: Wenn Sandy mit der Maschine schreibt, geht es manchmal ziemlich bunt zu.«

Joanna riß den Umschlag auf. Die Klappe des Handschuhfaches benutzte sie als Pult und las:

»Lieber Latham, betr. Corbeau, freue mich, Sie zur Abwechslung in guter Gesellschaft zu wissen. Äußerst anständiger Kerl, kein Witz, Ehrenlegion, Vorsitzender verschiedener philanthropischer Organisationen, sammelte nach Ende Weltkrieg II dreißig Millionen, riskierte den Kopf 1960 wegen Algerien, zum Mißvergnügen der OAS. Baute Forschungsanlagen, zwei für Krebs, zwei für Herz und vier Kinderkrankenhäuser, Generalmajor Weltkrieg II bei de Gaulles freien Franzosen während der Besetzung, Unmenge von Orden, war stellv. Herausgeber *La Liberté*, jetzt Verleger *A l'Intérieur*, eine Art sozialbewußtes unbequemes Klatschblatt, hier und im Ausland sehr angesehen. Großer Organisator, guter Bürger und netter Kerl – was ist mit ihm? Sandy.«

Als Joanna den Brief zu Ende gelesen hatte, war ihr Mund ein rosafarbenes O.

»Das verstehe ich nicht«, murmelte Latham. »Er kann nicht denselben Mann meinen!«

»Alles, was er schreibt, klingt so – so edel.«

»Corbeau muß klüger sein, als wir annahmen. Oder aber er war einmal ein guter Mensch, der inzwischen schlecht geworden ist.«

»Aber das alles *kann* er doch unmöglich getan haben! Nicht ein Mann, der wie der Teufel persönlich aussieht! Du hast selbst gesagt, er sei nichts als ein billiger Gauner ...«

»Ich habe gesagt, daß er ein Gauner wäre; von billig habe ich nichts gesagt. Vielleicht hat er sich sein ganzes Leben darauf vorbereitet, hat sich selbst einen Ruf als anständiger Mensch geschaffen, um dann, als es soweit war, als Verbrecher anzufangen ...« Latham saß hinter dem Lenkrad und zog die Stirn kraus. »Nein, das ergibt keinen Sinn. Entweder ist er eine schizophrene Persönlichkeit, oder ...«

»Oder er ist tatsächlich das, was dein Freund behauptet. Und das würde bedeuten, daß du dich irrst, oder? Daß er gar nicht versucht, Mr. Swikkert zu betrügen. Vielleicht versucht er nicht einmal, dich verhaften zu lassen ...«

»Aber irgend jemand muß es doch, verdammt noch mal! Am besten wird es sein, ich rufe Shortlake an, bevor man mir Handschellen anlegt. Ich kenne diese Sûreté; das sind die reinsten Gangster ... Paß doch mal auf, Jo, ob du nicht irgendwo ein nettes Lokal entdeckst, wo wir über Nacht bleiben können. Möglichst klein und versteckt und behaglich.«

»Aber nicht allzu behaglich«, sagte Joanna prüde.

Das Gasthaus hieß L'Auberge des Amis – ein Name, den Joanna als zu intim ablehnte und Latham als rein platonisch verteidigte. Das Innere des Hauses wirkte ländlich einfach; Charme war der Ersatz für Sauberkeit, die Teppiche waren zerfetzt, und die Wände mußten dringend gestrichen werden, aber die Kundschaft bestand offenbar aus Einheimischen, denen das alles nichts ausmachte. In gewisser Weise erinnerte es Latham an das Cloche Rouge: Es war eine von einer Familie betriebene Gastwirtschaft. Besitzer waren Monsieur und Madame Moynier; der *garçon de comptoir* war ebenfalls ein Moynier, und der Hotelboy war Moynier *fils*. Die einzig verfügbaren Räumlichkeiten waren zwei nebeneinanderliegende Zimmer im ersten Stock; sie nahmen die Zimmer und trugen sich im Gästeverzeichnis als M. Latham Drew *et sœur* ein. Joanna blickte ihm über die Schulter, während er schrieb, und murmelte: »Oh, Bruder.«

Moynier *fils*, ein pickeliger Junge mit Schielaugen, nahm Joannas Gepäck und brachte es auf das Zimmer. Als Latham ihm ein Trinkgeld gab, zwinkerte er und verschwand.

»Weißt du was?« sagte Joanna. »Ich glaube,

der Bengel glaubt nicht, daß wir Bruder und Schwester sind.«

»Warum, weiß ich auch nicht. Wo wir beide fast gleich groß sind.«

»Rufst du jetzt Washington an?«

»Ja. Willst du hierbleiben und zuhören?«

»Ich . . .«

»Wenn es dir lieber ist, kannst du die Tür zur Sicherheit offenlassen.«

»Wahrscheinlich findest du mich jetzt gräßlich.«

Latham grinste und ging zum Telefon, das neben seinem Bett stand.

Das Fernamt brauchte fast eine halbe Stunde, um die Verbindung herzustellen. Die Zwischenzeit verbrachte Joanna damit, daß sie sich die Fingernägel polierte, während Latham auf seinen kaute.

Dann läutete das Telefon.

Shortlakes Reaktion auf Lathams Leidensbericht war ein Wort mit vier Buchstaben: Zorn.

»Hübsch gemacht«, sagte er. »Diesmal haben Sie sich selbst übertroffen, Drew. Da haben Sie uns eine hübsche tiefe Grube gegraben.«

»Ich bin es, für den die Grube gegraben wurde – verdammt noch mal! Entweder Swickert oder Corbeau hat mich als Gritzkijs Mörder denunziert, und das alles nur, weil ich jetzt über die Brücke Bescheid weiß. Man will mich aus dem Wege räumen, Uncle; ist das nicht deutlich genug?«

»Sind Sie sich eigentlich darüber klar, was es

bedeutet, wenn man diese Geschichte Ihnen anhängt? Amerikanischer Agent ermordet russischen Wissenschaftler! Es könnte so aussehen, als wäre es ein Stück vorsätzlicher amerikanischer Politik. Und das würde für uns in Europa einen sauberen Tiefschlag bedeuten.«

»Vielleicht können wir den Schwarzen Peter wieder dem zuschieben, dem er gehört. Nämlich Konradin. Sie wissen, Uncle, daß er es gewesen ist, daß es sein Auftrag war.«

»Ja, und er ist auch gerissen genug, um ungeschoren davonzukommen. Wahrscheinlich labt er sich mittlerweile bereits auf unsere Kosten an einem riesigen russischen Ochsen. Also gut«, knurrte Shortlake, »wahrscheinlich bleibt mir tatsächlich nichts anderes übrig, als Sie dort rauszuholen. Wir werden die Angelegenheit in aller Stille durch diplomatische Kanäle beilegen müssen, aber falls man Sie erwischt, werden wir Ihnen nicht helfen können.«

»Und wie ließe sich vermeiden, daß man mich erwischt? Mit Sicherheit werden sämtliche Flugplätze und Bahnhöfe überwacht. Ich brauche also Hilfe.«

»Wo sind Sie jetzt?«

»In einem kleinen Hotel, rund sechzig Kilometer außerhalb von Paris. In der Auberge des Amis.«

»Sind Sie sicher, daß man Ihnen nicht gefolgt ist?«

»Nicht, das ich wüßte.«

»Haben Sie einen Wagen?«

»Ja, einen Leihwagen.«

Shortlake nahm sich Zeit zum Überlegen. Dann sagte er: »Also gut, Sie tun jetzt folgendes. In Paris gibt es ein Kino in der Rue de Champlette, in der Nähe der Avenue Victor Hugo. Es heißt Anatole. Kaufen Sie sich eine Kinokarte, aber sehen Sie sich nicht den Film an, sondern sprechen Sie mit dem Direktor. Der Mann heißt François Deppelier und hat schon früher mit uns zusammengearbeitet. Ich werde ihn anrufen, bevor Sie dort eintreffen, und ihn unterrichten. Tun Sie, was er Ihnen vorschlägt, und zwar haargenau. Kapiert?«

»Ja«, sagte Latham.

»Wir werden Sie herausholen, notfalls mit Hilfe einer Transportmaschine der amerikanischen Armee. Ihr Auftrag hinsichtlich des Falles Dancer dürfte damit erledigt sein, aber daran kann ich nichts ändern.«

»Möglicherweise aber auch nicht. Und zwar dann nicht, wenn man mich nach Florida läßt.«

»Wohin?«

»Es gibt eine Spur zu den Bahamas, der ich gern nachgehen würde. Soviel ich weiß, besteht die Möglichkeit, daß Dancer sich dort aufhält.«

»Ich verstehe«, sagte Shortlake, »ein netter Urlaub im Karibischen Meer auf Kosten der Regierung. Hören Sie zu, Drew, ich könnte Ihnen jetzt sofort ein halbes Dutzend Probleme aufzählen, mit denen ich mich herumschlagen muß. Daß Sie versagt haben, rechne ich Ihnen nicht an. Kommen Sie also zurück, und alles andere ist vergeben und vergessen.«

»Es ist mein Ernst, Uncle. Lassen Sie mich nach Miami bringen und stellen Sie mir genügend Geld für eine Kreuzfahrt zur Verfügung. Ich werde ein Boot chartern; zu den Bahamas werde ich fliegen, aber dann brauche ich ein Boot, um die vielen kleinen Inseln zu besuchen. Welche ich genau suche, weiß ich im Augenblick noch nicht.«

»Ist das alles? Kann ich Ihnen dafür nicht vielleicht einen Zerstörer beschaffen?«

»Es besteht die Möglichkeit, daß ich dort unten die Quelle der Jugend finde – haben Sie daran noch nicht gedacht? Würde es Ihnen nicht auch gefallen, noch einmal fünfzig Jahre alt zu sein?«

»So eine Frechheit. Ich bin erst dreiundfünfzig.«

»Wirklich?« Latham schnalzte vorwurfsvoll. »Wahrscheinlich liegt es an Ihren vielen Sorgen, daß Sie so viel älter aussehen.«

»François Deppelier«, fauchte Shortlake. »Théâtre Anatole.« Latham legte den Hörer hin, und Joanna drehte sich nach ihm um.

»Latham, von mir hast du nichts gesagt.«

»Wozu?«

»Du kannst mich hier nicht einfach zurücklassen. Jetzt nicht mehr.«

»Ich habe dich bereits viel zu tief in die Geschichte hineingezogen.«

»Richtig, darum geht es. Ich meine, daß Mr. Swickert und Corbeau überzeugt sein müssen, ich sei deine Komplicin oder sonst was. Ich würde mich einfach nicht sicher genug fühlen, um allein nach London zurückzufliegen.«

»Sicherer ist es allerdings auch nicht, mit mir herumzuziehen.«

»Aber zwei können doch genauso schnell rennen wie einer, oder? Abgesehen davon sucht die Polizei nicht nach einem Pärchen, sondern nur nach dir. Du hast doch selbst erlebt, wie der Concierge in deinem Hotel so tat, als wäre ich deine Frau, und damit die Sûreté anführte.«

»Ich will dir mal etwas sagen«, meinte Latham. »Shortlake will, daß ich Kontakt mit einem Mann namens Deppelier aufnehme; dieser Mann ist dafür verantwortlich, daß ich das Land verlasse. Wenn er deine Idee für gut hält . . .«

»Sonnenschein in Florida würde mir guttun«, sagte Joanna. »Braungebrannt steht mir hinreißend.«

»Und mir würde ein Abendbrot guttun. Willst du dich in die Gesellschaft der Einheimischen begeben, oder sollen wir uns das Essen auf das Zimmer bringen lassen?«

»Oh, laß uns hier oben essen. Und sie sollen Kerzen mitbringen.«

Latham grinste und griff nach dem Telefonhörer.

Zehn Minuten später klopfte es an Lathams Tür. Das uncharakteristische Tempo der Bedienung überraschte ihn zwar, aber noch überraschter war er, als er die Tür öffnete und statt eines Tabletts einen Revolver erblickte. Der Anblick der Waffe nahm ihm jeglichen Appetit.

»Darf ich eintreten?« sagte Konradin unnötigerweise. Er lächelte und schloß die Tür sofort hinter sich. Dieses Geräusch veranlaßte Joanna, aus ihrem Zimmer zu kommen; als sie den Russen sah, hielt sie den Atem an und wollte gerade umkehren, als Konradin »Na, na!« sagte und sie mit einer Bewegung aufforderte, sich neben Latham zu stellen. Sie gab einen leisen, kläglichen Laut von sich, ging zu Latham und klammerte sich an seinen Arm.

»Schon gut«, sagte er beruhigend. »Das hier ist kein Raubüberfall. Das ist mein alter Kollege Gregor.«

Konradin betrachtete das Mädchen, sah dann die offene Tür zum angrenzenden Zimmer und wurde rot.

»Mein Gott«, sagte er schwach. »Sie scheinen in jedem Hotelzimmer Frauen vorzufinden. Wie machen Sie das?«

»In jedem Hotelzimmer scheine ich *Sie* vorzufinden«, sagte Latham. »Wie machen Sie das?«

»Das war nicht allzu schwer. Ich habe Ihre Tätigkeit seit einiger Zeit wohlwollend beobachtet. Und als ich in Paris zu Ihrem Hotel kam, um mich zu verabschieden, sah ich gerade noch, wie Sie blitzartig verschwanden.« Er lachte leise. »Zuerst wußte ich gar nicht, warum Sie es so eilig hatten. Als ich Ihnen folgte, hörte ich allerdings im Autoradio die Nachrichten.«

»Und deswegen sind Sie hierher gekommen? Um sich zu verabschieden?«

»In gewisser Weise – ja.« Unauffällig blickte er sich abschätzend im Zimmer um. »Ein hübsches kleines Hotel, nicht? Sehr verständnisvolle Leute. Typisch französisch, nehme ich an. Als ich nach Ihnen fragte, ließ man mich sofort nach oben. Übrigens haben Sie denen mit Ihrer ›Schwester‹ nichts vormachen können – wenn man nach ihrem Gesichtsausdruck urteilt.«

»Ich hatte gedacht, wir wären freundschaftliche Feinde, Gregor. Warum also der Revolver?«

»Es tut mir schrecklich leid.« Er machte vor Joanna eine flüchtige Verbeugung. »Ich weiß, es ist schrecklich unhöflich, einen Revolver auf eine Dame zu richten. Aber Sie müssen es verstehen: Ich wußte gar nicht, mit was für einem gefährlichen Verbrecher ich es zu tun hatte – ich wollte meinen Ohren nicht trauen. So etwas! Mein Freund Latham Drew auf der Flucht vor der Polizei!«

»Sie hatten recht, Ihren Ohren nicht zu trauen. Die ganze Geschichte war ein Irrtum. Inzwischen weiß man, wer Gritzkij erschossen hat.«

»Weiß man es wirklich?«

»Ja.« Latham setzte sich auf das Bett. »Es ist

ein Jammer, daß wir beide uns bei Madame de Sala verfehlt haben, Gregor. Wir hätten gemeinsam ein paar Gläser leeren können. Und auf unsere Zusammenarbeit anstoßen können.«

Gregor lachte. »Das ist leider ganz unmöglich gewesen. Erstens war ich nicht eingeladen. Und zweitens ist aus unserer Zusammenarbeit nicht viel geworden, nicht wahr?«

»Jedenfalls nicht von Ihrer Seite aus. Wahrscheinlich wußten Sie, daß die Geschichte mit Dancer in der Schweiz eine Lüge war?«

»Ich würde es eher als ehrlichen Irrtum bezeichnen.«

»Ich dagegen habe Ihnen die Wahrheit gesagt. Daß Gritzkij in Paris war.«

Gregor zeigte noch mehr Zähne. »Das wußte ich damals bereits, mein Freund. Sie haben mir also keineswegs geholfen. Besonders damit nicht, als Sie den alten Knaben abservierten. Das war unfein.«

»Darf ich mich auch hinsetzen?« sagte Joanna.

»Natürlich«, sagte Konradin höflich. »Bitte verzeihen Sie mir.«

Langsam sank sie auf die andere Seite des Bettes, die Augen starr auf den Revolver gerichtet.

»Also?« sagte Latham. »Was wollen Sie, Gregor?«

»Wer – ich? Ich tue nur das, für was ich bezahlt wurde, was sonst? Meine Anweisungen lauteten, Mr. Gritzkij unversehrt nach Hause zurückzubringen, damit er dort möglicherweise rehabilitiert würde. Es war ein Unglück, daß Mr. Gritzkij ermordet wurde. Deswegen bleibt mir nur noch übrig, mit den Behörden bei der Ergreifung des Verbrechers zusammenzuarbeiten. Würden Sie dies, unter ähnlichen Umständen, nicht auch tun?«

»Und dabei sind Sie jetzt? Sie helfen der Polizei?«

»Natürlich. Man sucht Sie überall in Paris, und ich scheine der einzige zu sein, der weiß, wo Sie sind. Begreifen Sie nicht, welche Pflicht ich habe?«

»Will er uns umbringen?« sagte Joanna.

»Sie umbringen?« Konradin schien ehrlich entsetzt. »Was für eine lächerliche Idee. Warum sollte ich?«

»Mache dir keine Sorgen«, sagte Latham knapp. »Das wäre für ihn das letzte. Lebendig bin ich für ihn von erheblich größerem Wert, nicht wahr, Genosse? Sie haben sich gedacht, daß es für die Vereinigten Staaten eine gewaltige Schlappe bedeuten würde, wenn bekannt wird, daß ich ein Agent der Regierung bin. Und daß man mich verdächtigt, Ihren Mr. Gritzkij ermordet zu haben . . .«

»Immer langsam, mein Freund. Ich habe Ihnen doch schon gesagt, was ich von Politik halte. Sie interessiert mich überhaupt nicht. Ich bin Polizist, tue das, was ein Polizist zu tun hat, und damit Schluß.« Er machte einen Schritt zum Bett, und Joanna wich vor ihm zurück. »Entschuldigen Sie«, sagte er. »Ich möchte nur das Telefon benutzen ...«

»Haben Sie eigentlich gar keine Angst, Gregor? Vielleicht kann ich den Schwarzen Peter wieder da hinbringen, wo er hingehört. Vielleicht ist das da derselbe Revolver, durch den auch Gritzkij umkam ...«

Konradin lachte leise und griff nach dem Hörer.

Joannas und Lathams Blicke trafen sich. Dann zog sie den Knoten des Bandes auf, das den Kragen ihrer Bluse zusammenhielt. Latham stockte der Atem, als sie die Bluse aus dem Rock zog und die Arme in die Luft warf. Weder Konradin noch Latham wußte, was sie beabsichtigte, bis die Bluse durch die Luft segelte und auf dem abgetretenen Teppich landete. Jetzt war es Konradin, dem der Atem stockte, denn Joanna zog die Träger ihres Unterrockes herunter und begann, die Haken ihres Büstenhalters zu öffnen.

»Hören Sie auf!« sagte der Russe heiser. »Machen Sie das nicht, Miss!«

Aber es war zu spät. Der Büstenhalter fiel zu Boden. Konradin trat vom Bett zurück; der Revolver schwankte unsicher in seiner Hand, als hätte das Mädchen eben zwei Haubitzen enthüllt.

»Was soll das? Ziehen Sie sich wieder an!«

»Joanna«, sagte Latham und schluckte. »Hör zu, du ...«

Jetzt stand sie auf, schleuderte die Schuhe von den Füßen und tastete am Verschluß ihres Rockes herum. Gleichzeitig begann sie zu kreischen, daß die Jalousien voller Mitgefühl anfingen zu klappern. Erstarrt und verblüfft sah Konradin zu Latham, als wollte er ihn um Hilfe bitten; der Gesichtsausdruck des Russen war borschtschähnlich. Latham war genauso hilflos; auch auf seinem Gesicht zeigte sich Panik, als die Tür aufflog und das Zimmer sich nicht nur mit Moyniers füllte, die wie vom Donner gerührt zu sein schienen, sondern auch mit Einheimischen aus der unten befindlichen Bar.

»Au secours! Au secours!« kreischte Joanna ihnen entgegen. »Laßt ihn nicht! Haltet ihn fest!«

Konradin, den Revolver immer noch in der Hand, fuhr herum und sah, daß er es mittlerweile mit einer ganzen Armee zu tun hatte. Aus Gründen der Vernunft senkte er den Revolver. »Sie müssen verstehen!« sagte er. »Diese Leute werden von der Polizei gesucht –«

Monsieur Moynier drängte sich durch die Menge und bekam Stielaugen, als er Joanna erblickte, die leise jammerte und ihre nackten Brüste mit den bebenden Händen bedeckte.

»Mademoiselle!« sagte er. »*Qu'est-ce que c'est?* Was ist hier los?«

»Hören Sie!« brüllte Konradin. »Diese Leute hier sind Verbrecher, Mörder! *Appelez la police!*«

»Das ist mein Mann!« Mit dem Finger zeigte Joanna auf Konradin. »Er will mich erschießen! Uns beide!« Damit deutete sie auf Latham.

Ein verstehendes »Ah!« lief durch die Menge.

»Nein!« donnerte Konradin. »Sie lügt. Sie müssen die Polizei holen!«

»Die Polizei?« Monsieur Moynier äußerte einen mißbilligenden Laut und breitete die Arme aus. Ein halbes Dutzend seiner Begleiter machte eine ähnliche Geste. »Monsieur, das ist eine Privatangelegenheit, *non*? Die Polizei ...« Er zog seine runden Schultern hoch und wies die Vorstellung als unwürdig zurück.

Jetzt trat Madame Moynier in Aktion; sie schob sich durch das dichte Gedränge in der Tür, warf ihrem Mann einen vernichtenden Blick zu und trat zu Joanna, um deren Blöße mit einem Bettlaken zu bedecken. »Louis!« brüllte sie. »Schaff deine betrunkenen Freunde hinaus ...«

Die betrunkenen Freunde von Louis Moynier waren damit beschäftigt, Gregor zu bedrängen und ihm ihren weingeschwängerten Atem ins Gesicht zu blasen, während sie ihm zuredeten, doch vernünftig, intelligent, ein Kavalier, tolerant und verständnisvoll zu sein. Joanna hatte sich in ein krampfhaftes Schluchzen hineingesteigert, und Latham, der fast genauso rot geworden war wie Konradin, wurde von Moynier *fils*, der diese Unterbrechung des Alltags zu genießen schien, ein Glas mit einer erfrischenden Flüssigkeit angeboten. Latham nahm das Glas, in dem sich, wie sich herausstellte, ein saurer Sherry befand, und trank es mit einem Schluck leer. Irgend jemand hatte Konradin den Revolver abgenommen, der von Hand zu Hand weitergereicht wurde und schließlich jenseits der Tür verschwand, wo er wahrscheinlich als Souvenir endete. Konradin protestierte dreisprachig, aber niemand hörte ihm zu. Ein Dutzend Hände klopfte ihm auf den Rücken, forderte ihn auf, nach unten zu kommen und eine Erfrischung zu sich zu nehmen; je mehr er nach polizeilicher Hilfe brüllte, desto mehr äußerten die Franzosen ihr Mißfallen, gestikulierten sie und forderten sie ihn auf, doch endlich vernünftig zu sein. Mit vielem Nachdruck wurde er schließlich aus dem Zimmer geschoben.

Latham ergriff Monsieur Moynier am Arm und zog ihn zu sich heran. »Hören Sie, Monsieur, das alles war von Ihnen sehr nett, aber ihr Mann ...« Mit einer Handbewegung beschrieb er einen Kreis um seinen Kopf. »Vor Eifersucht verrückt, verstehen Sie? Er bringt uns mit Sicherheit um, wenn wir nicht verschwinden ...«

»Louis!« sagte Madame herrisch. »Die Dame möchte sich anziehen!« Monsieur Moynier sprudelte irgend etwas hervor, und zwar so schnell, daß Latham es nicht übersetzen konnte; dann nickte er heftig. Gemeinsam verließen sie das Zimmer, und Latham mußte lachen, als er Konradin inmitten seiner freundlichen Bewacher sah, die ihn gegen seinen Willen die Treppe hinunterbrachten. Fünf Minuten später erschien Joanna, angezogen, mit trockenen Augen und rot vor Wut.

»Deine Koffer«, sagte Latham. »Was ist mit deinem Gepäck?«

»Zum Teufel damit«, flüsterte Joanna. »Für Florida brauche ich sowieso neue Sachen. Oder?«

Er grinste und kniff sie in die Wange. Hinter ihnen stieß Madame Moynier, voller romantischer Zufriedenheit, einen Seufzer aus.

Als sie das Gasthaus L'Auberge des Amis verließen, hatten *les amis* Gregor Konradin an der Bar eingekeilt, zwangen ihn, Wein zu trinken, und übertönten seine Klagen mit lautem Gesang. Für einen Augenblick konnte er sich losreißen und brüllte Latham etwas zu, als die beiden gerade das Haus verließen, aber dann verschwand er wieder in diesem Ausbruch gallischer Kameraderie.

Die halbe Strecke nach Paris lachte Joanna, bis sie sich entschloß, zu weinen. Gegen Lathams Schulter gelehnt, schluchzte sie leise vor sich hin, und als sie in die Nähe des Bois de Boulogne kamen, schlief sie ein.

Die Attraktion des Théâtre Anatole war ein ausländischer Film: ein Western mit Gary Cooper in der Hauptrolle. In wenigen Stunden würden die Besucher dieses Kinos erleben, wie der hagere Held *»oui«* statt *»yep«* sagte. Im Augenblick war die Leinwand jedoch noch leer und weiß, und mit Ausnahme eines verschmutzten schlafenden Paares in einer der ersten Reihen war das Theater leer.

Monsieur François Deppelier, der Direktor, war ein kleiner eulenäugiger Mann mit scharf ausrasiertem Schnurrbart, der sich offensichtlich Sorgen über die Kassenabrechnungen, die Konkurrenz des Fernsehens und gelegentlich auch über den Zustand der Welt machte. Mehr als hundertzwanzig Pfund konnte er nicht wiegen, aber später erfuhr Latham, daß er zu den hervorragenden Führern der Résistance gehört hatte. Als sie sein Büro betraten, verlangte er von Latham nur ein einziges Losungswort: »Shortlake.« Danach erhob er sich zu seiner vollen Größe von einem Meter sechzig, bot Joanna seinen knarrenden Drehstuhl an und schloß die Bürotür ab.

Einen Augenblick betrachtete er die beiden und kratzte sich dabei unter dem Kinn.

»Verzeihung«, sagte er abbittend. »Aber Mr. Shortlake erwähnte mit keinem Wort ...« Er verbeugte sich leicht in Richtung des Mädchens.

»Das ist Joanna Sweet«, sagte Latham. »Sie ist in die ganze Geschichte genauso verwickelt wie ich, Monsieur Deppelier, und möglicherweise schwebt sie in genauso großer Gefahr. Wenn wir nicht beide in Ihre Pläne passen, müssen wir neue machen.«

»Aha«, sagte der Kinodirektor mitfühlend, wenn auch nicht überzeugt. Möglicherweise hielt er das, was Latham veranlaßte, die Anwesenheit einer Reisebegleiterin zu rechtfertigen, für *amour* und nicht für Gefahr. »Gut«, sagte er nickend. »Sehr gut. Ein Mann, der mit seiner Frau reist, wirkt vielleicht nicht so verdächtig.«

»Siehst du?« sagte Joanna. »Habe ich es nicht gesagt?«

»Flugplätze und Eisenbahn fallen aus«, sagte Deppelier. »Haben Sie einen Wagen?«

»Ja. Ich habe ihn auf dem Hof geparkt, hinter dem Theater.«

»Ist es ein Leihwagen?«

»Ja.«

»Dann wird die Polizei inzwischen zweifellos seine Beschreibung haben; Sie hatten Glück, damit noch hierher zu gelangen. Mr. Shortlake nimmt Verbindung zur amerikanischen Luftwaffe auf, um den Rückflug für Sie zu arrangieren. Er kann Ihre Immunität jedoch für den Fall, daß Sie vor Erreichen von Orly verhaftet werden, nicht garantieren. Wir werden deshalb gewisse Vorkehrungen treffen ...«

»Wann sollen wir abfliegen?«

»Mit Instruktionen hinsichtlich des Flugzeugs und anderer Angelegenheiten rechne ich für morgen früh. Bis dahin ...«

»Schlafen«, sagte Joanna, der die Augen zufielen. »Können wir nicht irgendwo schlafen?«

Deppelier zog eine Schulter hoch. »Das wird problematisch sein. Normalerweise würde ich ein Hotel vorschlagen – ich habe hier in der Nähe ein Zimmer –, aber das dürfte meiner Ansicht nach nicht klug sein. Der Rundfunk hat Ihre Beschreibung durchgegeben ...«

»Wurde Joanna auch erwähnt? Miss Sweet?«

»Nein, glücklicherweise nicht. Ich fürchte jedoch, daß man Sie selbst auf nahezu unübersehbare Weise beschrieben hat. Die Tatsache Ihrer ungewöhnlichen Größe ...«

»Ja«, sagte Latham mürrisch, »manchmal macht es sich nicht bezahlt, eine Giraffe zu sein.«

»Der einzige Vorschlag, den ich machen kann – mein Gott, die Sitze meines Theaters sind nicht gerade daunenweich, aber ich habe häufig erlebt, daß Besucher dort ausgezeichnet geschlafen haben. Wenn Sie glauben, es durchhalten zu können ...«

»Ich kann alles durchhalten«, sagte Joanna. »Bitte zeigen Sie mir den Weg.«

Den Kopf gegen Lathams Schulter gelehnt, war sie binnen fünf Minuten eingeschlafen. Latham, der auf das weiße Rechteck der Leinwand starrte, brauchte etwas länger.

Als die sanfte Stimme von Monsieur Deppelier ihn weckte, wußte er nicht, ob er eine Stunde oder aber acht Stunden geschlafen hatte.

»Wie spät ist es?« flüsterte er.

»Sechs Uhr fünfzehn. Es tut mir leid, daß es so früh sein muß, aber ich habe eine Mitteilung erhalten ...«

Vorsichtig lehnte Latham Joanna in ihrem Sitz zurück. Sie murmelte etwas und legte dann die Hände unter das Kinn. Latham stand auf und reckte Muskeln, die eingeschlafen zu sein schienen.

»Sie müssen sie ebenfalls wecken«, sagte Deppelier bedauernd. »Ein Captain Laslo hat angerufen, daß eine Transportmaschine der amerikanischen Armee kurz nach sieben Uhr dreißig von Orly startet. Leider werden Sie Ihren Simca nicht benutzen können; Captain Laslo schickt deswegen um sechs Uhr dreißig einen Wagen vorbei.«

»Am Eingang des Flugzeuges wird vermutlich jeder angehalten; wie können wir diese Schwierigkeit umgehen?«

»Captain Laslo meinte, es würde keine Schwierigkeiten geben; was er vorhat, weiß ich nicht.«

»Okay, überlassen wir es ihm.« Latham beugte sich hinunter und gab Joanna einen Kuß auf die Wange. Die schlafende Schönheit wachte nicht auf. »He«, sagte er, »aufstehen!«

Mit einem Ächzen richtete sie sich auf. »Wann fängt der Film an?«

Eine halbe Stunde später entdeckte Latham den Grund für Captain Laslos Zuversicht. Der Wagen, der vor dem Eingang des Anatole vorfuhr, war ein khakifarbenes Militärfahrzeug, und vorn, neben dem Fahrer, saß wie ein Ladestock eine furchterregende, mit einem Schnurrbart gezierte Gestalt in der Uniform der französischen Armee, funkelnd von Orden, Rangabzeichen und Epauletten, ausgestattet mit einem habichtähnlichen Profil, das Millionen von Franzosen und mehreren tausend Amerikanern, die ihm während der Invasion der Normandie über den Weg gelaufen waren, bekannt war. Joanna erkannte den General nicht; aber Latham erkannte ihn, und als er hinten in den Wagen stieg, sagte er: »Verzeihung, aber – sind Sie nicht General Labusier, Sir?«

»Jawohl, verdammt noch mal!« schnaubte der General. »Und das ist das letzte Mal, daß ich Ihrem verdammten Shortlake einen Gefallen tue. Mich wie einen Idioten zu dieser unchristlichen Zeit zu wecken, damit ich mich um irgendeinen verdammten Idioten kümmere, der allein nicht zurechtkommt.« Er schlug den Fahrer auf die Schulter. »Los, verdammt!«

Sie fuhren direkt auf das Flugfeld von Orly, und nicht ein einziger verdammter Polizist hielt den Wagen an.

8

Die Insel

Captain Ferdinand Brent hatte sein fünfzehn Meter langes Boot *Janet* getauft, und seine Freunde im Hafen von Miami nahmen an, daß es der Name irgendeines vor langer Zeit geliebten Mädchens sei. In gewisser Weise hatten sie recht: In seiner Jugend hatte der Captain sich in die Filmschauspielerin Janet Gaynor verliebt, und zur Erinnerung daran hatte er sein Boot Janet genannt. Das Boot war eine vom Wetter zwar mitgenommene, sonst aber ausgesprochen seetüchtige Ketsch mit einem eineinhalb Meter langen Klüverbaum und einem fast neuen Motor, da der Captain bei seinen Charterfahrten im Golfstrom meistens unter Segel fuhr. Seit zwanzig Jahren kannte er diese Gewässer; seine gefurchten Wangen waren durch den Wind zu Leder gegerbt, und seine Augen waren ständig zusammengekniffen; sein braunes Haar hatte die Sonne hellgelb gebleicht. Dazu kam, daß sein Gesicht immer noch den unschuldigen Ausdruck eines Jungen hatte, der von zu Hause ausgerissen war, um zur See zu fahren.

Latham lernte den Captain in einem Seemannshafen kennen, wo Brent puren Whisky in ungewöhnlichen Mengen konsumierte und sich bitter, wie bei allen Kunden, über die Bürokratie beschwerte, die jeden Bootseigner im Hafen belästigte. »Passagierlisten«, knurrte er, »Mannschaftslisten, Manifeste, Gesundheitszeugnis, Entrattungsbescheinigung ...«

»Was war das?«

»Eine Bescheinigung, daß keine Ratten an Bord sind – können Sie sich so was vorstellen? Seit damals, 1956, als ich diesen Cheswick und dessen fette Frau in Nassau an Bord nahm, habe ich keine Ratte mehr auf dem Schiff gehabt, und wenn Sie mich fragen, hat dieser Cheswick die Ratte selbst mitgebracht. Man kriegt so viel Papier mit, daß man es als Ballast verwenden kann.«

Er zog die Stirn kraus. »Warten Sie ab, bis wir nach Bimini kommen, und sehen Sie sich dann an, wie die Engländer zu lachen anfangen, wenn sie die Unmengen Papier sehen. Da drüben macht man es richtig: ein Fetzen Papier, und man kann hinfahren, wo man will, im ganzen Gebiet der Bahamas.«

»Da wir gerade davon reden – möglicherweise dauert unsere Fahrt länger. Wie ich schon sagte, weiß ich nicht genau, wo ich meinen Freund finden werde.«

»Sind Sie schon mal zur See gefahren?«

»Nicht oft. Und die Lady, die mich begleitet ...«

»Ist die Lady Ihre Frau?«

»Nein. Übrigens habe ich gehört, der Golfstrom könne ziemlich ungemütlich sein ...«

»Glauben Sie das nicht. Wenn der Wind richtig steht, ist er ein so ruhiges Wasser, wie man es sich nur wünschen kann. Überlassen Sie es nur der *Janet* und mir, Mr. Drew. Wir werden Sie schon da hinbringen, wo Sie hinwollen. Wo ist die junge Lady übrigens?«

»Sie besorgt sich ihre Ausrüstung«, sagte Latham.

Und das war die passende Bezeichnung; als er sich mit Joanna nach ihrer Expedition in der Hotelhalle traf, zählte sie ihm aufgeregt ihre Einkäufe auf: weiße Hosen, Strohschuhe, Ölzeug, kurzer Mantel, Kleidersack, Samtkleid, Bermudashorts und Hosenrock. Und Latham bedauerte mehr als je zuvor, daß sie ihn überredet hatte, sie auf die Fahrt durch die Bahamas mitzunehmen. Fest stünde, daß es keine Vergnügungsreise werde, hatte er erklärt; vielmehr wäre es eine berufliche Fahrt, und noch dazu auf Regierungskosten. Und er hätte auch nicht das Recht, sie mitzunehmen, zumal es sogar gefährlich werden könnte. Seine Logik war vernünftig, knapp und überzeugend gewesen; allerdings hatten Joannas weniger logische Gegenargumente den Sieg davongetragen. A) hätte sie genauso mit der Löwenbrücke, ihren Tätern und ihren Opfern zu tun, B) würde ihre Anwesenheit dafür sorgen, daß Lathams Besuch unverdächtig schiene, und C) wollte sie, verdammt noch einmal, mit, und wenn Latham glaubte, sie wäre als Begleitung nicht gut genug ...

»Ist das Boot hübsch?« sagte Joanna glücklich. »Wie ist der Kapitän? Wann geht es los?«

»Wann lichten wir die Anker, heißt es«, sagte Latham. »Und bei dem vielen Gepäck, das du an Bord bringst, weiß ich wirklich nicht, ob das Schiff nicht schon vorher absäuft.«

»Ich bin so aufgeregt. Ich bin noch nie auf einem Segelboot gewesen – du etwa? Glaubst du, daß du seekrank wirst?«

»Wer – ich? Kümmern Sie sich um Ihre eigenen Angelegenheiten, mein Fräulein.«

»Ich habe Dramamin mitgebracht, für den Notfall«, sagte Joanna. »Können wir uns das Boot jetzt ansehen?«

»Der Captain möchte, daß wir das Gepäck möglichst bald an Bord bringen; anscheinend hält das schöne Wetter noch mindestens achtundvierzig Stunden vor, und er möchte heute nacht auslaufen.«

»Nachts? Im Dunkeln?«

»Ihm ist es lieber. Brent meint, die See sei dann ruhiger, und wegen der Leuchtfeuer wäre die Überfahrt bei Dunkelheit leichter.«

»Meinst du die Lichter der Leuchttürme?«

»Ja. Auf Bimini gibt es keinen, aber auf Gun Cay steht einer, der alle zehn Sekunden aufleuchtet, und der Hafen von Bimini liegt neun Meilen weiter nördlich. So wird der Captain es finden. Wenn wir dort ankommen, ist es dann schon Tag.«

»Und was ist danach?«

»Danach suchen wir Hendrons Insel«, sagte Latham. »Und die Affen.«

Am Hafen entdeckten sie Brent, der wie ein wildgewordener Stier auf dem schmalen Deck auf und ab rannte. Als er Joanna sah, verschluckte er seine farbigeren Redensarten. Latham fragte ihn nach dem Grund seines Ärgers, und Brent tobte, weil er zwischen Zoll und Küstenwache wegen eines Papiers hin und her geschickt worden wäre; es klang, als hätten die Hafenbehörden erfahren, daß Brent ständig auf sie schimpfte, und hätten sich daher entschlossen, ihm endlich Grund für seine Beschwerden zu geben. Jedenfalls war alles geregelt: er hatte die Auslaufgenehmigung; Lebensmittel, Wasser und Spirituosen waren verstaut, die Kojen waren vorbereitet und das Deck gescheuert. Tatsächlich machte die *Janet* einen blitzsauberen Eindruck. Ungern stellte Latham sich vor, was der Captain wohl sagen würde, wenn er die Ladung entdeckte, die Joanna an Bord mitbrachte.

Seltsamerweise sagte er nichts. Der Captain erwies sich als ein Muster ritterlichen Verhaltens und behandelte Joanna mit derselben Höflichkeit, die er möglicherweise Miss Gaynor entgegengebracht hätte, wenn er ihr begegnet wäre. Selbst als Joanna den diplomatischen Fehler beging und ihm Dramamin anbot, behielt er seine Höflichkeit bei.

»Seeleute«, sagte Latham selbstzufrieden und

schloß sich selbst auch ein, »werden nicht seekrank.«

Zwei Stunden nach dem Auslaufen war er es.

Mit wehender gelber Quarantäne-Flagge lief die *Janet* am nächsten Morgen um sieben in den Hafen von Bimini ein, aber an Deck standen nur Captain Brent und Joanna, die die eingeborenen Lotsen beobachteten, welche ihnen zur Begrüßung entgegenkamen. Latham, der während der halben Überfahrt lediglich den Wunsch gehabt hatte, endlich zu sterben, schlief noch unter Deck. Der Kommissar von Bimini war so rücksichtsvoll, erst um neun an Bord zu kommen; zu diesem Zeitpunkt war auch Latham wach und freute sich, doch noch am Leben zu sein.

Wie Brent vorausgesagt hatte, war die Abfertigung eine einfache Angelegenheit, die höflich und schnell erledigt wurde. Der Commissioner, ein braunhäutiger Gentleman mit stillem Lächeln, in adretter Uniform und mit starkem britischem Akzent, hieß sie auf den Bahamas willkommen und überreichte ihnen jene Bescheinigung, mit der ihnen offiziell erlaubt wurde, jede beliebige Insel der Bahamas anzulaufen, soweit sie zum Territorium Ihrer Britischen Majestät gehörte.

»Sicher haben Sie Ihr Angelgerät mitgebracht«, sagte der Beamte fröhlich. »Sollten Sie zum ersten Mal hier sein, Mr. Drew, hoffe ich, daß Sie Ihren Besuch ausnutzen und ausgiebig angeln werden.«

»Das geht leider nicht«, sagte Latham, »denn eigentlich sind wir hier, um einen alten Freund zu suchen. Leider wissen wir nicht genau, wo er sich aufhält. Glauben Sie, daß Sie uns helfen können?«

»Das kommt darauf an. Wohnt Ihr Freund auf Bimini?«

»Auch das wissen wir nicht genau. Seine Post wird vom Postamt Bimini abgestempelt, aber das ist auch alles. Sein Name ist Hendron.«

»Ich kann nicht behaupten, daß der Name mir bekannt ist. Vielleicht sollten Sie beim Postamt nachfragen.« Der Commissioner überlegte. »Einen Moment. Gehört er vielleicht zu Faradays Leuten?«

»Zu wessen Leuten?«

»Ich habe das Gefühl, bei Newbold's in Alice Town einmal einem Hendron begegnet zu sein; er befand sich in Begleitung dieses Faraday aus Exuma. Wahrscheinlich war er ein Mitarbeiter des Doktors.«

»Des Doktors?«

»Ja. Faraday ist irgendein Doktor, aber – soviel ich weiß – kein Arzt. Er besitzt ein Haus und ein Laboratorium auf Shovel Cay; in letzter Zeit sind ziemlich viele Leute dort hingefahren.«

»Sagten Sie Laboratorium?«

Der Commissioner lachte vor sich hin. »Vielleicht klingt es etwas komisch. Die Leute halten die Bahamas immer nur für eine Gruppe von Vergnügungsinseln. In Wirklichkeit gibt es in Alice

Town sogar ein Laboratorium, das auf dem Gebiet der Krebsforschung tätig ist. Für bestimmte Forschungen ist eine Insel ideal – vor allem für die Meeresbiologie.«

Latham versuchte gar nicht erst, sein Interesse zu verbergen. »Gilt das auch für das Laboratorium dieses Faraday?«

»Ich glaube schon, obgleich ich es nicht beschwören könnte. Faraday ist ein wortkarger Mann; genaugenommen habe ich seit einigen Wochen überhaupt nichts mehr von ihm gehört. Die Exuma Cays sind nicht allzu dicht besiedelt; vielleicht hat er sie deshalb ausgesucht. Sie wissen sicher selbst, daß diese Wissenschaftler am liebsten ungestört bleiben möchten.«

Im Hintergrund knurrte Captain Brent; Latham sah ihn an. »Was meinen Sie, Captain? Kennen Sie diesen Winkel der Welt?«

»Exuma kenne ich«, sagte Brent. »Allerdings kann ich nicht behaupten, auch Shovel Cay zu kennen; da draußen gibt es Dutzende kleiner Inseln. Wir werden die Fahrt in Etappen machen müssen, Mr. Drew, wenn Sie nach Shovel Cay wollen.«

»Das bleibt Ihnen völlig überlassen, Captain.«

Der Commissioner strahlte. »Wenn ich Ihnen einen Vorschlag machen darf, dann bleiben Sie einige Tage in Bimini; Sie können dann auch Lebensmittel und Treibstoff an Bord nehmen. Und wenn Sie Lust auf die Sportfischerei haben . . .«

»Dieses Mal noch nicht – danke. Wir sind nämlich sehr gespannt, Mr. Hendron zu finden.«

»Dann mache ich Ihnen den Vorschlag, daß Sie bis Nassau fahren. Sie können dort vor Chub Cays oder Little Whale Cay in den Berrys vor Anker gehen; dann sind Sie nur noch eine halbe Tagesreise von Nassau selbst entfernt. Die kürzeste Strecke nach den Exumas wäre über die Yellow Bank.« Er wandte sich an Brent. »Hoffentlich haben Sie gute Karten mit, Captain.«

»Ich kenne die Strecke«, sagte Brent mürrisch. »Ich habe sie gemacht, als die Gewässer um Porgee Rocks noch voller Korallenklippen waren, bevor diese Klippen weggesprengt wurden. Wir kommen gut durch.«

»Großartig«, sagte der Commissioner. »Sie scheinen sich in guten Händen zu befinden, Mr. Drew.« Dann begann er sich zu verabschieden, und Joanna, die dem Gespräch zugehört und dabei den goldgeränderten Umriß der Insel mit verträumten Augen betrachtet hatte, sagte: »Commissioner, stimmt das mit der Quelle der Jugend eigentlich?«

Der Beamte lachte. »Leider haben wir sie nicht gefunden, Miss. Weder auf Bimini noch sonstwo. Aber glauben Sie nicht, daß es hier nicht auch Menschen gibt, die die Quelle suchen. Erstaunlich, was die Leute alles glauben, nicht wahr?«

»Ja«, sagte Joanna. »Einfach erstaunlich.«

Die Fahrt war nicht als Vergnügungsreise geplant; in diesem Punkt war Latham fest geblieben. Aber am zweiten Tag auf See konnten sie der Verlokkung des kristallblauen Wassers nicht mehr widerstehen; nach dem Frühstück schwammen sie, standen dann auf dem Vorderdeck in der warmen Sonne und ließen sich vom Passat trocknen. Das Mittagessen bestand aus frischgefangenen Hummern; vor Chub Cays stiegen sie in das Beiboot der *Janet* und ruderten in eine Bucht, wo Tausende von regenbogenfarbigen Fischen in Schwärmen herumschwammen und ihnen bis zur Ketsch folgten. In Nassau machten sie im Jachthafen fest, der luxuriös ausgestattet war und wo Eis und Lebensmittel unmittelbar an den Piers verkauft wurden. Sie beobachteten das Einlaufen der Boote, die von anderen Inseln mit Passagieren, Schweinen, Ziegen und Hühnern an Bord eintrafen, die Muschelfischer, die zu den Fanggebieten ausliefen oder heimkehrten, die Kriegsschiffe, Touristenschiffe und Postdampfer sowie Schaluppen und Proviantboote. Einen Tag verbrachten Latham und Joanna an Land; mittags aßen sie im Victoria, abends im Fort Montagu, und zwischendurch machten sie Einkäufe und sahen sich die Stadt an. Captain Brent zog es vor, an Bord zu bleiben und mit anderen Skippern Seemannsgarn zu spinnen.

Am nächsten Morgen nahmen sie Kurs auf die Exuma Cays, wobei sie die Yellow Bank überquerten und dunkle felsige Untiefen, deren Boden mit weißem Sand bedeckt war, umschifften. Wenig später kam Land in Sicht, die hohe Erhebung der Ship Channel Cay; nach Südosten erstreckten sich hundertzwanzig Seemeilen türkisgrünen Wassers und leuchtendgrüner Inseln.

Auf einer dieser Inseln befanden sich, wie Latham hoffte, ein Mann namens P. Hendron, ein kranker Affe namens Abner und vielleicht die andere Seite der Löwenbrücke.

Shovel Cay war weniger als eine Meile lang. Das Westufer erhob sich steil aus dem Wasser, und fast über die ganze Länge der Insel erstreckte sich ein weißer Sandstrand; hätten sie sich aus der Luft genähert, hätten sie die Schaufelform erkannt, die der Insel ihren Namen gegeben hatte. Als sie langsam an den Strand heranfuhren, war nirgends ein Zeichen der Besiedlung zu entdecken; Haus und Laboratorium des Dr. Faraday mußten weiter im Innern, innerhalb des dichten Bewuchses liegen, der den Höhenzug der Insel bedeckte. Ohne Schwierigkeiten brachte Brent die *Janet* an der Nordwestseite in den Schutz einer Bucht; dort lagen bereits zwei andere Boote vor Anker, ein kleines Außenbordmotorboot und ein knapp zwanzig Meter langer Kabinenkreuzer, bei dessen Anblick Latham bewundernd pfiff und Captain Brent mit der Verachtung des Seglers vor sich hin knurrte.

Ihr Einlaufen war beobachtet worden. Noch bevor sie den Strand erreicht hatten, konnten sie den Landrover erkennen, dessen Reifen den Sand hochwirbelten, während er zum Strand herunterkam. Latham lieh sich Brents Doppelglas, konnte jedoch die Gesichter der Männer, die im Wagen saßen, nicht erkennen; erkennbar war lediglich, daß in dem Wagen zwei Männer saßen und der Mann auf dem Beifahrersitz sie durch ein Doppelglas beobachtete.

»Ist das Ihr Freund?« fragte Brent.

»Selbst wenn er es wäre, würde ich ihn nicht erkennen«, sagte Latham. »Im Grunde ist er mehr der Freund eines Freundes.« Joanna, die moralische Unterstützung benötigte, trat neben ihn.

Nur ein Mann stieg aus dem Landrover; der andere, ein massiger Neger, der eine ausgeblichene amerikanische Uniform trug, blieb hinter dem Lenkrad sitzen. Der Ausgestiegene nahm das Doppelglas nicht einen Augenblick von den Augen, als Latham und Joanna nach Brent in das Beiboot stiegen und an Land ruderten.

Die Spannung war für Latham so groß gewesen, daß ihn der Hals schmerzte; jetzt begann er, sich zu entspannen. Der Grund war, daß der Mann unbewaffnet zu sein schien; allerdings bestand die Möglichkeit, daß der Fahrer im Besitz der Schußwaffen war. Der Mann selbst bot jedoch ein Bild der Herzlichkeit, wie auf einem Reiseplakat; deutlich konnten sie sehen, daß er mit blitzenden Zähnen lächelte und ihnen freundlich zuwinkte. Als sie das Beiboot auf den Strand setzten, kam er heran, um Joanna an Land zu helfen, und begrüßte sowohl Latham als auch den Captain mit dem professionellen Charme einer Stewardeß.

»Hallo!« sagte er. »Machen Sie eine Rundreise? Hoffentlich haben Sie sich nicht verfahren?«

Der Mann war Ende Vierzig und schmächtig, was unterhalb der Taille durch enge Hosen, oberhalb der Taille durch ein blusiges und buntes Sporthemd noch betont wurde. Das dichte schwarze Haar trug er lang, und der leichte Wind wehte ihm immer wieder eine Locke in die Stirn.

»Nein«, sagte Latham, »wir haben uns nicht verirrt. Wir suchen nur einen Mann namens Hendron; der Commissioner auf Bimini meinte, wir könnten ihn hier finden.«

Das Lächeln erstarb nur einen kurzen Augenblick, um dann wieder in alter Kraft zu erstrahlen.

»Ich bin Paul Hendron«, sagte der Mann und stützte eine Hand leicht in die Hüfte. »Ich fürchte nur, daß ich nicht ...«

»Natürlich kennen Sie uns nicht. Norman Swikkert meinte, wir sollten Sie besuchen, wenn wir hier in die Nähe kämen. Vor einer ganzen Weile haben wir ihn in London gesehen, und als er hörte, daß wir in diese Gegend führen ...«

»Oh, ich verstehe. Das erklärt natürlich alles. Norman ist ein lieber alter Freund ...« Hendron drehte sich um und gab dem Fahrer des Landrovers ein Zeichen; mit einer anmutigen Bewegung nahm er dann die Hand aus der Hüfte. »Slinger«, rief er schrill. »Komm her und hilf den Leuten!« Der Fahrer stieg aus dem Wagen und kam langsam näher; er hatte zwar den Körper eines Ringers, aber seine eigene Kraft schien ihn befangen zu machen. Schüchtern lächelte er ihnen zu, als er zum Beiboot ging und das Gepäck herausholte. »Wenn Norman mir nur Bescheid gesagt hätte«, meinte Hendron betrübt. »Auf Gäste sind wir nämlich nicht eingerichtet. Aber ich hoffe, daß Sie wenigstens zum Abendbrot bleiben.«

»Eigentlich«, sagte Latham, »hofften wir, über Nacht hier vor Anker bleiben zu können. Wenn Sie nicht genügend Platz haben, schlafen wir an Bord.«

»Seien Sie doch nicht albern. Natürlich haben wir Platz. Meine Worte waren nicht unhöflich gemeint. Wir haben ein Gästezimmer, und Dr. Faraday – Faraday kennen Sie wahrscheinlich, oder? – erkrankte letzte Woche und mußte in ein Krankenhaus auf dem Festland geflogen werden; damit steht sein Zimmer im Haupthaus ebenfalls zur Verfügung. Sie und Ihre Frau ...«

»Wir sind nicht verheiratet«, sagte Latham. »Das ist Miss Joanna Sweet; ich heiße Latham Drew. Miss Sweet war früher die Pflegerin von Mr. Swickert.«

»Das ist aber höchst interessant. Wie geht es dem alten Knaben, hoffentlich gut?«

»Er ist in bester Verfassung«, sagte Latham.

Slinger hatte das gesamte Gepäck aus dem Beiboot geholt und es über sich verteilt, ohne ein Zeichen der Anstrengung zu zeigen. »Das hier alle Koffer?« fragte er.

»Nein«, sagte Joanna, »an Bord sind noch zwei Koffer, aber ich werde sie wahrscheinlich doch nicht brauchen, wenn wir nur über Nacht bleiben.«

»Wegen meiner Unterbringung brauchen Sie sich nicht zu bemühen«, knurrte Brent. »Ich bleibe auf der *Janet.*«

»Das vereinfacht die Angelegenheit allerdings erheblich«, sagte Hendron. »Miss Sweet bekommt das Gästezimmer, und Mr. Drew kann das Zimmer des Doktors nehmen. Los, Slinger, verpacke alles im Wagen.« Dann machte er sich ebenfalls auf den Weg zum Landrover und winkte ihnen leichthin zu. »Kommen Sie«, sagte er vergnügt. »Ich muß dem Koch Bescheid sagen!«

Mit einer mädchenhaften Bewegung strich er sich eine widerspenstige Haarlocke aus der Stirn und öffnete die Wagentür. Joanna und Latham stiegen ein, während am Ufer Captain Ferdinand Brent sich das Kinn rieb und die Stirn nachdenklich in Falten legte.

»Shovel Cay«, murmelte er. »Meiner Ansicht nach sieht das verdammt nach einer homosexuellen Kolonie aus.« Dann spuckte er in den Ozean.

Es handelte sich nicht um ein einziges Haus; es war tatsächlich eine ganze Kolonie. Das Hauptgebäude war ein gekalkter Betonblock, dessen scharfe Kanten durch eine Reihe von Obstbäumen und blühenden Sträuchern gemildert wurden; das Wellblechdach diente dazu, das Regenwasser aufzufangen, das in Betonzisternen aufbewahrt wurde. Etwa hundert Meter entfernt war ein kleinerer Block der Sonne schutzlos ausgesetzt, aber der Anlage des Daches war zu entnehmen, daß dieser Bau etwas besaß, was dem größeren fehlte: eine Klimaanlage. Daneben gab es noch andere Nebengebäude, aber Latham und Joanna wurden in das Haupthaus geführt, bevor sie die Möglichkeit hatten, deren Art und Aufgabe zu erkennen.

Der Wohnraum im Hause von Dr. Faraday war behaglich und geräumig. Die Härte der Korbstühle wurde durch Kissen gemildert; außerdem befand sich in diesem Raum eine riesige, gut ausgestattete Bar aus Teakholz, außerdem ein Kamin, der an den seltenen kalten Abenden Wärme spendete. Abgesehen von Slinger befanden sich noch zwei weitere Diener im Hause, die auf ein Zeichen Hendrons verschwanden: der eine hinter die Bar, der andere in die Küche.

Mit einem großen Glas Rum in der Hand nahmen sie Platz, und Hendron, den Gäste anzuregen schienen, schien bereit, die Unterhaltung allein bestreiten zu wollen.

»Finden Sie es nicht bezaubernd? Ist es nicht großartig?« sagte er begeistert. »Diese vielen Jahre zu Hause habe ich nie gewußt, wie köstlich die

Tropen sein können. Keine Zeitungen, kein Telefon, und niemand versucht, einem irgend etwas anzudrehen. Und dann diese reizenden kleinen Strände, das blaue Wasser. Ich bin völlig verrückt danach – Sie nicht?«

»Doch«, sagte Latham. »Mir gefällt es auch.«

»Als Dr. Faraday mich aufforderte, ihn hierher zu begleiten, glaubte ich zuerst, ich würde mich zu Tode langweilen. Jetzt merke ich, daß ich einfach nicht genug bekommen kann. Und natürlich haben wir unsere Arbeit...«

»Um welche Art von Arbeit handelt es sich?« fragte Latham. »Man erklärte uns, Dr. Faraday habe hier eine Art von Laboratorium.«

Auf Grund dieser direkten Frage kühlte der Eifer, mit dem Hendron die Unterhaltung führte, ein wenig ab, aber dann hatte er sich wieder gefangen.

»Natürlich handelt es sich um ein Meereslaboratorium. Sie haben keine Vorstellung, wie interessant diese Arbeit ist. Kennen Sie sich in der Biochemie etwas aus?«

»Leider nicht. Sie meinen, daß Sie Fische und ähnliche Dinge untersuchen?«

»So ungefähr«, sagte Hendron leise lachend. »In Wirklichkeit ist das Meer ein riesiges unbekanntes Gebiet der biochemischen Forschung. Wir rechnen damit, durch die Untersuchung der Fische ungeheuer viel auch über die menschliche Chemie zu erfahren.«

»Meinen Sie damit«, sagte Joanna, »daß Fische dieselben Krankheiten wie der Mensch haben?«

»Nein, nicht genau. Aber durch die Meeresforschung stoßen wir auf Verbindungen, die sich auf Herz, Muskeln und Nerven auswirken. Wir gewinnen neue Erkenntnisse über das Zellenwachstum und alle möglichen antibakteriellen Probleme. Sie dürfen nicht überrascht sein, wenn eines Tages ein Krebsheilmittel unmittelbar aus dem Meer auftauchen wird!«

»Ist das das Ziel Ihrer Arbeiten?«

»Suchen tun wir eigentlich nichts«, sagte Hendron unbestimmt. »Uns interessiert lediglich die reine Forschung ...«

»War das vorhin das Laboratorium?« sagte Joanna. »Das Gebäude mit dem seltsamen Dach?«

»Ja«, sagte Hendron. »Aus hygienischen Gründen haben wir eine Klimaanlage eingebaut. Und natürlich auch aus Gründen des Komforts. Zwei unserer Laboranten sind nämlich Frauen, und sie scheinen die Hitze nicht so zu genießen, wie ich es tue.« Er streckte die Arme aus und gähnte sehnsüchtig. »In meinem ganzen Leben habe ich noch nicht so gut geschlafen«, sagte er. »Wollen Sie sich nicht auch ein wenig ausruhen?«

»Ich hätte mich gern ein wenig frisch gemacht«, sagte Joanna.

»Dann wird Slinger Ihnen jetzt die Zimmer zeigen.« Er grinste Latham an. »Hoffentlich gefällt Ihnen die Unterkunft von Dr. Faraday,

Mr. Drew. Er führte nämlich ein ziemlich mönchisches Dasein.«

»Keineswegs. Hoffentlich ist Dr. Faraday nicht ernsthaft erkrankt?«

»Koronarthrombose«, sagte Hendron mit klinischer Nüchternheit. »Die Prognose ist alles andere als optimistisch. Wir haben ihn nach Nassau in ein Krankenhaus fliegen lassen, aber ich fürchte, daß er nicht hierher zurückkehren wird. Das Abendbrot ist um halb sieben. In den Tropen ißt man ziemlich früh.«

»Ich freue mich darauf, die anderen kennenzulernen«, sagte Latham.

Hendrons Augenlider zuckten. »Oh, das wird leider nicht geschehen. Ich meine, unsere Laboranten haben ihre eigenen Einrichtungen, eigene Schlafräume, eigenen Speisesaal und so weiter. Das Haupthaus betreten sie nur zu Versammlungen oder ähnlichem. Ich fürchte, Sie werden sich mit meiner Wenigkeit begnügen müssen.« Er stand auf und tänzelte in Richtung der Diele. »Slinger!« rief er. »Slinger, du häßliche Bestie, wo steckst du?«

Als er sie nicht mehr hören konnte, flüsterte Joanna: »Ach du liebe Güte! Ist er nicht einfach hinreißend?«

»Verdammt noch mal«, sagte Latham. »Jetzt habe ich völlig vergessen, ihn nach den Affen zu fragen.«

Er holte es nach, als er in Faradays Zimmer gebracht wurde, eine kahle Zelle mit nur einem Bett, einer Kommode mit drei Schubladen und einem einzigen Wandschmuck: einer Schrotflinte, die auf zwei Holzpflöcke gelegt war. Im angrenzenden Bad befand sich nur eine Dusche für kaltes Wasser.

»Affen?« sagte Hendron. »Ja, wir haben sie zu Versuchszwecken benutzt, aber man bekommt sie nur sehr schwer; wahrscheinlich hat sich unter den Affen die Nachricht verbreitet, daß wir hinter ihnen her sind, und seitdem verstecken sie sich. Alberne Kreaturen!« Er lachte. »Wenn sie wüßten, daß wir nur versuchen . . .« Er verstummte, als hätte er gemerkt, daß er zu weit gegangen war. »Also dann bis halb sieben, Mr. Drew!« sagte er. »Hoffentlich mögen Sie gekochte Muscheln, denn das gibt es heute abend.«

Das Zimmer von Dr. Faraday lag nach Osten; schon um sechs brannte die Morgensonne durch das vorhanglose Fenster und weckte Latham mit der Sicherheit eines Trompeters. Wahrscheinlich war Faraday gern früh aufgestanden; Latham dagegen erhob sich mürrisch aus dem Bett. Er ging zum Fenster und blickte hinaus. Deutlich sah er einen dünnen Streifen des weißen Strandes, aber der Ankerplatz der *Janet* lag außerhalb des Sichtbereichs auf der anderen Seite der Insel.

Das kalte Wasser der Brause war nicht so kalt, wie Latham befürchtet hatte. Er zog sich an, verließ das Zimmer und hoffte, Joanna gehöre ebenfalls zu den Frühaufstehern. Aber statt ihrer waren die Diener bereits auf. Slinger war hinter dem Haus und hantierte am Landrover herum, der Koch briet irgend etwas auf dem Herd, und der Hausboy räumte den Eßtisch ab, an dem Hendron vor kurzem sein Frühstück beendet hatte.

»Wo ist Mr. Hendron?« fragte er.

»Zum Labor gegangen«, sagte der Boy. »Sie essen Stockfisch, Mister?«

»Nein, danke. Könnte ich nur etwas Kaffee bekommen?«

»Ich sage es dem Koch.«

Auch der Kaffee schmeckte salzig, aber Latham trank ihn. Er saß noch immer am Tisch, als Joanna erschien. Sie sah wie eine Piratenbraut aus, mit engen Hosen und einer weißen Bluse, die sie oberhalb des nackten Bauches geknotet hatte.

»Wie wäre es mit Stockfisch?« fragte Latham. »Den gibt es hier zum Frühstück.«

»Scheußlich! Ob ich ein paar Eier bekommen könnte?«

»Ich sage es dem Koch.« Das tat er, und der Koch grinste und brachte dann zwei salzig schmeckende Spiegeleier. Den Kaffee tranken sie draußen auf der Veranda, und dort konnten sie sich seit ihrem Eintreffen auf Shovel Cay zum erstenmal ungestört unterhalten.

»Die Lösung liegt in dem Laboratorium«, sagte Latham. »Wenn Dancer auf der Insel ist, müßten wir ihn dort finden.«

»Ich bin mehr durcheinander als vorher, Latham. Wenn sie tatsächlich ein Laboratorium haben, ist die ganze Geschichte vielleicht doch kein Schwindel. Vielleicht hat Mr. Swickert diese biochemischen Forschungen nur finanziert. Und das ist doch kein Verbrechen? Oder?«

»Nein, das ist kein Verbrechen. Aber warum versucht man dann, alles so geheimzuhalten?« Er lehnte sich gegen das Geländer der Veranda und versuchte, die Mastspitze der *Janet* zu entdecken. »Ich will dir sagen, was mir eingefallen ist. Erinnerst du dich noch an das, was Hendron über Krebsforschung sagte?«

»Ja.«

»Was ist nun, wenn man hier tatsächlich an einer derartigen Sache arbeitet? Was wäre zum Beispiel, wenn sie tatsächlich ein Heilmittel gefunden hätten?«

Joanna hielt den Atem an. »Das wäre wunderbar!«

»Ja, das wäre es – wenn sie bereit wären, es der gesamten Menschheit zu überlassen. Aber hast du schon einmal daran gedacht, was passieren könnte – wenn jemand ein Mittel gegen Krebs fände und es dann zurückhielte?«

»Das würde niemand tun.«

»Weißt du, was ein derartiges Heilmittel für den Entdecker wert sein würde? Millionen. Milliarden!«

»Aber sie *brauchten* es doch nicht zurückzuhalten, oder? Ich meine, selbst Wissenschaftler verdienen doch an ihren Entdeckungen, oder? Es wäre nicht recht, wenn sie daran nichts verdienten.«

»Sie verdienen nicht so viel, wie sie könnten, wenn es für ihre Heilmittel einen schwarzen Markt gäbe. Wenn sie ihre wissenschaftlichen Wunder privat verkauften, könnten sie Multimillionäre werden.«

»Das ist eine entsetzliche Theorie. Wissenschaftler sind aber nicht so.«

»Andererseits besteht die Möglichkeit, daß das ›Heilmittel‹ überhaupt nicht existiert. Möglicherweise ist es nur ein Schwindel. Weißt du eigentlich mit Sicherheit, daß Swickert nicht Krebs hat?«

»Das weiß ich positiv. Er leidet an einer Koronarinsuffizienz, aber das ist bei einem Mann seines Alters nichts Besonderes. Seine einzige wirkliche Krankheit ist das Alter.«

»Und dafür gibt es kein Heilmittel.« Latham seufzte und betrachtete die blaue Linie des Horizonts. Nach einiger Zeit bekam sein Gesicht einen angespannten Ausdruck.

»Ist etwas?« sagte Joanna.

»Wieso?«

»Siehst du etwas?«

»Noch kann ich es nicht erkennen. Siehst du das da draußen auch, oder bilde ich es mir nur ein?«

Joanna trat neben ihn.

»Aussehen tut es wie ein Boot.«

Fünf Minuten später erkannten sie deutlich das

Kielwasser. Es war ein Kabinenkreuzer, der das ruhige Wasser mit einer Geschwindigkeit und in einem Winkel durchschnitt, der an seinen Absichten keinen Zweifel ließ. Das Boot hatte Kurs auf Shovel Cay.

»Los«, sagte Latham. »Mal sehen, ob Slinger uns zum Strand hinunterfährt.«

Aber Slinger hatte bereits auf die Annäherung des Motorbootes reagiert. Als sie das Haus betraten, hörten sie den Motor des Landrovers und sahen die Staubwolke, mit der der Wagen die Straße hinabfuhr. Bevor Slinger den Weg zum Strand einschlug, machte er noch einen kleinen Umweg, um Paul Hendron vom Laboratorium Faradays abzuholen. Latham machte sich auf die Suche nach dem Hausboy und fand ihn, wie er in der Küche Muscheln öffnete. Als er fragte, ob irgendwo noch ein zweiter Wagen stünde, grinste der Boy und schüttelte verneinend den Kopf.

»Und ein Fernglas? Ist noch eines im Haus?«

»Ein altes Fernglas, Mister. Über dem Kamin.«

Latham nahm es herunter; die Messingröhren klebten, weil das Glas lange nicht benutzt worden war, aber schließlich gelang es ihm, das Fernrohr auf seine ganze Länge von fast sechzig Zentimetern auszuziehen. Dann kehrte er zur Veranda zurück und richtete das Glas auf das ankommende Boot.

Fast fünfzehn Minuten verstrichen, bis er die Ankömmlinge genau erkennen konnte. Aber trotz der verschrammten und schlechten Linsen des Teleskops hatte er dann keine Schwierigkeiten mehr. Sie wiesen deutliche Unterscheidungsmerkmale auf. Mit Hilfe von Slingers kräftigen Muskeln wurde der eine zusammen mit einem Rollstuhl an Land gebracht. Der andere war hager, bärtig und erinnerte an Mephisto.

»Jetzt sitzen wir in der Klemme«, sagte Latham grimmig. »Es sind Swickert und Corbeau. Dann kann der Tanz also losgehen.«

»Mr. Swickert ist *hier*?«

»Er hatte schon lange vor, diese Insel zu besuchen. Wahrscheinlich mußte Corbeau sein Versprechen endlich einhalten.«

»Aber was machen wir jetzt, Latham? Wenn sie uns sehen ...«

»Da fällt mir etwas Besseres ein.«

Er lief in Faradays Zimmer und holte den einzigen Koffer hervor, den er an Land mitgenommen hatte. Er legte ihn auf das Bett, ließ das Schloß aufspringen und suchte nach seiner Pistole.

Die Pistole war verschwunden. Erst als er das Zimmer wieder verließ, merkte er, daß auch die Schrotflinte nicht mehr an der Wand hing.

9
Die Wahrheit

»Es ist bemerkenswert«, sagte Georges Corbeau. »Wirklich bemerkenswert, Mr. Drew, wie weit Ihre Zeitung für eine Reportage zu gehen bereit ist. Ich persönlich hätte keine Lust, für Ihre Unkosten aufzukommen.«

Hendron kicherte. Selbst Swickert, der trotz der tropischen Temperatur in Decken gehüllt war, stieß ein trockenes, krächzendes Gelächter aus. Ihre Reaktionen hatten jedoch nichts Hämisches an sich. Für eine Situation, von der Latham befürchtet hatte, sie bestünde aus Drohungen, war die Atmosphäre überraschend gelockert. Hendron hatte die Ankömmlinge am Strand abgeholt, und sie waren sofort im Laboratorium verschwunden; erst zwei Stunden später kehrten sie zum Haus zurück, um Latham und Joanna mit Herzlichkeit und ohne das geringste Erstaunen zu begrüßen.

»Natürlich«, fuhr Corbeau fort, »sind auch wir auf die Möglichkeit gestoßen, daß Sie weder vom *London Standard* noch vom *Washington Star* bezahlt werden; daß es sich nur um eine entsprechende Erfindung von Ihnen handeln könnte. Deswegen setzten wir unsere Nachforschungen fort und erfuhren die Wahrheit über Sie. Hoffentlich halten Sie unser Interesse nicht für beleidigend.«

»Keineswegs«, sagte Latham. »Und wie lautet das abschließende Urteil?«

»Agent!« krächzte Swickert. »Sie sind ein Agent!«

Corbeau lächelte. »Mr. Swickerts Vorstellung von Geheimagenten ist durch das Kino ziemlich begrenzt, aber dennoch nehme ich an, daß diese Definition der Wahrheit sehr nahe kommt. Jedenfalls störte es uns natürlich, bei Ihnen so viel Aufmerksamkeit erweckt zu haben. Trotz der Tatsache, daß wir weder in verbrecherische Tätigkeiten noch in irgendeine Form der Spionage verwickelt sind, war die Vorstellung, daß Sie uns quasi ständig im Genick saßen, nicht sehr beruhigend.«

Ein Kichern von Hendron. Latham beobachtete Joanna, die wie hypnotisiert auf Corbeaus wakkelnden Bart starrte.

»Na schön«, sagte er. »Jetzt wissen Sie also, wer mein Gehalt bezahlt, Monsieur Corbeau. Und da Sie so verdammt überzeugt sind, nichts Schlechtes zu tun, werden Sie mir vielleicht jetzt auch erzählen, warum Sie sich so angestrengt haben, um mich aus dem Weg zu räumen.«

»Aber Mr. Drew! Wir haben uns geärgert – gut. Aber abgesehen von natürlichen defensiven Handlungen haben wir nichts getan, was Ihnen Schwierigkeiten verursachte. Nicht wahr, Norman?«

Swickert knurrte etwas in seine Decke. Latham knurrte offen.

»Soll ich alles im einzelnen aufzählen? Sie haben versucht, mich umzubringen – erstens. Das ist eine defensive Handlung, die unter Strafe gestellt ist.«

Corbeau beugte sich vor, die Augen starr auf Latham gerichtet. »Das«, sagte er, »ist eine Lüge. Niemand, der mit unserer Organisation in Verbindung steht, hat versucht, Ihnen das Leben zu nehmen, Mr. Drew. Nicht ein einziges Mal.«

»Ich habe nicht erwartet, daß Sie es zugeben.«

»Es ist nicht unsere Aufgabe, Leben zu zerstören, Mr. Drew, ganz im Gegenteil, wenn Sie es genau wissen wollen.«

»Sie haben mich beschuldigt, den Russen ermordet zu haben, nicht wahr? Sie haben dafür gesorgt, daß mich in Frankreich die gesamte Polizei gejagt hat. Was ist damit?«

»Wir haben lediglich unsere Pflicht getan. Die Polizei verlangte Informationen über den Mord, und die haben wir gegeben. Die Tatsache, daß Sie Gelegenheit – und vielleicht auch ein Motiv – hatten, um den armen Mann umzubringen, das waren Tatsachen, die wir mitteilen mußten. Wenn die Polizei zu dem Schluß kam, daß Sie schuldig waren, liegt die Verantwortung dafür bei der Polizei.«

»Und glauben Sie, daß ich schuldig bin?«

»Ich möchte keine Vermutungen anstellen«, sagte Corbeau. »Wenn Sie eine Art diplomatischen Grund für diese Tat hatten . . .«

»Unsinn! Oder glauben Sie tatsächlich, daß die

Vereinigten Staaten einen Mord dieser Art begehen würden? Das müßten Sie doch eigentlich besser wissen, Corbeau.«

»Nein. Genaugenommen hatte ich zwar eine persönliche Ansicht über den Mord, glaubte jedoch nicht, daß es meine Aufgabe sei, Theorien anzubieten.«

»Und welches war Ihre Ansicht?«

»Ich weiß nicht, ob Sie jemals von einem russischen Agenten namens Konradin gehört haben. Er traf vor einigen Wochen in London ein, und an jenem Tag, an dem Madame de Sala ihre Gesellschaft veranstaltete, tauchte er auch in Paris auf. Da es sich um Landsleute handelte, und da Graf Morkin in Wirklichkeit ein verkleideter Überläufer aus der Sowjetunion war – mein Gott, Mr. Drew, ich komme zu denselben Schlüssen wie Sie.«

Latham war über Corbeaus Eingeständnis offen erschüttert. Allerdings gelang es ihm besser, diese Erschütterung zu verbergen, als Joanna; sie stieß einen kehligen Laut aus, der Corbeaus Aufmerksamkeit auf sie lenkte.

»Ich glaube, ich habe einen Verbündeten«, sagte er. »Miss Sweet, Sie haben eine ganze Reihe von Jahren in meinem Lande verbracht. Sie müssen also über meine Tätigkeit Bescheid wissen. Können Sie Ihrem Freund nicht sagen, wie sehr er sich irrt?«

»Ich weiß nichts über Sie«, sagte Joanna. »Ich dachte ...«

»Auch Sie dachten also, daß ich für etwas so Schandbares verantwortlich wäre?« Er grinste gewinnend. »Es muß an meinem Bart liegen. Als ich ihn mir wachsen ließ, haben die Leute mich gewarnt, daß ich wie ein Bösewicht aussehen würde, aber Sie wissen selbst, ein wie grausamer Herrscher die Eitelkeit ist. Unter anderem versagte die Natur mir ein Kinn, das dieser Bezeichnung entsprochen hätte, und so kam ich in meiner Jugend auf die Idee, daß ein Bart einen gewissen Ausgleich bilden würde. Ich selbst habe das Ergebnis immer als einigermaßen erfolgreich betrachtet.« Liebevoll strich er sich seinen Bart.

Hendron lachte vor sich hin und starrte in sein Rumglas. »Armer Georges«, sagte er, »mein armer Freund! Er versucht, die menschliche Rasse zu retten, und jeder verdächtigt ihn ...«

»Paul hat sich einige schlechte Gewohnheiten angeeignet«, sagte Corbeau scharf. »Die Tropen verändern die meisten Menschen – zum Besseren oder zum Schlechten. Als Paul nach Shovel Cay kam, hat er nie einen Tropfen angerührt – stimmt das nicht, Paul? Du hast dich sehr verändert.«

»Ja«, sagte Hendron lachend. »Du hast ja so recht!«

»Warum kümmerst du dich nicht um die Dinge im Laboratorium, Paul; ich bin überzeugt, daß man deine Hilfe dort sehr schätzen würde.«

Hendron zuckte die Schultern, rührte sich jedoch nicht.

»Also gut, Monsieur Corbeau«, sagte Latham. »Nehmen wir an, ich akzeptierte Ihre Erklärung. Sie sind ein guter Mensch, der versucht, der Menschheit zu helfen – Gott allein weiß, wie. Ich hatte einen Freund, der über Sie sehr genau orientiert ist, und er behauptet, Sie wären ein leuchtendes Beispiel! Daher nehme ich an, daß auch dieses – dieses Laboratorium, das Sie hier draußen besitzen, nur guten Werken und ähnlichem Zeug gewidmet ist.«

»Ja«, sagte Corbeau sanft. »Und ähnlichem Zeug.«

»Okay. Dann bin ich einem Irrtum zum Opfer gefallen. Ich bin hinter guten Menschen her gewesen, wo ich hinter bösen Buben hätte her sein sollen. Aber damit bleibt immer noch eine wichtige Frage – genaugenommen zwei. Die eine Frage ist Benjamin Dancer. Und die zweite ist die Löwenbrücke. Sind Sie bereit, mich darüber aufzuklären?«

»Dr. Faraday hat ein Zimmer, das er immer als sein ›Studio‹ bezeichnete«, sagte Corbeau. »Es ist zwar ein spartanischer Raum, aber doch für unsere Zwecke geeignet. Hätten Sie etwas dagegen, wenn wir beide uns dorthin zurückzögen? Dann können wir offen reden.«

»Mystizismus«, sagte Georges Corbeau. »Dort landeten immer alle Forschungen auf dem Gebiet der Verjüngung. Ein unwissenschaftlicher Mystizismus schleicht sich in unsere Theorien und sogar in die Praxis ein. Nein, Mr. Drew, ich bin kein Wissenschaftler, ich habe keinen Anteil an der eigentlichen Arbeit, aus der wir unsere Resultate und unsere Fehlschläge gewinnen. Meine Aufgabe bestand unter anderem darin, den Mystizismus als Faktor unserer Arbeit auszuschalten.

Angefangen hat meiner Ansicht nach damit Metschnikoff. Seine Theorie lautete: Alter ist eine Folge der Veränderung der Darmflora. Er lebte in einer sterilen Umgebung, aß sterile Nahrung von sterilen Tellern mit sterilen Bestecken. Und er starb in einem sterilen Bett, mit siebzig Jahren, nicht jugendlicher und auch nicht älter als andere Männer.

Aber die Arbeit ging mit wachsendem Eifer weiter, durchgeführt zumeist von einzelnen. Es war schwierig, gemeinsam zu arbeiten; es gab keine Forschungsinstitute zur Untersuchung der Vorgänge des Alterns, es gab unter den Menschen zu viele Verschiedenheiten und nicht genügend Spezialisten. Aber die Theorien wurden weiterentwickelt; man arbeitete mit Extrakten des Hodens und des Eierstocks, mit Verpfropfungen, mit der Transplantation von Gewebe und Zellen.

Besonders aktiv auf diesem Gebiet waren die Russen. So gab es einen Ophthalmologen namens Filatow, der eine Theorie der Gewebetherapie entwickelte und gelagerte Zellen injizierte. Später übernahmen andere Wissenschaftler seine Methode, nur verwendeten sie frische Zellen. Es gab Behandlungen mit Vitaminen und andere seltsame Versuche, um eine Verjüngung zu erreichen . . .«

»Einen Moment«, sagte Latham. »Gab es nicht auch in New York einen Mann, einen Dr. Carrel?«

»Ja natürlich, Dr. Alexis Carrel vom Rockefeller-Institut, der Mann, der bewies, daß das Fleisch unsterblich ist. Diese wunderbare Geschichte von dem Hühnerherzen! Er nahm ein Stück, legte es in arteigene embryonale Flüssigkeit und beobachtete, wie es seine Größe in zwei Tagen verdoppelte. Tag für Tag teilten sich die Zellen, jede neue Zelle teilte sich wieder, und theoretisch bestand durch diese fürchterliche Zellteilung die Möglichkeit, daß dieses Stück in einem Jahr dreizehn Quadrillionen mal größer als die Sonne würde!

In diesen Weingärten haben viele gearbeitet, Mr. Drew, und jeder leistete einen kleinen Beitrag zum Geheimnis, das das Wachsen und den Tod der Zellen umgibt. Da war, beispielsweise, Professor Loeb, der mit Fruchtfliegen und Temperaturen experimentierte; er stellte die Theorie auf, daß der Mensch zweitausend Jahre alt werden könnte, wenn er eine intelligente Fruchtfliege wäre und in Kühlfächern aufgehoben würde.«

»Theoretisch«, sagte Latham. »Aber das ist hier immer das einzige. Die Theorie ist jedoch Millionen Kilometer von der Realität entfernt . . .«

»Haben Sie je von Dr. Anna Aslan in Bukarest gehört?«

»Nein.«

»Eine interessante Frau. Sie verwendete Injektionen von Procain – bei Ihnen heißt es wohl Novocain – und behauptete, es wirke wie ein Vitamin und beseitige verschiedene Symptome, die mit dem Alter zusammenhingen: Arteriosklerose, Parkinsonsche Krankheit und so weiter. Sie gab ihrem Medikament die Bezeichnung H-3 – wieder Mystik! 1951 behandelte sie eine Reihe älterer Patienten und errang bemerkenswerte Erfolge – nicht nur bei der Beseitigung von Symptomen, sondern dadurch, daß sie den Alterungsprozeß umkehrte.«

»Wie kommt es, daß ich nie davon gehört habe? Wie kommt es, daß man dieses Zeug nie in anderen Ländern verwendet?«

»Es ist schlechterdings unmöglich, die Wahrheit über die Arbeit der Ärztin zu erfahren, selbst wenn einige medizinische Veröffentlichungen der Rumänin in andere Länder gelangen. Offen gestanden haben die meisten Wissenschaftler nur wenig Vertrauen zu dieser Methode.«

»Wollen Sie damit sagen, daß es tatsächlich eine Methode gibt?«

Corbeau zündete sich eine Zigarre an.

»Wie ich bereits sagte, arbeiteten viele individuelle Forscher an dem Problem, ohne gemeinsame Organisation, über die ganze Welt verstreut, ohne entsprechende spezialisierte Verbindung, ohne finanzielle Hilfe, ohne Versuchsmöglichkeiten,

Ausstattung, Informationen und, was vielleicht am wichtigsten war, ohne die moralische Unterstützung, die Forschern etwa auf dem Gebiet der Kinderlähmung, des Krebses oder der Herzerkrankungen bereitwillig gewährt wird. Natürlich versuchten Tausende von Wissenschaftlern, untergeordnete Fragen zu lösen. Aber ein entschlossener Versuch, das wissenschaftliche Äquivalent für die Quelle der Jugend zu finden? Nein, Mr. Drew.

Aber dann kam Hamilsberg.«

Die Pause, die Corbeau machte, wirkte beinahe ehrfürchtig.

»Ja, Mr. Drew, wahrscheinlich ist der Name Ihnen nicht bekannt. Hamilsberg war Biochemiker. In Ungarn geboren, aufgewachsen und ausgebildet, ein Spezialist auf dem Gebiet der Hormone. Was Hamilsberg erlebte, war derselbe unerwartete Zufall, der seit den Tagen eines Kopernikus den Lauf der gesamten Wissenschaft und sämtlicher Erfindungen verändert hat.

Hamilsberg war kein Anhänger der Ansicht, daß es eine Verbindung zwischen dem Einfluß der Hoden und der Verjüngung gäbe. Operationen mit ›Affendrüsen‹ und ähnliches gehörten nicht zu seinem Gebiet, obgleich er in einem seiner Artikel zugab, daß die Übertragung von Gewebeproben zu einer Besserung führte, die man – grob ausgedrückt – als ›Verjüngung‹ bezeichnen konnte. Jedoch führte er an Versuchstieren Experimente durch, bei denen er einen Hormonextrakt verwendete, der die Symptome des Alters beseitigte. Ob sie das Alter selbst ebenfalls ›beseitigten‹, war eine andere Frage; die Versuchstiere starben so bald darauf, daß es nicht festzustellen war.

Dann ereignete sich der besagte ›Zufall‹. Bei einem Experiment, bei dem er ein Krebsopfer mit Hormonen behandelte, wandte er irrtümlich eine falsche Formel an. Der Patient, ein Affe, starb vier Wochen danach. Aber vom biologischen Standpunkt aus starb er drei bis vier Jahre jünger, als er tatsächlich gewesen war.

Hamilsberg war ein vorsichtiger Mann. Über dieses einmalige Ereignis sprach er nur mit einem einzigen Menschen, mit einem Freund namens André Chiappe, einem französischen Mitarbeiter. Chiappe war weniger diskret; es gibt ein unbestätigtes Gerücht, daß er Hamilsbergs Formel sogar an sich selbst ausprobiert hätte. Jedenfalls begannen sie gemeinsam zu experimentieren. Schließlich ging ihnen das Geld aus, und sie nahmen einen dritten Teilhaber auf, einen Mann namens Faraday. Faraday war kein Wissenschaftler wie Hamilsberg; er kannte jedoch viele Menschen und wußte, wie die Arbeiten finanziert werden konnten. So kannte er beispielsweise sehr viele vermögende Leute.

Über das wahre Wesen der Experimente berichtete Faraday mir erst sechs Monate nach jenem Anfall, an dem Hamilsberg starb. Inzwischen hatten er und der sehr reizbare Chiappe sich auseinandergelebt; die Einzelheiten ihres Streites hat Faraday mir nie mitgeteilt, aber offenbar war dieser Streit sehr erbittert.

Damit war Faraday allein, unmittelbar vor einer gewaltigen Entdeckung, ohne die Mittel – oder in Wahrheit: die Fähigkeit –, sie fruchtbar werden zu lassen. Die süßeste Frucht, Mr. Drew, der größte Preis, den die Wissenschaft der Menschheit schenken konnte.

Natürlich half ich Faraday, soweit ich konnte. Ich half ihm, ein Laboratorium einzurichten. Noch wichtiger war, daß ich dabei behilflich war, eine Reihe von Biochemikern zusammenzubringen, die in Harmonie miteinander arbeiteten, um den Traum zu einer Realität werden zu lassen.

Und das haben sie getan, Mr. Drew. Sie haben es gefunden. Das Geheimnis der Jugend. Das ewige Leben. Unsterblichkeit.«

»Das glaube ich nicht«, sagte Latham. »Es ist unmöglich.«

»Es ist möglich, Mr. Drew. Und es ist nicht nur möglich, es befindet sich sogar hier, direkt auf dieser Insel, nur gut hundert Meter von diesem Haus entfernt. Es ist eine unvollkommene Formel, eine heikle und flüchtige Formel, zu deren Vervollständigung noch viel Arbeit erforderlich ist, bevor wir behaupten können, einen vollständigen Erfolg errungen zu haben. Aber die Formel bewirkt ein Wunder, Mr. Drew, vor aller Augen. Und das ist auch der eigentliche Grund, warum *dies hier* entstanden ist.«

Corbeau zog seine Brieftasche hervor. Ihr entnahm er einen zusammengefalteten dünnen blauen Bogen, den er Latham reichte.

Es war ein Doppel jenes Bogens, den Latham bei sich hatte, eine Zeichnung von vier Löwen, die eine Brücke bilden.

»Wollen Sie wirklich wissen, was die Löwenbrücke darstellt, Mr. Drew? Es ist die Brücke des Lebens. Eine Brücke zwischen Leben und Sterben. Eine Brücke zwischen Alter und Jugend. Eine Brücke zwischen der kurzen, flackernden Existenz des Menschen und einem langen, hellbrennenden Leben mit Zeit für Weisheit, Wissen und der Anerkennung des Schönen.«

»Ponce de Leon . . .«

»Ja.« Corbeau lachte vor sich hin. »Ponce de Leon. Auf diese Weise bin ich zu dem Namen gekommen – Ihre Vermutung war also richtig. Die Vorstellung hat mich sehr amüsiert.«

»Aber aus welchem Grunde muß es denn eine Brücke geben? Mit der ganzen Geheimhaltung?«

»Weil es nötig war. Glauben Sie wirklich, daß das größte Geheimnis aller Zeiten jenes Geheimnis war, daß man in Los Alamos hütete? Lassen Sie sich sagen, Mr. Drew, daß die Atomspaltung neben dem hier lediglich ein Spielzeug ist! Das Geheimnis, das wir auf dieser Insel hüten, ist kostbarer als Gold, Erdöl oder Diamanten, seltener als

Landbesitz, von größerem Wert als Königreiche und Länder. Politik wird vor ihm zu einem Nichts, Geld wird wertlos, Kriege, Revolutionen und Ideologien schrumpfen daneben zu Belanglosigkeiten. Lebenswichtig für die Menschheit ist nur eines, Mr. Drew, und dieses eine ist das Leben. Und wir besitzen es. Hier! In einem Reagenzglas. Das ewige Leben!«

Latham pfiff leise durch die Zähne.

»Ich möchte, Mr. Drew, daß Sie mich verstehen. Denn wenn Sie verstehen, werden Sie, wie jeder intelligente Mensch, zugeben ...« Er unterbrach sich, und über sein Gesicht huschte ein Lächeln. »Verzeihung. Ich fürchte, daß ich mich bei diesem Thema immer errege. An dieser Infektion leide ich jetzt schon seit Jahren, und es scheint, als schlüge mein Puls jedes Mal schneller.

Aber betrachten Sie es einmal so: Wenn *Sie* ein Geheimnis von dieser Großartigkeit besäßen – was würden Sie damit tun?«

»Ich? Das weiß ich nicht.«

»Würden Sie es einfach der Regierung der Vereinigten Staaten überlassen?«

»Vielleicht. Schließlich bin ich Angestellter dieser Regierung.«

»Und was würde man damit tun?«

»Auch das weiß ich nicht. Ich vermute allerdings, daß man es möglichst vielen Menschen zur Verfügung stellen würde.«

»Menschen in den Vereinigten Staaten?«

»Zuerst wahrscheinlich ihnen. Würden Sie nicht auch Ihrer eigenen Familie zuerst helfen? Ich bin jedoch überzeugt, daß man die Informationen über die Formel auch an alle übrigen Länder weitergeben würde.«

»Und das glauben Sie wirklich?«

Latham wurde wütend. »Es handelt sich nicht um ein militärisches Geheimnis. Warum also nicht? Was wäre, wenn Sie das Geheimnis Ihrem Lande überließen?«

Corbeau lachte. »Ich interessiere mich nicht für internationale Rivalitäten. Die Löwenbrücke ist selbst eine internationale Organisation; ihre Mitglieder und Geldgeber kommen aus allen Ländern der Welt einschließlich der Sowjetunion. Wie Sie wissen, kam Mr. Dancer aus den Vereinigten Staaten ...«

»Dancer gehört also zu Ihnen!«

»... und andere, die uns halfen, stammten aus England, Spanien, Italien, Ungarn und Japan. Sie alle haben eines gemeinsam. Sie sind in erster Linie Wissenschaftler und Menschenfreunde, in zweiter Linie erst Patrioten. Sie stimmen mit mir darin überein, daß die Politik eine völlig untergeordnete Angelegenheit ist.«

Corbeaus Zigarre war ausgegangen. Er legte sie hin.

»Nein, Mr. Drew. Die Formel bildet ein sehr viel größeres Problem als sämtliche Streitigkeiten der Nationen. *Lebensraum*, Mr. Drew.«

»Dieses Wort habe ich schon gehört. Von einem Herrn Hitler.«

»Ich meine es jedoch in einem anderen Sinne. Ich meine damit Weltlebensraum, die schrecklichen Konsequenzen jenes Phänomens, das als Bevölkerungsexplosion bezeichnet wird. Diese Begriffe haben Sie sicher ebenfalls schon gehört.«

»Phantasieprodukte für die Sonntagszeitungen ...«

»Das stimmt nicht. Vielmehr ist es eine schreckliche Wahrheit, der man ins Auge blicken muß. Die gegenwärtige Wachstumsrate der Weltbevölkerung liegt bei etwa 2,2 Prozent pro Jahr. Wenn das Verhältnis von Sterbefällen und Geburten in diesem Umfang bestehen bleibt, wird die Welt in weniger als einem Jahrhundert restlos überbevölkert sein; im Jahre 2147 wird es für jeden nur noch einen halben Quadratmeter geben. Wir werden uns gegenseitig die Kehlen zerfleischen, um genügend zu essen und genügend Platz zu haben. Können Sie sich vorstellen, was geschehen wird, wenn das Verhältnis sich verändert? Wenn wir den Tod zurückgeschlagen haben, ohne die Geburten zu verringern – was wird dann geschehen?«

»Dann werden Sie die Zahl der Geburten bremsen müssen ...«

»Das, mein Freund, wäre ein Kampf gegen Kräfte, die selbst für die stärkste Armee der Zivilisation zu stark sind. Unsere Formel würde dann zu einem Instrument des Chaos werden, Mr. Drew;

sobald die Welt sie anwendet, würde dadurch mehr Tod, Entsetzen, Leid und Zerstörung entstehen als durch jede militärische Waffe. Und das könnten wir einfach nicht zulassen – finden Sie nicht auch?«

»Und was könnten Sie dagegen unternehmen?«

»Die einzige Möglichkeit ist die Kontrolle. Aus diesem Grunde wurde die Löwenbrücke gebildet. Nicht nur, um die Formel zu vervollkommnen und die Kenntnis von ihrer Existenz vor der Welt zu verheimlichen, sondern um sie zu kontrollieren. Um ihre Anwendung zu regulieren, und zwar entsprechend unserem eigenen Urteilsvermögen und unseren eigenen Möglichkeiten.«

»Ich verstehe. Sie wollen also die Entscheidung treffen, wer leben, wer sterben soll.«

»Nicht ich allein, Mr. Drew. So anmaßend würde ich nie sein. Wir beabsichtigen, jeweils eine kluge Entscheidung zu treffen und werden uns dazu des Rates der klügsten Männer bedienen, die uns bekannt sind. Wir werden Irrtümer begehen, wir werden Ungerechtigkeiten begehen, wir werden diesen Vorzug Menschen gewähren, die es nicht verdienen, und andere auslassen, die es verdienten. Aber wir werden uns bemühen, richtig zu handeln. Richtig nicht im Sinne der ›nationalen Sicherheit‹, der ›Solidarität‹, des ›American Way‹ oder irgendeines anderen persönlichen oder nationalen Vorurteils – sondern richtig im Sinne der Humanität. Die Löwenbrücke wird versuchen, das Beste zu leisten für die Menschheit. Kann man mehr verlangen, Mr. Drew?«

Latham erhob sich von seinem Stuhl und reckte sich. Dann trat er ans Fenster des Studios und sah die Welt. Es war eine strahlende, süße Welt, und er überlegte, ob vielleicht er selbst je in der Lage sein würde . . .

Dann drehte er sich um und sagte: »Noch eines, Monsieur Corbeau. Sind *Sie* mit diesem Präparat bereits behandelt worden?«

Corbeau lächelte und schüttelte den Kopf. »Nein.«

»Weil Sie sich selbst nicht für wert halten?« sagte Latham. »Oder weil das Präparat noch nicht vollkommen ist?«

»Ich halte mich selbst für wert. Meinen Wert habe ich dadurch bewiesen, daß ich mit aller Sorgfalt daran gearbeitet habe, daß dies alles wahr geworden ist.«

»Und Swickert?«

»Mr. Swickert wird mit dem Präparat behandelt, sobald wir mit seiner Wirksamkeit zufrieden sind. Auch er hat das Recht dazu verdient; nicht durch irgendeinen moralischen oder intellektuellen Wert, den er gezeigt hätte, sondern durch die einfache Tatsache, daß sein Geld diese Forschungen ermöglicht hat. Wir müssen auch praktisch denken.«

»Natürlich. Und die hier mit den Forschungsarbeiten Beschäftigten . . .«

»Auch sie werden ein Recht auf die Früchte ihrer Arbeit haben.«

»Und sie alle sitzen dann in jenem Ausschuß, der die Entscheidung über das Goldene Zeitalter fällt?«

»Nicht unbedingt. Wissenschaftliche Kompetenz befähigt einen Menschen nicht unbedingt zu derartiger Verantwortung. Nehmen Sie beispielsweise Mr. Carvy ...«

»Wen?«

»Es gab einmal einen englischen Biochemiker, der sich uns vor etwa einem Jahr anschloß. Er hieß Arnold Carvy. Carvy war ein kluger alter Mann, auf seine Art ganz hervorragend, aber politisch orientiert. Sie wissen selbst, wie einige Engländer sind.«

»Nein«, sagte Latham. »Wie sind sie?«

Corbeau krauste die Stirn. »Carvy war äußerst interessiert an den bereits erwähnten Punkten der Löwenbrücke und schien mit ihnen übereinzustimmen. Schließlich entsprangen sie nur der Vernunft, einer logischen, wissenschaftlichen Einstellung gegenüber dem Problem. Plötzlich begann er jedoch, entsetzlich patriotisch zu werden – chauvinistisch ist vielleicht die bessere Bezeichnung. Er gab zu verstehen, daß man das Geheimnis der Regierung Ihrer Britischen Majestät mitteilen sollte. Natürlich war dies eine Haltung, die wir nicht tolerieren konnten.«

»Und was geschah mit ihm?«

»Er verließ die Insel.«

»Er floh, meinen Sie?«

»Ja«, sagte Corbeau beißend. »Entfliehen ist das richtige Wort, Mr. Drew, denn um unsere Ideale zu bewahren, wäre ich bereit gewesen, ihn als Gefangenen hier festzuhalten. Aber irgendwie gelang es ihm, nach Nassau und von dort nach London zu entkommen. Er hatte eine bestimmte Menge des unvollkommenen Präparats mitgenommen; wahrscheinlich beabsichtigte er, die Experimente auf eigene Faust fortzusetzen und das Ergebnis dann, säuberlich verpackt, seiner Königin Elizabeth zu überreichen. Vielleicht hätte man ihn dann sogar geadelt. Unglücklicherweise – obgleich ich natürlich glücklicherweise meine – starb er, bevor er diese Möglichkeit erhielt. Er rutschte in seiner eigenen Badewanne aus und starb. Wer will behaupten, Mr. Drew, es gäbe keine Gerechtigkeit?«

»Er rutschte in seiner Badewanne aus?« sagte Latham.

»Ja.«

»Die Katzen! Dazu brauchte er also die Katzen!«

»Sie haben davon gehört? Ja, Carvy verwendete Katzen als Versuchstiere, so wie wir Affen verwendet haben. Ich bezweifle jedoch, ob das Ergebnis auch so zufriedenstellend war.«

»Ist Abner der Name eines Affen?«

»Ja«, sagte Corbeau. »Woher wissen Sie das?«

»Ich weiß noch etwas sehr viel Wichtigeres. Ich weiß, daß Carvys Tod kein Zufall war. Er wurde ermordet.«

Jetzt war Corbeau es, der ein erschrockenes Gesicht machte.

»Das ist eine Lüge. Ich habe Ihnen bereits gesagt, daß wir nie ...«

»Was Sie sagen, interessiert mich nicht. Carvy wurde ermordet! Er wurde von einem Londoner Strichmädchen umgebracht, das sich Olga nannte. Das weiß ich genau, weil sie denselben Trick bei mir versuchte ...«

Corbeaus Hand griff wieder nach dem Trost der Zigarre, aber seine Finger zitterten.

»Das wußte ich nicht«, sagte er. »Ich schwöre Ihnen, daß ich mit dem Tod Carvys nichts zu tun habe. Niemand von uns wußte, wo er sich versteckt hielt. Ich behaupte nicht, daß ich nicht auch daran gedacht habe, ihn zu beseitigen; wäre sein Aufenthalt mir bekannt gewesen, hätte ich diese Lösung vielleicht in Betracht gezogen. Er war für uns gefährlich, für alles gefährlich, was wir zu erreichen versuchten. Aber ich habe ihn nicht umgebracht, Drew.«

»Das stimmt. Das tat diese Olga Sowieso.«

»Aber nicht auf meinen Befehl! Dafür muß es einen anderen Grund geben, irgendeinen Grund, der mit der Brücke in keinem Zusammenhang steht ...«

»Alles steht mit der Brücke in irgendeinem Zusammenhang! Sie versuchte auch mich zu töten, und ich suchte nach dem Zugang zu der verdammten Brücke! So weit können Zufälle nicht gehen.«

Corbeau war erschüttert. »Das muß ich den anderen mitteilen. Entschuldigen Sie mich ...«

Aber Latham blieb ihm auf den Fersen, als Corbeau das Studio verließ und in den Wohnraum ging. Hendron sprang auf, als sie eintraten, und Joanna richtete sich in ihrem Korbsessel auf.

»Wo ist Swickert?« fauchte Corbeau.

»Auf seinem Zimmer. Er ruht sich aus. Was ist los, Georges? Du siehst aus ...«

»Es handelt sich um Carvy! Dieser verdammte Carvy! Mr. Drew hier behauptet, daß sein Tod kein Zufall war, daß er ermordet wurde ...«

»Ermordet? Von wem?« Hendrons Stimme war ein Krächzen. »Um Gottes willen, Georges, du hast mir versprochen, daß so etwas nie in Frage kommen würde ...«

»Ich habe damit auch nichts zu tun! Muß ich meine eigenen Freunde immer wieder überzeugen?«

»Du hast gesagt, am liebsten wäre es dir, wenn er tot sei. Das habe ich selbst gehört! Da drüben hast du gestanden und geschworen, du würdest ihn umbringen, wenn du die Möglichkeit dazu hättest!«

»Latham«, sagte Joanna mit zitternder Stimme. »Latham, was soll das alles bedeuten?«

»Das kann nur eines bedeuten!« sagte Corbeau

wütend. »Wahrscheinlich hat Carvy mit anderen darüber gesprochen. Wahrscheinlich hat er mit irgend jemandem über die Formel gesprochen und ist deshalb umgebracht worden. Und damit ist unser kostbares Geheimnis zum Teufel!«

»Davon hätte niemand etwas«, sagte Hendron weinerlich. »Georges, du weißt selbst, daß Carvy die Insel verließ, bevor wir die Serie C entwickelt hatten. Die Formel, die er kannte, würde niemals ...«

»Immerhin besteht die Möglichkeit, daß sie anderen Anhaltspunkte gibt! Immerhin ist möglich, daß sie andere hierherführt, in unser Laboratorium. Ein Hauch Unsterblichkeit kann jeden Menschen in einen Bluthund verwandeln ...«

»Wir müssen endlich fertig werden! Wir müssen unsere Experimente verdoppeln, sobald Gritzkij hier ist. Wir müssen Tag und Nacht arbeiten!«

»Sobald wer hier ist?« fragte Latham.

Corbeaus rote Zunge fuhr über das Ende seines Schnurrbarts.

»Sagten Sie Gritzkij?« fragte Latham. »Nikolai Gritzkij?«

Hendron sah ihn an. »Ja, Nikolai Gritzkij. Kennen Sie ihn?«

»Nein. Dazu kam es nicht.« Und zu Corbeau: »Gritzkij gehörte also auch zum Löwenklub?«

»Ja«, sagte Corbeau bedauernd. »Gritzkij war auf unserer Seite, Mr. Drew. Er war von den Sowjets aus denselben Gründen desertiert, aus denen Benjamin Dancer Ihr Land verlassen hatte. Um mit uns zusammenzuarbeiten. Er war ein hervorragender Mann – auf seinem Spezialgebiet vielleicht der hervorragendste. Die Art seiner speziellen Untersuchungen war für uns bei der Vervollkommnung der Formel von großer Wichtigkeit; uns trifft sein Verlust schwer.«

»Verlust?« sagte Hendron mit schriller Stimme. »Um Gottes willen, Georges, was redest du da? Was ist mit Gritzkij passiert? Warum ist er noch nicht gekommen?«

»Er kann nicht«, sagte Latham unverblümt. »Gritzkij ist tot. Er wurde in Paris ermordet.«

»Nein!«

»Doch«, sagte Corbeau ernst. »Es tut mir leid, Paul, und vielleicht hätte ich es dir schon früher mitteilen sollen.«

»Er kann nicht tot sein!« schrie Hendron. »O Gott, o Gott, laß es nicht wahr sein! Tu mir so etwas nicht an! Er war unsere einzige Hoffnung, Georges, das weißt du ...«

»Rege dich nicht auf, Paul. Tatsachen lassen sich nicht mehr ändern. Wir werden eben ohne Mr. Gritzkijs Hilfe weiterarbeiten müssen.«

»Aber das können wir nicht! Ohne ihn sind wir am Ende, das weißt du, sind wir restlos am Ende!« Hendron fing an zu weinen; aus beiden Mundwinkeln rann ihm der Speichel. Er stürzte sich auf Corbeau und umklammerte ihn in einem Anfall von Hysterie. Angewidert reagierte Corbeau auf dieses Verhalten; mit seinen kräftigen Händen packte er Hendrons dünne Handgelenke und schob ihn zurück.

»Du hast mir gesagt, alles käme in Ordnung«, jammerte Hendron. »O Gott, du hast gesagt, alles würde in Ordnung kommen, wenn Gritzkij erst hier sei! Mit Gritzkij würde sich alles ändern, hast du gesagt, und jetzt ist er tot!«

»Wir werden eine andere Möglichkeit finden«, sagte Corbeau entschlossen. »Wir werden die Lösung selbst finden.«

Joannas Gesicht verzerrte sich vor Mitgefühl, und selbst Corbeau schien von Hendrons Unglück nicht unberührt zu sein. Er umfaßte Hendrons schmale Schultern und murmelte tröstende Worte, die Latham nicht verstehen konnte. Dann meinte er, Hendron solle sich, wie Swickert, erst einmal ausruhen. Vom Schluchzen geschüttelt, die Hände vor das Gesicht geschlagen, ließ Hendron sich schließlich aus dem Zimmer führen.

Als Corbeau zurückkehrte, sagte Latham: »Der Schwindel ist aufgeflogen, nicht wahr? Ohne Gritzkij kommen Sie also nicht weiter?«

»Sie irren sich, Mr. Drew. Gritzkij war für uns zwar wichtig, aber nicht entscheidend. Die Formel wirkt auch so, ohne die Verbesserungen, die wir uns von Gritzkij erhofften.«

»Erwarten Sie immer noch von mir, daß ich Ihnen glaube?«

»Ja. Warum nicht?«

»Können Sie mir irgendeinen Beweis zeigen? Das Laboratorium? Versuchstiere? Irgend etwas?«

Corbeaus Lächeln war müde.

»Sie sind ein Mensch, der schwer zu überzeugen ist, Mr. Drew. Am seltsamsten ist jedoch, daß Sie fast zwei Tage lang mit dem greifbaren Beweis für die Wirksamkeit der Formel konfrontiert gewesen sind und es nicht gemerkt haben. Sie sahen die vollkommene Illustration ihrer Wirksamkeit – und ihrer Schwächen.«

»Was meinen Sie damit?«

»Der Mann«, sagte Corbeau, »der sich Paul Hendron nennt, ist Benjamin Dancer.«

Am Fenster stand Joanna Sweet mit aufgerissenen Augen – nicht wegen der Erklärung Corbeaus, sondern weil sie eine Mastspitze entdeckt hatte, die sich langsam in Richtung des Horizonts entfernte.

»Latham!« sagte sie. »Das ist die *Janet*. Sie fährt ohne uns weg!«

10

Das Direktorium

»Ihr Captain Brent ist ein ganz prächtiger Mann«, sagte Corbeau lachend. »Er verkörpert eine schöne seemännische Tradition. Als er informiert wurde, daß Sie auf der Insel blieben und der Kapitän ohne seine Gäste wieder abfahren müsse, wollte er Slinger an die Gurgel. Der Anblick des Geldes, und zwar des gesamten Betrages, wirkte jedoch äußerst überzeugend. Fünfzehnhundert Dollar. Meiner Ansicht nach etwas viel.«

»Etwas viel, das stimmt«, sagte Latham. »Zumindest für eine einfache Fahrt. Allerdings hatte ich die Absicht gehabt, eine Rundreise zu machen, Monsieur Corbeau.«

»Das ist unglücklicherweise nicht mehr möglich.«

»Haben Sie tatsächlich die Absicht, uns hier festzuhalten?«

»Diese Vorstellung mißfällt mir genauso, wie sie Ihnen mißfällt. Das hier ist eine kleine Insel, die bereits übervölkert ist. Offen gestanden wußte ich wirklich nicht, was ich im Augenblick sonst tun sollte.«

»Sie hatten von Anfang an die Absicht, uns hier festzuhalten, nicht wahr? War das der Grund, daß Sie meine Pistole aus dem Koffer nehmen ließen?«

Plötzlich schimpfte Joanna: »Das Gepäck! Ich hatte noch zwei Koffer an Bord! Die vielen hübschen Sachen, die ich mir in Miami besorgte . . .«

»Darüber brauchen Sie sich keine Gedanken zu machen«, sagte Corbeau lächelnd. »Slinger hat sie an Land geholt. Wir möchten nämlich nicht, daß Sie ohne Ihre – ohne Ihre reizenden Sachen sind.«

»Wie lange wollen Sie uns eigentlich hier festhalten?« sagte Latham. »Im Grunde sind Sie gar nicht darauf eingerichtet, Gefangene einzusperren, Corbeau. Und wie Sie sich wahrscheinlich denken können, habe ich meine Vorgesetzten über meine Reiseroute informiert. Früher oder später wird man mich also suchen.«

»Das nehme ich an. Früher oder später.«

»Man wird Brent verhören. Man wird nicht glauben, daß ich mich freiwillig zu einem langen Urlaub auf Shovel Cay entschlossen hätte. Wahrscheinlich wird, noch ehe Sie es fassen können, vor Ihrer Insel ein Kanonenboot auftauchen.«

»Seien Sie versichert«, sagte Corbeau schlicht, »daß ich diese Möglichkeiten bereits berücksichtigt habe. Die Vorstellung einer Blockade durch die amerikanische Kriegsmarine gefällt mir nicht besonders. Aber ich bin nur der arme Vorsitzende einer vielköpfigen Organisation, und gegen mein besseres Urteil stimmten meine Kollegen für dieses Vorgehen. Wenn es nach mir gegangen wäre, Mr. Drew, wäre die *Janet* nirgends mehr aufgetaucht.«

»Sie meinen, daß Sie hier *abgestimmt* haben, das zu tun?« sagte Joanna.

»Wir hatten im Laboratorium ein Treffen, das man vielleicht als Sitzung eines ›Direktoriums‹ bezeichnen kann. Es ging dort sehr intelligent und demokratisch zu. So klar, wie es mir möglich war, erläuterte ich das Problem: daß Ihre Anwesenheit auf der Insel und die Informationen, die Sie bereits über die Brücke zusammengetragen haben, eine einwandfreie Gefahr für das gesamte Unternehmen darstellten. Dann schlug ich einige Möglichkeiten vor, die wir ins Auge fassen könnten.«

»Gehörte auch Mord dazu?« sagte Latham.

»Um ganz ehrlich zu sein – ja. Vielleicht interessiert es Sie, wie die Abstimmung ausging. Mr. Hendron – oder, wenn Sie wollen, Mr. Dancer – widersetzte sich heftig allen extremen Maßnahmen; aber wie Sie vielleicht selbst bemerkt haben, macht sich bei ihm eine große Sensibilität bemerkbar. Die beiden Damen unserer Organisation waren ebenfalls dagegen; damit war natürlich zu rechnen gewesen. Dr. Takura, unser wissenschaftlicher Freund aus Japan, gesellte sich zu den Pazifisten. Die beiden anderen Gentlemen, Dr. Basil und Mr. Baumleiter, wie auch Mr. Swikkert, hatten das Gefühl, wir müßten tun, was notwendig sei.«

»Und wie haben Sie gestimmt?« sagte Latham.

Corbeau zögerte.

»Wenn Sie auch nur einen Augenblick glauben,

die Entscheidung sei mir leichtgefallen, irren Sie sich sehr. Ich verabscheue Gewalt und verdamme Mord, selbst Mord aus Gründen der Zweckmäßigkeit. Ich bin mein ganzes Leben ein Gegner von Grausamkeit und Tod gewesen. Aber ich hatte keine andere Wahl. Ich stimmte gegen Sie.«

Joanna zählte an den Fingern nach.

»Vier gegen vier«, sagte sie. »Also Stimmengleichheit.«

»Ja. Ein Unentschieden. Normalerweise hätte Dr. Faraday hier die entscheidende Stimme gehabt, aber Dr. Faraday liegt in Nassau auf den Tod danieder und interessiert sich nicht mehr für unsere Angelegenheiten. Das Ergebnis war jedoch ein Unentschieden, so daß unsere Entscheidung ein ausgesprochen unbefriedigender Kompromiß sein mußte.«

»Was haben Sie also vor? Wollen Sie warten, bis die Flotte auftaucht?«

»Das können wir kaum. Ihre Einmischung hat es notwendig gemacht, die Löwenbrücke an einen anderen Ort zu schaffen. Wir nehmen an, daß uns noch einige Tage bleiben, bis Ihre Freunde in den Vereinigten Staaten neugierig werden und Sie suchen, Mr. Drew. Bis dahin werden wir Shovel Cay geräumt haben.«

»Und was geschieht mit uns?«

»Wo wir hingehen, da werden auch Sie hingehen. Für uns alle bedeutet das natürlich eine große Belastung. Dr. Basil hat den Vorschlag gemacht, wir sollten Sie beide von der Richtigkeit unserer Sache zu überzeugen versuchen. Er hofft, Sie bekehren zu können. Der gute alte Mann ist eben doch sehr unerfahren.«

»Das glaube ich nicht«, sagte Joanna entschlossen. »Wenn Sie tatsächlich versuchen, den Menschen zu *helfen*, könnte ich vielleicht . . .«

»Bitte, Miss Sweet, halten Sie mich nicht für dumm. Ich weiß, daß es hoffnungslos wäre, von Ihnen oder Mr. Drew zu erwarten, Ihr Schicksal mit dem unseren zu verbinden. Einmal sind Sie beide noch zu jung und glauben, das Geheimnis der ewigen Jugend bereits zu besitzen. Das Alter wird Sie völlig überraschend treffen, ein schmutziger Trick der Natur, durchgeführt, wenn Sie gerade einmal nicht aufpassen.«

Latham goß sich einen Drink ein.

»Wollen Sie mir einen Gefallen tun, Corbeau? Wollen Sie mich mit Dancer sprechen lassen?«

»Sie können mit ihm reden, so oft Sie wollen. Sie werden ihn noch häufig genug sehen.«

»Ich würde gern jetzt mit ihm sprechen.«

»Wie Sie wünschen«, sagte Corbeau. »Ich werde nachsehen, ob er sich inzwischen erholt hat.«

Als Corbeau das Zimmer verlassen hatte, kam Joanna mit schnellen Schritten zu Latham.

»Was sollen wir tun?« sagte sie atemlos. »Dieser Mann ist verrückt, Latham. Er will uns tatsächlich umbringen! Wenn er seinen Willen durchsetzt . . .«

»Viel können wir dabei nicht tun. Es sei denn,

wir bringen einige der Stimmberechtigten auf unsere Seite. Die meisten sind Wissenschaftler; sie haben keine Lust, in diese Art von Schwierigkeiten zu geraten . . .«

»Kannst du dir vorstellen, daß Captain Brent ihnen tatsächlich geglaubt hat? Vielleicht sagt er der Polizei Bescheid oder . . .«

»Brent hat von unserem Auftrag keine Ahnung; er glaubt, es sei eine Vergnügungsreise gewesen. Er wird das Geld, das er bekommen hat, versaufen und uns vergessen.«

»Hältst du es für wahr, was Corbeau gesagt hat? Daß sie Menschen wieder jung machen können?«

»Das«, sagte Latham verbissen, »ist genau das, was ich herausbekommen möchte.«

Paul Hendron stand in der Tür, die rotgeränderten Augen gesenkt. Corbeau begleitete ihn nicht.

Aufmerksam betrachtete Latham die scharfen Linien seiner Wangen und seines Kinns, die schmale Nase und die vollen roten Lippen, das dicke Büschel schimmernder schwarzer Haare und die Stirnlocke, die immer wieder in die hohe, glatte Stirn fiel. Das Gesicht Benjamin Dancers war in Lathams Erinnerung eingegraben, und jetzt versuchte er, es auf das Gesicht zu projizieren, das er vor sich hatte. Die beiden Bilder wurden unscharf, verschwammen und ließen sich nicht zur Deckung bringen.

»Es tut mir leid«, sagte Hendron leise. »Wahrscheinlich habe ich mich ziemlich albern aufgeführt. Aber verstehen Sie: Ich wußte nichts von Mr. Gritzkij – die Nachricht war für mich ein Schock. Wenn man so lange auf jemanden gewartet hat ...«

»Ich verstehe«, sagte Latham. »Hätten Sie etwas dagegen, wenn wir uns ein wenig unterhielten, Mr. Hendron?«

Hendron nahm sich eine Flasche Rum und ein Glas. Dann ließ er sich in einen Korbsessel fallen, füllte das Glas zur Hälfte und lehnte sich seufzend zurück.

»Ich weiß Bescheid«, sagte er und starrte dabei in die Flüssigkeit. »Corbeau hat es mir erzählt. Sie können mich mit meinem richtigen Namen anreden, Mr. Drew.«

»Mit Dancer?«

»Ja. Ich bin Benjamin Dancer. Und anscheinend bin ich die Ursache Ihrer Schwierigkeiten, oder? Sie sind hier, weil Sie mich gesucht haben.«

»Gesucht hat Sie die Regierung, Mr. Dancer. Ich bin nur deren Beauftragter. Haben Sie sich nicht vorgestellt, was passieren würde, wenn Sie verschwänden? Haben Sie nicht gewußt, daß man Sie verdächtigen würde, Verrat begangen zu haben?«

»Corbeau meinte, es käme alles in Ordnung. Ich habe mich nie für Politik interessiert – nicht im geringsten. Warum sollte man annehmen, daß ich zu den Russen oder sonst jemandem übergelaufen sei?«

»Sind Sie die ganze Zeit auf der Insel gewesen?«

»Zuerst war ich in London und traf mich dort mit Dr. Basil. Wir sind zusammen auf die Insel gekommen. Natürlich hatte ich schon eine ganze Weile Verbindung mit Corbeau und den anderen.«

»Aber Ihrer Frau haben Sie nie gesagt, was Sie vorhatten?«

»Nein«, sagte Hendron und wurde rot. »Ich konnte Lorelei nicht sagen, was ich tat. Strenge Geheimhaltung war ein unbedingtes Erfordernis. Ich dachte, es würde nur eine Angelegenheit von drei oder vier Monaten sein, bis ich zurückkehrte. Unglücklicherweise sind die Arbeiten nicht so glatt gegangen, wie wir erwarteten.«

»Trotzdem haben Sie sich mit dem Präparat behandeln lassen?«

»Wir brauchten Versuchspersonen«, sagte Hendron. »Menschliche Versuchstiere. Nach den ersten Experimenten mit Tieren mußten wir mit den menschlichen Experimenten beginnen. Irgend jemand mußte sich dazu freiwillig zur Verfügung stellen.«

»Hatten Sie keine Angst?« sagte Latham.

»Ein bißchen, vielleicht. Wir wußten, daß das Präparat wirkte – selbst das ursprüngliche Präparat von Hamilsberg war wirksam –, aber bei den Ergebnissen traten häufig Schwankungen auf. Nachdem ich mich dem Versuch unterzogen hatte, entdeckten wir – bestimmte Fehler. Es traten Faktoren auf ...« Er unterbrach sich und nahm einen großen Schluck Rum. »Es traten Erscheinungen auf, die wir nicht vorhergesehen hatten. Eine Reanalyse wurde notwendig. Nikolai Gritzkij – er arbeitete auf einem wichtigen Teilgebiet ... aber seine Position in der Sowjetunion – die damit verbundenen Schwierigkeiten ...« Hendrons Zunge funktionierte nicht ganz. Er brauchte einen Augenblick, um sich zu fassen. »Gritzkij aus Rußland herauszuholen – das war nicht einfach. Corbeau gelang es schließlich, aber dennoch wurde Gritzkij verfolgt. Bevor wir ihn auf die Insel bringen konnten – was dann passierte, wissen Sie genausogut wie wir.«

Irgend etwas mußte Hendron an Lathams Gesicht bemerkt haben.

»Sie glauben mir nicht, oder? Ich kann Ihnen ...«

»Ich erhielt den Auftrag, einen alten Mann zu suchen, Mr. Hendron. Mir können Sie also keinen Vorwurf machen ...«

Hendron lachte. »Einen alten Mann! Ja. Selbst nach dieser langen Zeit traue ich manchmal meinem eigenen Spiegelbild nicht. Aber Sie haben keine Ahnung, wie erstaunlich das alles ist, Mr. Drew; das können Sie gar nicht. Sie sehen die äußeren Erscheinungen der Verjüngung, kennen aber nicht die inneren Unterschiede. Die Tätigkeit des Herzens, der Lungen, der Blutgefäße ... Sehen Sie mich an, Mr. Drew, und Sie sehen ein Wunder vor sich!« Wieder lachte er, diesmal verbittert, und trank das Glas aus.

Latham beugte sich vor.

»Mr. Dancer. Wie alt sind Sie?«

»Chronologisch? Oder biologisch?«

»Beides.«

»Chronologisch werde ich an meinem nächsten Geburtstag vierundsiebzig. Biologisch bin ich meiner Ansicht nach zwischen fünfundvierzig und fünfzig.«

»Welche Haarfarbe hat Ihre Frau?«

Hendron machte ein erstauntes Gesicht. Dann lachte er.

»Ach so – ich verstehe. Ein Kreuzverhör.«

»Würden Sie bitte meine Frage beantworten?«

»Sehr, sehr schwarz«, sagte Hendron, ohne zu zögern. »Ausgenommen die Zeit vor zwei Jahren, als es sehr, sehr blond war.«

»Könnten Sie Ihre Frau beschreiben?«

»Wahrscheinlich haben Sie sie kennengelernt, Mr. Drew?«

»Ja, das habe ich.«

»Sie ähnelt Kleopatra in moderner Kleidung. Genügt das?«

»Ach so!« murmelte Joanna und schleuderte im Geiste ein Stilett nach Latham.

»Was sind Ihre Hobbys?«

»Hobbys? Ich habe keine. Ausgenommen meine Arbeit.«

»Benjamin Dancer hatte ein Hobby oder zumindest ein Interesse.«

»Meinen Sie damit die Musik? Die Musik habe ich nie als Hobby angesehen, denn Hobby ist ein ungeeignetes Wort. Ja, die Musik war mein Interesse, außerhalb meines Laboratoriums. Vor allem die romantischen Komponisten; ich ging häufig in Konzerte, obgleich Lorelei lieber Radio und Klaviergeklimper hörte . . .«

Latham sah Joanna an und nickte leicht.

»Nun, Mr. Drew? Noch irgendwelche Fragen? Wollen Sie mich nicht nach meinem – meinem anderen Hobby fragen? Ich bin nämlich ein ziemlich guter Schachspieler.«

»Nur noch eine Bitte. Würden Sie bitte Ihren rechten Ärmel hochkrempeln?«

Hendron lächelte.

»Ich überlegte schon, wann Ihnen mein Muttermal einfallen würde, Mr. Drew. Hätten Sie mich nicht danach gefragt, hätte ich Sie daran erinnert.«

Langsam rollte er den weiten Ärmel seines blusigen Sporthemdes hoch.

Auf seinem rechten Arm war deutlich das Muttermal zu erkennen, das ungefähr die Form eines Spatens hatte.

»Noch weitere Fragen, Mr. Drew? Oder sind Sie jetzt bereit, dem Beweis Ihrer eigenen Augen zu glauben?«

»Ich bin bereit, es zu glauben, Mr. Dancer. Fast alles.«

»Also gibt es doch noch etwas, was Sie nicht glauben?«

»Ja. Ihre Gründe für das, was Sie getan haben.«

»Was meinen Sie damit – meine Gründe?«

»Corbeau hat uns erzählt, wie edel Sie alle sind. Wie entschlossen Sie alle sind, trotz allem die Menschheit zu retten.«

»Ich bin Wissenschaftler, Mr. Drew, und möchte nicht mehr erleben, daß die Ergebnisse der Wissenschaft in Waffen des Todes verwandelt werden. Wir hatten die Möglichkeit, eine Waffe des Lebens zu schaffen; wir wünschten einfach nicht, daß sie mißbraucht würde.«

»Und das ist der Grund, daß Sie sich freiwillig zur Verfügung stellten?«

»Was?«

»Das ist der Grund, daß Sie sich als Versuchskaninchen zur Verfügung stellten? Oder gab es vielleicht doch noch ein anderes Motiv? Hatten Sie nicht den Wunsch, selbst wieder jung zu sein, Mr. Dancer?«

»Ja – warum nicht? Damit habe ich zwanzig weitere Jahre gewonnen, zwanzig Jahre nützlicher Arbeit . . .«

»Vergessen Sie nicht, Mr. Dancer – ich habe sie kennengelernt. Ihre Frau, die fast vierzig Jahre jünger ist als Sie, eine Frau, die Sie in Wirklichkeit gar nicht – verstehen konnten.«

Hendron-Dancer sprang auf, und krachend landete das Glas auf dem Tisch.

»Sie verdammter lästiger Bulle!« brüllte er. »Das geht Sie überhaupt nichts an!«

»Ich habe mich lange und ausführlich mit ihr unterhalten, und deswegen weiß ich, was in Ihrer Ehe los war. Lorelei hatte ein Vaterbild geheiratet und merkte dann, daß sie auch einen Liebhaber brauchte ...«

»Halten Sie den Mund! Halten Sie Ihr dreckiges Maul!«

»Das war der Grund, warum Corbeaus Vorschlag Sie so aufregte, nicht wahr? Dieser ganze Quatsch über den Nutzen für die Menschheit – daran haben Sie nie einen einzigen Gedanken verschwendet. Sie wollten das Präparat für sich selbst, für Ihren eigenen Nutzen ...«

Die Hände von Hendron-Dancer fuhren aus den seidenen Manschetten seines Hemdes hervor und verwandelten sich in Krallen. Sie wollten Lathams Kehle umkrallen, aber dafür war Lathams Reaktionsvermögen zu schnell. Er packte die dünnen Handgelenke, wirbelte die schmächtige Gestalt herum und bekam sie schließlich in einen nicht ganz gelungenen, aber doch wirkungsvollen halben Nelson.

»Machen Sie keinen Unsinn!« sagte Latham. »Ich möchte Ihnen nicht weh tun, um Himmels willen nicht, und mir ist auch egal, *warum* Sie es getan haben ...«

»Lassen Sie mich los! Sie Bulle!« kreischte Hendron-Dancer und benutzte das, was er für das gemeinste Schimpfwort hielt. »Corbeau!« schrie er. »Hilf mir, Corbeau!«

Corbeau mußte in der Nähe gewesen sein. Er erschien bei der Nennung seines Namens wie ein Stehaufmännchen, wobei Slinger ihm den muskulösen Rückhalt bot. Latham ließ Hendron-Dancer aus dem Griff und schob ihn weg. Um Schutz flehend, stürzte Hendron-Dancer zu Corbeau und kreischte immer neue Beschimpfungen.

Wenn es überhaupt möglich war, dann ging Corbeau noch gröber mit ihm um. Er ergriff brutal die dünnen Arme von Hendron-Dancer und preßte sie ihm an seinen Körper.

»Hör auf!« befahl er. »Hör auf, sage ich! Nimm dich zusammen!«

Hendron-Dancer beruhigte sich zwar, aber wieder liefen ihm die Tränen aus den Augen. »Du weißt nicht, was er zu mir gesagt hat«, winselte er. »Er ist eine Bestie, Corbeau, ein Tier ...«

»Ja«, sagte Corbeau barsch. »Eine Bestie! Ein Tier! Ein dickköpfiger Polizist, Hendron – ich habe es euch vorher gesagt! Ohne den nötigen Verstand, mehr als seine Pflicht zu tun! Ohne die Intelligenz, in den Befehlen seiner Regierung zwischen Gut und Böse zu unterscheiden. Und das ist der Mann, den du verschonen wolltest!«

»O Gott«, sagte Joanna. »Latham, er ...«

»Hendron, Hendron«, sagte Corbeau besänftigend. »Siehst du denn nicht, was los ist! Du bist ein kranker Mann. Und du glaubst, daß diese

Leute sich um dich kümmern werden? Glaubst du wirklich, man würde dir jemals helfen, dein Problem zu lösen, oder dir mit Sympathie entgegenkommen? Glaubst du das wirklich?«

»Nein! Er nicht, der nicht!«

»Und dabei ist er noch besser als die meisten anderen, Hendron. Wach auf! Erkenne die Wahrheit! Tue, was du tun mußt!«

»Ja! Ja, das werde ich!«

Zu Lathams Erstaunen nahm Corbeau daraufhin den schluchzenden Mann in seine Arme – ein Vater, der ein Kind tröstet. Hendron-Dancer weinte bittere Tränen.

»Slinger«, sagte Corbeau sanft. »Bleib bei den beiden, ja?«

»Ja, Mister, ich bleibe.«

»Zeige ihnen deine Pistole, Slinger. Vielleicht haben sie vor deinen Muskeln nicht genügend Respekt.«

Slinger strahlte und zeigte dabei sein mächtiges weißes Gebiß. Er zog Lathams Pistole aus der Tasche und betrachtete sie genießerisch. In seiner riesigen Pranke wirkte sie wie ein Spielzeug.

»Entschuldigen Sie uns jetzt bitte«, sagte Corbeau. »Wir werden uns bald wiedersehen.«

Er legte seinen Arm um Hendron-Dancer und führte ihn dahin, wo – nach Lathams Überzeugung – eine weitere Sitzung des Direktoriums und eine neue Abstimmung stattfinden würde.

Eine Stunde später bewachte Slinger sie immer noch mit wunderbarer Geduld. Die Pistole lag in der offenen Fläche seiner rechten Hand, und gelegentlich betrachtete er sie mit freudigem Blick. Aber den Abzug berührten seine Finger nie.

Als Corbeau zurückkehrte, begleitete ihn eine Frau. Sie blieb in der Tür stehen, betrachtete flüchtig Joannas ängstliches Gesicht und verweilte etwas länger auf Lathams Gesicht. Sie trug einen weißen Laborkittel, der jedoch ihrer breithüftigen Figur nicht gerade schmeichelte. »Wenn ich bekannt machen darf«, sagte Corbeau. »Das ist Tanja Zuwyloff von unserem Stab.«

Sie hatte eine kleine schwarze Handtasche bei sich. Joannas Blick folgte ihr voller Angst, als die Frau die Tasche auf den Tisch stellte und das Schloß aufschnappen ließ. »O Gott«, jammerte Joanna. »Latham, laß sie nicht ...«

»Hören Sie zu, Miss Zuwyloff«, sagte Latham schnell. »Bevor Sie etwas tun, hören Sie mich an ...«

Das hübsche breitknochige Gesicht der Frau war in seiner Teilnahmslosigkeit beinahe orientalisch. Es reagierte nicht auf seine Bitte.

»Corbeau sagte, Sie hätten sich gegen die Gewalt entschieden«, sagte Latham. »Sie müssen also erkannt haben, wie falsch es wäre, und daß alles für Sie dadurch nur noch schwerer wird ...«

Tanja holte eine Spritze heraus und zog eine klare Flüssigkeit auf.

»Glauben Sie vielleicht, wir bleiben einfach sitzen und ließen alles mit uns geschehen? Da müssen Sie sich schon etwas mehr einfallen lassen, Corbeau ...«

»Ich versichere Ihnen, Mr. Drew, daß es sich bei der Injektion lediglich um ein Schlafmittel handelt. Uns ist es lieber, wenn Sie und Miss Sweet im Augenblick kampfunfähig sind.«

»Damit Sie mit uns machen können, was Sie wollen? Uns ins Meer werfen können?«

»Sie erschweren mir meine Aufgabe sehr«, erwiderte Corbeau. Er sagte die Wahrheit; auf seiner Stirn bildeten sich Schweißperlen. »Halten Sie bitte Miss Zuwyloff Ihren Arm hin, Mr. Drew.«

»Aber nicht freiwillig!«

»Slinger! Halte der Dame die Pistole an den Kopf!«

Slinger machte ein verwirrtes Gesicht. Er blickte auf die Pistole in seiner Hand hinunter, aber nicht mehr begeistert.

»Los! Halte ihr die Pistole an die Schläfe!«

»Nein, Sir«, sagte Slinger. »Das kann ich nicht.«

Corbeau knurrte ungeduldig und entriß ihm die Waffe. Er legte den Finger um den Abzug und zielte auf Joanna.

»Machen Sie Ihren Arm frei, Mr. Drew«, sagte er. »Beeilen Sie sich. Ich habe keine Lust, mich mit Ihnen zu streiten.«

Mit stoischer Ruhe stand Tanja da, die Spritze in der Hand. Latham krempelte den Ärmel hoch.

11

Die andere Seite der Brücke

Was denn, Uncle Jack, was machst du in diesem komisch gestreiften Anzug? Und mit dem kleinen weißen Bart? Du bist überhaupt nicht Uncle Jack, du bist ... Ich brauche dich! Gut, du hast mich Bruder genannt, und das bin ich von jetzt ab. Was soll das? Ein guter Rat: Nimm in Anwesenheit ungarischer Huren kein heißes Bad. Katzen. Affen. Achtung, Falle! Hör zu, Papa, wenn ich es nicht schaffe, zur Polizei zu kommen, kann ich immer noch in eine Basketball-Mannschaft eintreten. Paßt auf Konradin auf, er hat den Ball! Schuß! Schuß! Wir werden nicht jünger, verstehst du? Oder vielleicht doch? Latham! Um Himmels willen, WACH AUF!

»Was ist?« sagte Latham. »Was hast du gesagt?«

»Sei still! Rühre dich nicht!«

Joannas kühle weiße Hand lag auf seinem Mund. Woher aber wußte er, umgeben von Finsternis, daß sie weiß war? Er hörte ihren Atem. Das ständige Bumm-Bumm-Bumm ihres Herzens, das Zwisch-Zwisch – wessen?

»Wo sind wir?« sagte Latham. Er versuchte, sich hinzusetzen, aber im gleichen Augenblick fing ein Feuerrad an, sich in seinem Kopf zu drehen.

»Au. Mein Kopf tut weh. Was hat man mit uns gemacht...«

»Pst! Ich weiß nicht, ob sie uns hören können. Sie sind an Deck, Corbeau und Hendron, oder Dancer, oder wie er heißt. Ich habe gehört, wie sie sprachen...«

»An Deck? Du meinst, wir sind auf einem Boot?« Sofort fühlte er sich seekrank.

»Ich bin vor zehn Minuten aufgewacht – oder vor einer halben Stunde, genau weiß ich es nicht. Ich habe mich durch den Raum getastet; es ist eine Kabine. Auch das Wasser habe ich gehört...«

»Also hatte ich recht. Man will uns wie neugeborene Katzen ersäufen...« Er setzte sich hin, und schon bei der Vorstellung, daß sie immer noch lebten, hörten die Schmerzen auf. »Aber das Mittel, das man uns gegeben hat. Seine Wirkung hat aufgehört.«

Mühsam stand er auf – und stieß mit dem Kopf gegen das Kabinendach. Sofort setzte er sich wieder hin und rieb sich den Schädel.

»Paß doch auf!« flüsterte Joanna. »Wenn man uns hört...«

»Hast du Streichhölzer bei dir?«

»Nein.«

Er durchsuchte seine eigenen Taschen und fand in den Falten seines Taschentuches einen Zündholzbrief. Er enthielt nur noch zwei Zündhölzer; eines riß er an und sah sich in der Kabine um. Sie enthielt keine Einrichtung, sondern nur verschiedene Kisten und sonstige Dinge; die Flamme flackerte und erlosch, bevor er sich alles genau ansehen konnte.

»Vielleicht ist irgendwo ein Lichtschalter.« Er tastete sich an der Kabinenwand entlang, um nicht das letzte Streichholz zu vergeuden. Seine Finger entdeckten einen Schalter, der jedoch nicht funktionierte. Er fluchte und begann, den Inhalt der Kabine mit den Fingern abzutasten.

Der Bootsmotor wurde langsamer, das Dröhnen der Vibration im Boden leiser.

»Hier ist etwas. Anfühlen tut es sich wie ein Brecheisen . . .«

»Latham, sie haben deine Pistole. Wie können wir . . .?«

»Ich weiß nicht! Wir werden tun, was wir können.« Schnell erschöpft, setzte er sich wieder hin. »Wie konnte es deiner Ansicht nach passieren? Wir sollten doch bestimmt nicht aufwachen, bevor die Sache erledigt ist. Corbeau wird sicherlich dafür gesorgt haben, daß uns eine hübsch große Dosis des Mittels verpaßt wurde. Damit er uns, bevor wir wieder zu Bewußtsein kamen, ohne Schwierigkeiten über Bord werfen konnte . . .«

Er spürte, wie Joanna zitterte.

»Tanja muß es gewesen sein«, sagte Latham. »Das ist die einzige Erklärung. Sie stimmte schon beim ersten Mal dagegen, uns zu beseitigen; vielleicht hatte sie auch beim zweiten Mal dieselbe Ansicht. Aber an der Entscheidung konnte sie nichts ändern, und so gab sie uns ganz bewußt eine kleinere Dosis dieses Zeugs. Gott segne sie«, fügte er inbrünstig hinzu.

»Was sollen wir jetzt tun?«

»Das einzige, was uns übrigbleibt – abwarten. Meinetwegen können die beiden da oben fünfzig Pistolen haben – wir haben immerhin jetzt auch eine Waffe. Die Überraschung. Sobald sie glauben, daß sie weit genug von der Insel entfernt sind, werden sie herunterkommen. Sie werden annehmen, daß wir bewußtlos sind, und deshalb werden wir uns totstellen. Verstanden? Keinen Laut!«

»Vielleicht hören sie das Klappern meiner Zähne.«

»Zerbrich dir nicht den Kopf. Denen werden die Zähne auch bald anfangen zu klappern.«

Er streckte sich auf den Boden der Kabine aus, den Metallstab nur Zentimeter von seinen Fingerspitzen entfernt.

Zehn Minuten später stoppten die Motoren.

Auf alles war Latham vorbereitet, nur nicht auf das plötzliche grelle Licht. Als die Tür aufging, explodierte das grelle Sonnenlicht in seinen Augen, als zerplatzte lautlos eine Rakete. Unwillkürlich rollte er sich etwas zur Seite, aber glücklicherweise fiel dem Mann, der die Kabine betrat, die Bewegung nicht auf. Er beugte sich herunter, und . . .

Latham schlug mit dem eisernen Stab zu.

Corbeaus Reaktion erfolgte blitzschnell. Er duckte sich zwar, aber doch zu spät, um dem Hieb zu entgehen, der seine Schulter traf. Vor Schmerz stieß er ein Grunzen aus, und sein linker Arm hing nutzlos und gelähmt herunter; aber mit der rechten Hand versuchte er, die Pistole zu ziehen, die in seiner Hosentasche steckte. Latham packte ihn um die Mitte, drehte ihn herum und landete mit der linken Faust einen Treffer gegen Corbeaus behaartes Kinn. Corbeau knallte gegen die stählerne Tür, seine Zähne zusammengebissen in Schmerz und Wut, und seine Augen sprühten Haß, als wäre der Haß seine einzige wirksame Verteidigung.

»Hendron!« brüllte er, und die Pistole erschien in seiner Hand. Er wollte zielen und abdrücken, aber wild holte Latham mit der Eisenstange aus und schlug sie mit aller Kraft gegen Corbeaus Schläfe. Das Funkeln der Augen erlosch, Corbeau sackte zusammen.

Schritte dröhnten oben über das Deck. Das hagere Gesicht mit den scharfen Zügen sah herunter. Und verschwand. Latham löste Corbeaus verkrampfte Finger von der Pistole, nahm sie an sich und hob dann das Brecheisen auf.

»Hier!« sagte er und hielt es dem Mädchen hin. »Nimm!«

»Latham, ich ...«

»Wenn er sich rührt, schlag zu!«

Er kletterte die Kabinentreppe hoch.

Es war ein Tag, erfüllt vom sanften Singen des Passats und dem gedämpften Klatschen der Wellen gegen die Bordwand. Die Sonne war warm, und blau wölbte sich der Himmel, von keiner Wolke getrübt. Ein wahrhaft himmlischer Tag – aber plötzlich landete, aus heiterer Hölle, ein teuflischer Kobold auf seinen Schultern und umklammerte seine Kehle, vor Wut kreischend und wimmernd. Die Pistole war nutzlos; die dünnen Beine des Teufels umschlangen ihn wie Stahlbänder und preßten ihm die Arme an den Körper. Wie ein Tiger auf dem Rücken einer Giraffe, so ritt Hendron-Dancer auf ihm. Latham spürte, daß die Knie unter ihm nachgaben. Er fiel auf das Deck; durch den Aufprall lockerte sich jedoch die Umklammerung der Kreatur, die – wild schluchzend – versuchte, ihn wieder in die Gewalt zu bekommen. Hin und her rollten sie, gefährlich dicht am Rand der Bordwand. Dann spürte Latham in der Hand den kühlen Griff der Waffe; er umklammerte sie. Ein Schuß löste sich, und mit leiser Stimme sagte Hendron-Dancer: »Ah.« Seine verkrampften Arme und Beine lösten sich von Lathams Körper.

Latham stand auf; Hendron-Dancer blieb jedoch, wo er war, die Knie auf lächerliche Weise in die Luft gestreckt, so daß er wie ein auf dem Rücken liegendes Insekt aussah. Dann rollte er auf die Seite, und die Hemdbrust verfärbte sich.

Er lebte noch. Latham konnte seinen regelmäßigen Atem hören, jeder Zug wie ein Seufzer des Bedauerns.

Er beugte sich über ihn; wenn es ihm möglich war, wollte er Hendron-Dancer retten. Das hier war der Mann, den zu finden man ihn ausgeschickt hatte. Er riß das Hemd auf, um die Wunde zu untersuchen.

Dann aber wurde ihm übel; er taumelte an die Reling des Bootes und übergab sich. Als er sich dem Verwundeten endlich wieder zuwenden konnte, war das Deck mit Blut verschmiert, und Hendron-Dancer hatte aufgehört zu seufzen.

Er schob die Pistole in die Gesäßtasche und überprüfte als erstes die Armaturen des Bootes. Dann kletterte er wieder die Kabinentreppe hinunter. Das Bild hatte sich nicht verändert: Joanna stand immer noch da, vor Entsetzen wie gelähmt, bewachte die zusammengekrümmte Gestalt Corbeaus, und ihre Hand hielt das Brecheisen umklammert. Als sie ihn sah, fing sie an zu schluchzen, und beim Anblick der Blutflecke auf seinem Hemdärmel wurde sie beinahe ohnmächtig.

»Mir ist nichts passiert«, sagte Latham schnell. »Das Blut stammt von Hendron.« Verbittert betrachtete er Corbeau. »Auch das kannst du ihm ankreiden, nicht mir.«

»Er hat sich nicht gerührt, Latham.«

Latham hockte sich neben Corbeau. Als er wieder aufblickte, sagte er: »Er wird sich auch nicht mehr rühren.«

»O Gott!«

Er stand auf, und bei der Erinnerung an das, was er oben an Deck gesehen hatte, krampfte sein Magen sich zusammen. »Ich hole Hendrons Leiche. Dann bringen wir das Boot nach Nassau.«

»Nach Nassau?«

»Treibstoff haben wir genug; bevor ich wieder herunterkam, habe ich mich davon überzeugt. Wir werden das Boot den Behörden übergeben und ihnen zugleich die Brücke überlassen. Soll ein anderer entscheiden, was damit geschehen soll.«

»Glaubst du wirklich, daß wir das tun sollen?«

»Was bleibt uns denn sonst übrig?«

»Ich weiß es nicht«, sagte Joanna unglücklich. »Ich dachte nur an die anderen Leute auf der Insel. Nicht alle standen auf Corbeaus Seite, Latham – das weißt du.«

»Sie sind aber genauso verrückt wie Corbeau war. Und wenn sie erfahren, daß er tot ist ...«

»Aber vielleicht wäre es falsch, ihnen alles zu verderben. Nicht alle sind wie er, Latham; sie versuchen, den Menschen zu helfen.«

»Es ist nicht falsch – das mußt du mir glauben. Ihr Geheimnis stinkt zum Himmel, Jo, und ist völlig nutzlos.«

Joanna legte ihre Arme um ihn, und ihr Gesicht lag an seiner Schulter.

»Ich möchte nur, daß du keinen Fehler begehst, Latham. Einige dieser Leute sind Freunde von uns; du hast selbst gehört, was Corbeau von der

Abstimmung erzählte. Und du weißt, was Tanja getan hat. Wenn sie nicht gewesen wäre . . .«

»Jo, bitte!«

»Wenn wir einfach zurückfahren und ihnen alles erzählen, ihnen erzählen, was passiert ist? Könnten wir das nicht tun, Latham?«

»Ich sehe dazu keinen Grund«, sagte er.

»Erspare es mir bitte, dich dazu zwingen zu müssen, Latham – bitte!«

»Was?« Ungläubig sah er sie an. Ihr Gesichtsausdruck war so flehend, daß er beinahe lachte. »Was, zum Teufel, meinst du damit? Wozu willst du mich zwingen?«

»Zurückzufahren. Niemandem etwas davon zu verraten, zumindest so lange nicht, bis wir sicher sind, auch das Richtige zu tun.«

Dann erst merkte er, daß sie ihm die Pistole aus der Gesäßtasche gezogen hatte – heimlich, unter gespielter Zuneigung. Sie zielte nicht auf ihn; sie hielt die Pistole lediglich in der Hand.

»Hör zu, Jo . . .«

»Bitte nicht«, sagte sie und trat einen Schritt zurück. »Mit diesem Ding in der Hand komme ich mir so lächerlich vor, so albern. Laß uns umkehren und zur Insel zurückfahren, bitte. Um meinetwillen.«

»Um deinetwillen? Jo, möchtest du nicht endlich mit dem Unsinn aufhören? Diese Leute haben dich einer Gehirnwäsche unterzogen . . .«

»Das hat niemand, Latham, glaube mir. Ich

finde nur, daß wir zurückfahren sollten. Corbeau war ein gräßlicher Mann, aber mit einigen Dingen, die er sagte, hatte er recht. Das weißt selbst du.«

»Du gehörst doch nicht etwa zu denen? Das ist unmöglich!«

»Nein, ich gehöre nicht dazu! Natürlich nicht, Latham!«

»Was soll dann das alles?« Er näherte sich ihr, und jetzt zielte sie auf ihn, hielt die Pistole umklammert, die Mündung in Höhe seines Herzens. Ihr Blick war gequält, aber ihre Lippen waren vor Entschlossenheit weiß.

»Ich möchte nicht, daß das Geheimnis bekannt wird«, sagte Joanna. »Ich möchte es einfach nicht, Latham, noch nicht. Ich gehöre bestimmt nicht dazu, aber ich wußte, daß die Formel existiert ...«

»Du wußtest über sie Bescheid? Über die Brücke?«

»Ja.«

»Auch schon in London?«

»Ach, jetzt fängst du an, mich zu hassen!« sagte sie unwillig. »Jetzt hältst du mich für gräßlich! Du glaubst, ich hätte dich nur benutzt ...«

»Ich habe, verdammt noch mal, keine Ahnung, was du getan hast! Um Himmels willen, Jo ...«

»Ich habe immer *gewußt*, daß ich für diesen Auftrag nicht geeignet bin; aber sie haben darauf bestanden. Sie haben mich dazu gezwungen, Latham. Gewollt habe ich es nicht!«

»Wer hat dich gezwungen?«

Sie lehnte sich mit dem Rücken an die Kabinenwand und seufzte vor Erschöpfung.

»Wir haben keinen Namen«, sagte sie müde. »Wahrscheinlich kann man uns als Gegenbrücke bezeichnen. Es gab nur – uns. Ruth, Olga, Tanja, Bettina und – ich weiß nicht, wer alles daran beteiligt war. Als ich Ruth in Paris kennenlernte, schien die ganze Sache so aufregend, so ungeheuer zu sein ...« Ihr Blick wurde sanft. »Setz dich, Latham«, sagte sie freundlich. »Du siehst so ... Bitte, setz dich.«

Latham starrte sie immer noch an, setzte sich dann jedoch langsam auf den Boden der Kabine.

»Ruth war es, die zuerst von der Brücke erzählte – und auch von der Gegenbrücke. Sie machten sich damals schon Gedanken, beide Seiten. Wer die Gegenbrücke organisierte, weiß ich nicht, aber offenbar war es jemand mit Verbindungen, jemand, der auch Leute in den oberen Schichten kannte. Man wußte alles über Mr. Swickert und Corbeau, obgleich ich Dancers Namen nie gehört habe.

Jedenfalls wußte man Bescheid. Ruth war deswegen so überarbeitet, daß sie kaum sprechen konnte. Wahrscheinlich habe ich nie daran gedacht, daß Ruth eine Wissenschaftlerin war; sie war mit mir zusammen im College, als Hauptfach hatte sie Biologie belegt, und damals arbeitete sie für diese überaus tüchtige Frau, diese Dr. Sylvia Guttermann, in Paris. Jedenfalls war Dr. Guttermann von Corbeau aufgefordert worden, mit diesem Faraday zusammenzuarbeiten, und zwar bei irgendwelchen speziellen Untersuchungen, die er durchführte. Sie lehnte ab, weil Faradays Laboratorium in München oder in der Nähe lag, und Dr. Guttermann mußte immer noch an die Dinge denken, die mit Deutschland und dem Krieg zusammenhingen.

Auf diese Weise erfuhr Dr. Guttermann jedoch, was vorging, daß eine Gruppe von Wissenschaftlern tatsächlich den Schlüssel zur Verjüngung entdeckt hätte. Sie sprach mit anderen darüber, auf diese Weise entstand dann diese Gegenbrücke.

Die Gegenbrücke hatte nicht die Absicht, irgend jemanden an der Vervollkommnung der Formel zu hindern – ganz bestimmt nicht. Man *wollte* sogar, daß die Formel vervollkommnet würde. Aber man wollte auch dafür sorgen, daß sie entsprechend verwendet würde – das war die Idee, die dahintersteckte, Latham.

Weißt du, wir waren lauter *Frauen. Nur Frauen.*

Mein Gott, ich wünschte, du hättest Ruth hören können. Dann würdest du alles so viel besser verstehen, Latham. So, wie sie sich ausdrückte.

Gerade *weil* wir nur Frauen waren, war es so wichtig. Die Männer haben bisher immer alles allein bestimmt und vieles so falsch gemacht –

wie konnte man *Männern* so etwas anvertrauen? Verstehst du, Liebling? Es war dringend notwendig, daß *Frauen* die Führung übernahmen; wir waren an der Reihe, die Erde in eine bessere Welt zu verwandeln. Ich meine damit, daß Frauen zwar keine Armeen befehligen können, daß wir auch keine Waffen erfinden und sie verwenden können. Aber so etwas wie dies, eine Waffe des Lebens – das war der ideale Fall. Ach, wenn ich nur noch wüßte, wie Ruth es ausdrückte!

Natürlich wußten wir, daß es nicht einfach sein würde. Wir mußten sehr klug sein und uns aller möglichen Taktiken bedienen.

In erster Linie mußten wir in die Löwenbrücke eindringen. Das war nicht schwer, weil die Löwenbrücke nicht wußte, was wir planten – Corbeau und die anderen. Da war, zum Beispiel, Tanja – Tanja Zuwyloff; sie wurde mit offenen Armen aufgenommen. Weißt du, Liebling, das ist auch der Grund, daß Tanja uns nicht eine starke Dosis des Schlafmittels gab. Sie wollte nicht, daß mir – daß uns etwas passierte. Tanja ging zur Brücke, um an der Formel mitzuarbeiten, und dasselbe tat Bettina Simpson, um genau aufzupassen, was passierte. Sobald sie wußten, daß die Formel vervollkommnet war, wollten wir – wollten wir sie übernehmen.

Ach, ich weiß genau, was du jetzt denkst. Wahrscheinlich hätten wir dazu einige Leute umbringen müssen. Aber es wäre auch notwendig gewesen,

Latham, das ist dabei der springende Punkt. Selbst Corbeau – ich meine, angeblich soll er so verdammt edel sein, aber auch er hätte uns leichten Herzens umgebracht, um das Geheimnis zu wahren, oder? Und die Gegenbrücke war genau derselben Ansicht.

Das gilt auch für Carvy, den Engländer. Als er von Shovel Cay entkam, hatten wir vor dem, was er möglicherweise tun würde, genausoviel Angst wie Corbeau. Aber wir waren nicht so empfindlich. Du weißt selbst, was Olga tat. Sie tat es, weil sie mußte. Dasselbe hätte sie fast mit dir gemacht, weil wir glaubten, du wärest für uns gefährlich. Die Sache damals tut mir leid, Latham, denn ich war diejenige, die Olga in jener Nacht auf deine Spur setzte. Das war, bevor ich ... Jedenfalls gelang es Olga nicht, dich umzubringen; wir trafen uns zu einer Besprechung und beschlossen, am besten wäre es, dich weiter nach Dancer suchen zu lassen. Ich meine, wir wollten zwar nicht, daß nun die Regierung der Vereinigten Staaten hinter die Angelegenheit kam, aber du, Latham, konntest uns eigentlich gar nicht schaden, solange – solange ich in deiner Nähe war ...

Sieh mich bitte nicht so an, Liebling. Du mußt verstehen, daß ich für Mr. Swickert arbeitete, weil die Gegenbrücke es so wollte. Ich bin tatsächlich Krankenpflegerin, verstehst du, eine sehr gute Krankenpflegerin mit guten Referenzen. Das war auch in erster Linie der Grund, daß Ruth Verbindung zu mir aufnahm; sie glaubte, ich könnte in Mr. Swickerts Umgebung bleiben, würde also immer sofort erfahren, was Corbeau und Mr. Swickert taten.

Du darfst mich jetzt nicht hassen, Latham, bitte nicht. Ich tue nur, was ich für richtig halte. Einiges, was Corbeau sagte, ist vernünftig; wir können nicht zulassen, daß das Geheimnis bekannt wird. Wir müssen es benutzen, Latham, zum Wohle der Menschen. Verstehst du? Verstehst du mich?«

Latham fand seine Stimme wieder.

»Du meinst, zum Wohle der Frauen?«

»Das habe ich nicht gesagt.« Für einen kurzen Augenblick blitzte Zorn in ihren Augen auf. »Wahrscheinlich bist du wie alle Männer. Du glaubst nicht, daß Frauen mit einer so wichtigen Angelegenheit fertig werden können. Du glaubst, daß nur Männer Verstand besitzen.«

»Kaum. Ich hatte nicht einmal genügend Verstand, die Wahrheit auch nur zu ahnen. Und Corbeau auch nicht.«

»Du wirst es erleben, Latham. Wenn *wir*, die Frauen, die Formel haben, wirst du sehen, wie klug wir sind. Mit ihrer Hilfe werden wir Abmachungen treffen, gute Abmachungen. Wir werden dafür sorgen, daß Kampf und Zank und Tod endlich aufhören und . . . Ach, warum kannst du es denn nicht *verstehen*?«

»Wer sagt, daß ich es nicht verstehe?« Grinsend

sah er sie an. »Es klingt vernünftiger als alles, was ich bisher gehört habe. Natürlich möchten Frauen die Formel kontrollieren, Jo. Das ist die natürlichste Sache der Welt.«

»Ist das dein Ernst?«

»Aber sicherlich.« Vorsichtig erhob er sich. »Ja, vielleicht habt ihr euch gegenseitig von eurer Nächstenliebe überzeugt. Wahrscheinlich mußtet ihr es. Ihr konntet eure wahren Gefühle in dieser Angelegenheit doch nicht zugeben, nicht wahr?«

»Was soll das heißen?«

»Mein Gott, schließlich geht es doch um das Geheimnis der Jugend! Was könnte für eine Frau wichtiger sein? Jugend ist doch euer ganzes Kapital, nicht wahr? Jugend und Schönheit?«

»Latham!«

»Ich mache es dir nicht zum Vorwurf, Jo. *Vive la différence* und so weiter. Frauen hassen es, alt zu werden, nicht wahr? Sie hassen es, eines Tages die Fältchen um die Augen und den Mund zu entdecken, die schlaffe Haut der Wangen und den faltigen Hals ... Los, Jo, sag die Wahrheit. Deswegen allein existierte doch die Gegenbrücke, das war es doch, was euch vorschwebte ...«

»Du bist widerlich!«

»Eitelkeit, Jo. Das dürfte es meiner Ansicht nach gewesen sein.«

Joanna wurde puterrot. »Glaubst du etwa, daß es bei Corbeau nicht auch *Eitelkeit* war? Wie kamen die Leute darauf, überzeugt zu sein, daß *sie* ein Anrecht auf die Formel hätten? Wer waren *sie* denn schon, um zu entscheiden, wer leben und wer sterben soll? Ach, du ekelst mich an, Latham, ehrlich! Männer!«

»Dabei sind wir gar nicht so schlecht. Wir begehen Fehler ...«

»Corbeau hat Fehler gemacht!« sagte sie hitzig. »Alle haben Fehler gemacht! Sie waren empfindlich und nicht bereit, das zu tun, was getan werden mußte ...«

»Aber die Frauen? Sie wären nicht so empfindlich gewesen?«

»Nein! Wir nicht! Das war immer nur euer Problem, diese lächerliche Sentimentalität; deswegen haben die Männer auf dieser dummen Welt immer ihren Willen durchsetzen können!«

»Würdest du mich tatsächlich umbringen, Jo? Wenn ich versuchte, dir die Pistole abzunehmen?«

»Ich täte es, Latham. Ich würde es abscheulich finden – aber ich täte es.«

»So viel bedeutet es für dich?«

»Für mich bedeutet es alles!« Erbittert stampfte sie mit dem Fuß auf. »Und du bedeutest mir genausoviel, du Dummkopf. Zwinge mich nicht, mich entscheiden zu müssen. Du weißt, daß du uns helfen könntest. Wir brauchten nicht Feinde zu sein.«

»Soll das bedeuten, daß der Klub den Plan hat, eine männliche Hilfstruppe aufzustellen?«

»Um Himmels willen, sei doch endlich vernünftig! Möchtest du denn tatsächlich alt werden? So verschrumpelt und uralt wie Mr. Swickert? Das möchtest du nicht, Latham. Das möchte keiner ...«

»Und das meintest du vorhin, als du von Abkommen sprachst?«

»Du kannst es nennen, wie du willst.«

Latham rieb sich die Wange.

»Die Frage ist nicht schlecht. Ich bin nicht unbedingt überzeugt, daß ich *gern* alt werde. So, wie Rabbi Ben Ezra es ausdrückte, klingt es ganz nett, aber ich würde wahrscheinlich nicht gerade erfreulich altern. Aller Wahrscheinlichkeit nach werde ich vielmehr egoistisch, schrullig und rechthaberisch sein und meine Enkelkinder verwöhnen ... Aber ich kann mich auch an eine Zeit erinnern, als ich keineswegs jung sein wollte.« Er lächelte betrübt. »Wahrscheinlich möchte ich gar nicht um diese Erfahrung betrogen werden, Jo. Besonders nicht zu dem Preis, den ich für eure Formel bezahlen müßte.«

»Welchen Preis? Wenn du deine dumme Pflicht meinst –«

»Nein, daran hatte ich nicht gedacht. Ich dachte vielmehr an Hendron und an das, was die Formel bei ihm auslöste. Weißt du eigentlich, was mit ihm passierte, Jo?«

»Er wurde wieder jung! Sie verwandelten einen Greis in einen jungen Mann!«

»Warst du dabei, als es geschah? Haben deine Freundinnen diesem Experiment beigewohnt?«

»Nein. Aber seinen eigenen Augen kann man doch wohl trauen, oder?«

»Ja«, sagte Latham. »Ich kann meinen eigenen Augen trauen. Vielleicht würdest du deinen nicht glauben. Geh nach oben, Jo, an Deck. Und sieh ihn dir genau an.«

Die Pistole schwankte. »Wovon redest du eigentlich? Was ist mit Hendron los?«

»Ich wußte, daß mit Hendron irgend etwas nicht stimmte, noch bevor ich erfuhr, wer er tatsächlich ist. Aber du hast keine Ahnung, wie sehr es mit ihm tatsächlich nicht stimmt. Los!« sagte er barsch. »Sieh ihn dir selbst an!«

»Ist das auch kein Trick?«

»Nein«, sagte Latham. »Das ist kein Trick.«

Joanna drehte sich um und ging hinaus, die Pistole in der Hand.

Als Latham von oben den entsetzten Schrei hörte, wußte er, daß er ungefährdet hinaufgehen konnte. Er trat in das Sonnenlicht und sah sie gegen das Kabinendach lehnen, die Hände vors Gesicht geschlagen. Die Pistole lag am Boden; er machte sich jedoch nicht die Mühe, sie wieder an sich zu nehmen.

»Was ist das?« schluchzte sie. »O Gott, Latham. Was soll das?«

»Das ist der Preis«, sagte er. »Ein hoher Preis. Die Formel, für die ihr euch umbringt, wirkt, das stimmt. Sie tut, was jeder von ihr erwartet, und noch mehr. Sie stellt die ganze Hormonstruktur des Körpers auf den Kopf. Hendron wurde zwar wieder jung, aber zugleich wurde er ein Hermaphrodit, wurde er Mann und Frau zugleich ... Das bewirkt eure Formel, Jo; dazu verwandelt sie euch. Vielleicht hätte dieser Gritzkij die Lösung gefunden, vielleicht auch nicht, das wird man nie genau erfahren ...«

»Es ist entsetzlich! So entsetzlich!«

»Wenn das die ewige Jugend ist, die ihr euch wünscht, Jo – dann herzlichen Glückwunsch.«

Sie nahm die Hände vom Gesicht und sah ihn an.

»Sag mir, was ich tun soll, Latham«, sagte sie sanft.

Slinger stand am Strand, als der Kabinenkreuzer sich dem Ankerplatz näherte, und seine mit Sandalen bekleideten Füße gruben sich tief in den Sand. Er gab eine imposante Schildwache ab mit seinem schwellenden Trizeps auf den verschränkten Armen; seine Miene blieb gleichgültig, als er Latham am Ruder erkannte. Latham hatte nicht angenommen, daß der Goliath irgendwelche Schwierigkeiten machen würde; seine Loyalität gegenüber Corbeau war offensichtlich gekauft. Aber für alle Fälle hatte Latham seine Pistole sichtbar in den Hosenbund gesteckt.

Der Landrover war ein Dutzend Meter von Slinger entfernt. Als Latham Joanna an den Strand half, nickte er in Richtung des Fahrzeugs und sagte: »Fahr uns zum Haus zurück, Slinger. Wir möchten mit den anderen sprechen.«

Slinger machte ein zweifelndes Gesicht. »Und Mr. Corbeau, Sir?«

»Mr. Corbeau kommt nicht an Land«, sagte Latham. »Mr. Hendron auch nicht. Fahr uns zum Haus und sag den Leuten im Laboratorium, sie sollen zu uns kommen. Es sei wichtig.«

Der Riese zögerte und blickte erst zu dem vor Anker liegenden Boot, dann auf die Pistole in Lathams Bund. Schließlich zuckte er mit den Schultern, grinste sie mit gebleckten weißen Zähnen an und ging zum Wagen.

In Faradays Wohnzimmer goß Latham sich schnell einen Drink ein und dasselbe noch einmal für Joanna. Sie trank das Glas gierig aus; durch das Brennen in der Kehle liefen ihr Tränen aus den Augen, aber sie ließ nicht einen einzigen Tropfen übrig.

Dann erschienen sie.

Der erste, der eintrat, war ein vierschrötiger Mann in einem schmutzigen Laborkittel. Mit Ausnahme der Augen, die hinter den dicken Brillengläsern kurzsichtig zusammengekniffen waren, hatte er kräftige teutonische Züge. Er starrte die Fremden an; seine rechte Hand schloß und öffnete sich, als sehnte sie sich nach der Kühle einer Retorte.

»Mein Name ist Drew«, sagte Latham. »Sicherlich hat Mr. Corbeau von mir erzählt.«

»Drew? Ja«, knurrte der Mann. »Der amerikanische Störenfried.«

»Sie sind vermutlich Baumleiter.«

Baumleiter wollte anscheinend irgendeine Obszönität von sich geben, hielt sich dann jedoch zurück, weil Tanja Zuwyloff hinter ihm auftauchte. Er wurde rot und machte ihr mit einer linkischen Bewegung, die eine Verbeugung sein sollte, Platz. Tanja senkte den Blick, als sie Baumleiter sah, und Latham hatte den Verdacht, daß es zwischen ihnen zu einer kleinen Romanze gekommen war. Im nächsten Augenblick erschienen noch ein zierlicher, rundgesichtiger Orientale, offenbar Dr. Takura, und eine üppige, vogelähnliche Frau, Bettina Simpson. Der letzte, der das Zimmer betrat, war Dr. Basil, ein hagerer Engländer, auf dessen faltigem Gelehrtengesicht ein überraschter Ausdruck festgefroren war. Unsicher standen sie herum, bis Latham in einer Mischung aus Englisch, Russisch und Zeichensprache sie aufforderte, Platz zu nehmen.

Bettina Simpson war es, die zuerst sprach; ihre Stimme klang nasal und vorwurfsvoll.

»Kommen Sie zum Thema, Mr. Drew. Wir wissen, wer Sie sind und warum Sie auf die Insel kamen. Mr. Corbeau berief eine Versammlung ein...«

»Ja«, sagte Latham. »Über Ihre Versammlungen weiß ich Bescheid. Und als Folge der letzten fuhren Corbeau und jener Mann, den Sie Hendron nennen, mit uns hinaus und versuchten, uns umzubringen. Leider muß ich Ihnen mitteilen, daß beide bei diesem Versuch ihr Leben verloren haben.«

Baumleiter fluchte; die anderen nahmen die Information mit ausdruckslosem Gesicht auf. Ob der Grund Ungläubigkeit oder Schock war, konnte Latham nicht sagen.

»Ich weiß, wer Sie sind«, sagte Latham. »Ich weiß, daß Sie Wissenschaftler und keine Verbrecher sind. Aber dadurch, daß Sie Corbeau nachgaben, haben Sie sich der Beihilfe zum Mord schuldig gemacht. Gegen jeden einzelnen von Ihnen wird man schwere Beschuldigungen erheben; die Tatsache, daß Sie Angehörige verschiedener Staaten sind, ändert daran nichts. Die Interpol ...«

»Einen Augenblick, bitte.« Das war Dr. Takura. »Mr. Drew, Sie scheinen die hier getroffenen Entscheidungen falsch zu verstehen. Nicht jeder von uns hat für das extreme Vorgehen gestimmt, das Monsieur Corbeau empfahl.«

»Aber dennoch ließen Sie es zu. Sie ließen zu, daß der Beschluß durchgeführt wurde, obgleich Sie wußten, daß dies Mord bedeutete. Meiner Ansicht nach kann man gegen Sie daher Anklage sowohl aus moralischen als auch aus juristischen Gründen erheben!«

Vielsprachiges Stimmengewirr erfüllte das Zimmer mit Rufen, Widerrufen und Beleidigungen, und es herrschte ein so großes Durcheinander, daß Latham kaum etwas verstehen konnte. Mit dem einzigen Instrument, das sich in seinem Besitz befand, rief er die Anwesenden zur Ordnung: mit dem Griff seiner Pistole. Das Klopfen und das Klopfinstrument wirkten überzeugend. Langsam wurde es wieder ruhig.

»Hören Sie jetzt genau zu!« sagte er. »Ich habe keine Lust, irgend etwas gegen irgend jemanden zu unternehmen. Ich bin überzeugt, daß Sie alle guten Glaubens handelten, daß Sie Menschen von Grundsätzen und Verantwortungsbewußtsein sind. Aber folgendes kann ich Ihnen jetzt schon mitteilen: Als Organisation ist die Löwenbrücke erledigt.«

»Faschist!« brüllte Baumleiter und sprang auf. »Der Wissenschaft kann man keine Handschellen anlegen! Die Arbeit muß weitergehen!«

»Ich spreche nicht von Ihrer Arbeit! Tun Sie, was Sie wollen. Niemand wird Ihre Forschungen verbieten, und niemand will es. Aber über folgendes müssen Sie sich vollkommen klar sein: Wenn die ganze Geschichte bekannt wird, sind Ihre Vorstellungen von einer ›Geheimorganisation‹ erledigt. Ein für allemal, Mr. Baumleiter – kapiert? Vielleicht ist die Welt nicht gut genug, Ihren Segen zu empfangen; aber trotzdem wird die Welt alles erfahren ...«

»Joanna!«

Tanja Zuwyloff war aufgestanden; sie hatte

die Hände in die Hüften gestützt, und auf ihren Wangen erschienen rote Flecken.

»Steckst du mit ihm unter einer Decke?« sagte sie mit sonorer Stimme. »Bist du damit einverstanden?«

»Ja!« Joanna umfaßte die Schultern der Frau. »Ja, Tanja, es muß sein! Weißt du denn nicht, woraus das verdammte ›Geheimnis‹ besteht? Weißt du denn nicht, was mit Hendron los war?«

»Hendron wurde wieder jung!«

Joanna wandte ihr Gesicht den anderen zu. »Weiß denn keiner die Wahrheit?«

Niemand schien sie zu verstehen.

Dann erhob sich Takura.

»Ich assistierte bei dem Experiment mit Hendron. Ich kenne die Wahrheit, Miss Sweet.«

Alle sahen ihn an.

»Das Resultat war nicht unerwartet«, sagte Takura ruhig. »Zumindest nicht für mich.«

»Drücken Sie sich verständlicher aus, Mr. Takura«, sagte Latham unwillig. »Erklären Sie genau, woraus das Resultat bestand. Erklären Sie, welche Art von Nebenprodukt Ihre Formel bewirkte.«

Takura verbeugte sich leicht.

»Die aufgetretenen geschlechtlichen Folgen, Mr. Drew, können nicht eigentlich als Nebenprodukt bezeichnet werden. Ich würde es anders ausdrükken. Die ursprünglich von Hamilsberg, Chiappe und Dr. Faraday geschaffene Formel war, trotz der später gemachten Verbesserungen, im wesentlichen ein Präparat, das das Hormongleichgewicht des Körpers veränderte. Das Resultat war Hermaphroditismus. Das eigentliche ›Nebenprodukt‹, wenn Sie so wollen, war die Verjüngung.«

Dr. Basil hob die Hand.

»Das kann nicht stimmen! Es gibt keine menschlichen Hermaphroditen, Takura. Das ist ein Mythos. Nur in den niedrigen Ordnungen ...«

»Sie können eine Bezeichnung wählen, die Ihnen geeignet erscheint, Doktor. Die Formel, an der wir alle arbeiteten, hat bei unseren Versuchstieren widersprechende Resultate hervorgerufen. Bei menschlichen Versuchspersonen ist das Ergebnis jedoch dem Andromonoezismus beim Mann und dem Gynomonoezismus bei der Frau verwandt. Die sekundären Merkmale beider Geschlechter sind ...«

Tanjas Aufschrei war ein Schrei des Entsetzens. »Warum haben Sie uns nichts davon gesagt? Sie wußten es und sagten nichts?«

»Ich habe mich an diesem Vorhaben im Interesse der Forschung beteiligt, Miss Zuwyloff. Und aus keinem anderen Grund. Wie Sie wissen, hatte ich nicht das geringste Interesse an Monsieur Corbeaus ideologischen ...«

Bettina zog ihre schmächtigen Schultern hoch. »Geschmacklos!« sagte sie verächtlich. »Als wäre ich nicht Manns genug ...«

»Ich habe ihn gesehen«, sagte Joanna heftig.

»Ich habe Hendron auf dem Boot gesehen. Es war ein entsetzlicher Anblick, Tanja! Entsetzlich! Wir können nicht . . .«

»Doch!« sagte Basil. »Wir dürfen damit nicht aufhören, wir können es nicht! Wir müssen weitermachen, wohin uns die Arbeit auch führen mag . . .«

»Also gut!« sagte Latham. »Ich habe Ihnen bereits mitgeteilt, daß Sie tun können, was Sie wollen. Aber, Gentlemen – und Ladies: die Brücke ist geschlossen. Für immer. Sie können Ihre Forschungen fortführen, wo Sie wollen, nicht jedoch auf Shovel Cay. Ist das klar?«

Das darauf einsetzende Murmeln nahm Latham als Zustimmung.

»Natürlich wird eine Untersuchung stattfinden; ich werde alles tun, damit die Rolle, die Sie hier spielten, verständlich wird. Jetzt schlage ich vor, daß Sie sich wieder in Ihre Unterkunft begeben und alles vorbereiten, um die Insel zu verlassen.«

Sie standen auf, scharrten mit den Füßen und machten verdutzte Gesichter. Leise vor sich hin murmelnd, verließ Dr. Basil den Raum. Bettinas hagere Schultern hingen herunter. Tanjas Hand suchte Trost bei Baumleiter. Nur Dr. Takura verließ das Zimmer, wie er es betreten hatte: gelassen und ungerührt.

Angesichts des leeren Raumes sagte Joanna: »Du hast ihnen nichts von der Gegenbrücke erzählt, Latham. Nichts von Olga und Carvy . . .«

»Dazu bestand im Augenblick keine Notwendigkeit. Aber der Polizei werde ich es mitteilen müssen, Jo. In London ist ein Mord geschehen, der aufgeklärt werden muß.«

»Vielleicht zieht man uns zur Verantwortung. Tanja, Bettina, Ruth und – mich. Möchtest du das?«

»Trotzdem muß ich es mitteilen, Jo.«

»Dann werde ich mich wohl auch bereit machen müssen. Es war albern von mir, die vielen Kleider mitzubringen, oder? So viele hätte ich gar nicht gebraucht, oder?«

Er antwortete nicht.

»Wir werden uns nachher noch sehen, Latham.«

Sie wandte sich zum Gehen, aber der Ausgang war blockiert. Der Rollstuhl von Norman Swikkert hinderte sie, das Zimmer zu verlassen, und in den tiefliegenden Augen Swickerts funkelte ein schwaches Licht.

»Ich habe alles gehört«, krächzte er. »Ich habe alles gehört. An mich denkt keiner, was? Aber gehört habe ich alles, jedes Wort.«

»Mr. Swickert«, sagte Joanna mühsam. »Bitte, versuchen Sie zu verstehen ...«

»Verstehen!« fauchte er. »Ich habe sehr gut verstanden! Alles hat man mir genommen, alles. Das viele Geld – und für nichts.«

»Die Formel ist schlecht, Mr. Swickert; sie funktioniert nicht! Ihre Folgen sind schrecklich ...«

»Sie macht mich zur Frau, was?« Er kicherte mit gebrochener Stimme. »Glauben Sie etwa, das machte mir etwas aus? Neunzig Jahre habe ich als Mann gelebt – höchste Zeit für eine Veränderung. Glauben Sie, das kümmerte mich? Ich will leben!« kreischte er. »Leben! Daran lasse ich mich nicht hindern, nicht nach dem allem, von keinem ...«

»Fahren Sie in Ihr Zimmer zurück, Mr. Swikkert«, sagte Latham. »Sie können jetzt nichts mehr ändern. Wir werden Sie mit den anderen wieder nach Nassau bringen und dafür sorgen, daß Sie nach Hause gebracht werden.«

»Ich will nicht nach Hause! Ich will das Präparat! Das Präparat! Mich kann man nicht betrügen!«

»Nicht doch!« sagte Joanna mitleidig. »Es wird Ihnen nicht bekommen, Mr. Swickert, Sie wissen doch, Ihre Anfälle ...«

»Lassen Sie mich in Ruhe! Sie haben versucht, mich zu betrügen! Ich will jung sein! Corbeau hat gesagt, ich würde wieder jung!«

»Bitte ...«

Die Decken, die Swickerts Beine umgaben, teilten sich, weggeschleudert von skelettartigen Händen, von so dürren Fingern, daß jedes Gelenk deutlich erkennbar war, von Fingern, die sich um die lange schimmernde Flinte krampften, um den glatten braunen Schaft der Schrotflinte, sie umklammerten, sich zitternd um den Abzug legten ...

»Mr. Swickert! Um Gottes willen!«

»Swickert!« brüllte Latham. »Nicht!«

Aus Verzweiflung wurde Kraft, Kraft zum Halten und zum Abdrücken. Mit dem Donnern eines Kanonenschusses ging die Schrotflinte los; auf so kurze Entfernung brachte der Schuß den Tod so schnell, daß Joanna Sweet weder einen Laut des Protestes noch – gnädigerweise – des Schmerzes ausstieß, als sie starb: schnell starb und jung starb.

12

Die Brücke ist geschlossen

Uncle Shortlake fand an der Gesellschaft keinen Gefallen. Amüsiert beobachtete Latham ihn, wie er bei den Canapés auf den Tabletts der Kellner angewidert die Nase rümpfte, Champagner ablehnte und bei jedem Bart oder ungewöhnlichen Kostüm die Stirn in Falten legte. Oder seine dichten Augenbrauen bei jedem Wortschwall in Französisch, Deutsch, Hindustani, Italienisch oder Griechisch hochzog. Der Grund war nicht, daß Uncle Jack etwa an den internationalen Hauch einer derartigen Veranstaltung nicht gewohnt war; in Washington mußte er so etwas häufig genug erleben. Aber Shortlake betrachtete sich als im Dienst befindlich, und die leichtfertige Stimmung, die ihn umgab, war dabei lediglich eine ärgerliche Ablenkung.

Latham, der nie etwas dabei fand, Pflicht mit Vergnügen zu vermengen, hatte mit einer schwarzäugigen pakistanischen Lady getanzt, die zwar seine Sprache nicht verstand, dafür jedoch bezaubernd kicherte. Da Shortlake ihm jedoch leid tat, entschuldigte er sich und gesellte sich am kalten Buffet zu seinem Vorgesetzten.

»Ein Jammer, daß mein Freund Konradin nicht dabeisein kann«, sagte Latham. »Sie beide hätten sich ausführlich über Harvard unterhalten können. Sie waren doch in Harvard, nicht wahr, Uncle?«

»Wer – ich?« knurrte Shortlake. »P.S. 191, Cloverfield, Missouri. Und soviel ich weiß, hat Ihr Kollege augenblicklich keine Zeit, gesellschaftliche Veranstaltungen zu besuchen. Nach allem, was ich hörte, hat man Konradin wegen seiner Verdienste im Fall Gritzkij befördert.«

»Hat man ihn zum Kommissar gemacht?«

»Er leitet den Sicherheitsdienst eines Kraftwerkes. Ist das etwa keine Beförderung?«

Latham lachte. »Mich würde es nicht überraschen, wenn der nächste Überläufer von den Russen Gregor Konradin hieße. Und da wir gerade von Überläufern reden – haben Sie schon von Sandy McLash gehört?«

»Was ist mit ihm?«

»Er heiratet. Heute vormittag rief er mich an und lud mich zu seiner Hochzeit ein. Allerdings redete er in einem Ton, daß es eher nach einer Einladung zu einer Beerdigung klang.«

»Das ist auch ein und dasselbe«, murmelte Shortlake. Dann blickte er auf seine Uhr. »Sagen Sie, wie lange dauert denn dieser Zauber noch?«

»Schwer zu sagen. Vielleicht bis eins, vielleicht auch bis zwei.«

»Langsam vergeht mir die Lust, endlos zu warten, bis diese Clowns nach Hause gehen. Meiner Ansicht nach sollten wir lieber sofort anfangen.«

Lathams Gesicht wurde lang.

»Gut«, sagte er. »Wahrscheinlich sollten wir es tatsächlich.«

»Wollen Sie wirklich mitkommen?«

»Ich komme mit«, sagte Latham.

Er hatte nicht daran gedacht, daß auch Monsieur Fremyet beteiligt sein würde; Latham hatte den Eindruck, daß die vorige Gesellschaft bei Madame de Sala in einem ganz anderen Leben gewesen war. Aber Fremyet war jedenfalls auch da, und der celloähnliche Körper war wieder das Spielzeug nervöser Hände. Oder genauer: nur einer Hand. Die andere lag unter dem von Spitzen verdeckten Ellbogen der Madame de Sala, während er sie in das von Schatten erfüllte Arbeitszimmer führte, wo die einzige Tischlampe mit der roten Glut des Kamins wetteiferte.

»Monsieur?« sagte Madame, als sie Shortlake sah, und ihre Haltung war so königlich wie immer.

»Nehmen Sie bitte Platz«, sagte Shortlake. »Monsieur Fremyet hat Ihnen erzählt, wer wir sind?«

Sie sah Latham an.

»Den hier habe ich bereits kennengelernt. Mr. Drew, nicht wahr?«

»Und mein Name ist Jack Shortlake, Madame de Sala. Wollen Sie bitte Platz nehmen?«

Madame setzte sich auf ihren Stuhl hinter dem Schreibtisch. Der obere Teil ihrer hohen Frisur, die an eine silberne Skulptur erinnerte, reichte gerade bis zum unteren Rand des über ihr hängenden goldgerahmten Porträts.

»Bin ich verhaftet, Mr. Shortlake?«

»Ja, Madame de Sala, leider. Sobald Ihre Gäste gegangen sind, werde ich Sie bitten müssen, uns zu begleiten.«

»Ach. Dürfte ich die Beschuldigung vielleicht schon jetzt erfahren?«

»In ihrer Gesamtheit sind die Beschuldigungen ziemlich kompliziert. Im Grunde handelt es sich jedoch darum, daß Sie sich der Beihilfe zum Mord schuldig gemacht haben.«

»Doch nicht etwa an dem unglücklichen Grafen?«

»Nein, Madame«, sagte Shortlake ernst. »Sie müssen uns zugute halten, daß wir mehr wissen, als Sie vielleicht glauben. Wir wissen, wer Morkin war und warum er hier war, und wir wissen sogar, wer ihn ermordete. Wir wissen, daß Sie für seinen Tod nicht verantwortlich waren. Bei dem Mord, von dem wir sprechen, handelt es sich um den Totschlag an Dr. Arnold Carvy aus Liverpool, der von der Hand Ihrer Agentin Olga Berkutzky starb.« Shortlake stützte beide Hände auf den Tisch. »Miss Berkutzky ist verhaftet worden, Madame. Ihr Geständnis lieferte uns die noch fehlenden Einzelheiten.«

»Alle Einzelheiten, Monsieur?« Madame machte ein amüsiertes Gesicht.

»Alle Einzelheiten«, sagte Shortlake. »Über die – Verschwörung, wenn wir die Gegenbrücke so nennen sollen. Wir wissen, daß Sie die Leitung dieser Organisation hatten. Wir wissen, daß die Anordnungen für die Aktionen der Organisation von diesem Haus ausgingen. Sollten Sie, bevor wir fortfahren, irgendeine Erklärung abgeben wollen, würden wir es natürlich begrüßen. Andererseits sind Sie selbstverständlich nicht verpflichtet, irgend etwas zu äußern.«

Madame betrachtete ihre Fingernägel. Sie waren lang und leicht getönt.

»Ich habe dazu nur wenig zu sagen«, meinte sie dann. »Zumal Sie bereits so viel wissen. Ich will mich nicht beklagen, Mr. Shortlake. Ich nehme die Verantwortung auf mich.«

»Ich freue mich, daß Sie dieser Auffassung sind.«

»Es ist ein langes und interessantes Leben gewesen«, sagte Madame de Sala. »Ich habe gelernt, nichts zu bedauern. Eine gute Lehre für uns alle, *non*?«

»Jeder betrachtet die Dinge auf seine eigene Art und Weise, Madame.«

Sie lächelte und senkte ihre Augenlider. Dann drehte sie ihren Stuhl herum und blickte zum Porträt des jungen Mannes in der Uniform eines Fremdenlegionärs hoch.

»Alle Einzelheiten, sagten Sie, Monsieur?«

»Ich fürchte, ja.«

»Und wieviel muß der Öffentlichkeit davon bekanntwerden?«

»Meiner Ansicht nach alles.«

»Armer André«, meinte Madame vorwurfsvoll. »Die Schande hätte ihn umgebracht – Dummkopf, der er war. Und dennoch: Hätte er damals gewußt, was ich heute weiß, wieviel Weisheit und Friede die Jahre mit sich bringen ...«

Latham trat aus dem Schatten.

»Wie konnten Sie sich dazu bereit erklären?« fragte er knapp. »Sie müssen gewußt haben, was mit Ihnen geschieht. Ein noch nicht erprobtes Präparat – wie konnten Sie das Risiko auf sich nehmen?«

»Ja, junger Mann, ich wußte Bescheid. Ich kannte die mögliche Wirkung des Präparats, als es zuerst an mir ausprobiert wurde. Das war – ach ja! 1945! Schon so lange her! Mein lieber alter Freund Hamilsberg – er sah nur Entsetzen in diesen Konsequenzen. Deswegen zerstritten wir uns, wie Sie wissen, wegen meines Wunsches, das erste menschliche Versuchskaninchen zu sein. Das war es, was unsere Freundschaft und Partnerschaft zerstörte ... Ich wünschte, er hätte es noch erleben können, der alte Hamilsberg. Um heute zu erkennen, daß ich recht und er unrecht hatte, daß Glück aus Leben entsteht, Mr. Drew, aus Leben, nicht aus der unwichtigen Metamorphose unserer Körper ...« Sie nickte müde. »Ja, ich hatte gehofft, man würde eine bessere Lösung finden, natürlich, eine Verbesserung, eine Neuerung, um der Welt Unsterblichkeit zu schenken, ohne diese – Veränderung, die viele abstoßend finden. Ich habe es nicht so empfunden, Gentlemen. Ich bin stolz auf das Leben, das ich gelebt habe. Auf dieses lange, glückliche Leben.«

Sie erhob sich.

»Ich muß mich um meine Gäste kümmern«, sagte sie. »Ich bin bald wieder hier.«

Shortlake trat zur Seite, um ihr Platz zu machen, nickte Fremyet jedoch zu. Der Franzose folgte Madame in den Salon.

Mit Shortlake alleingeblieben, ging Latham zu dem Porträt und betrachtete das jugendliche, intelligente Gesicht.

»André Chiappe«, sagte er. »Porträt von Madame als jungem Mann.«

Mit spöttischem Gesichtsausdruck wandte er sich an Shortlake.

»Aber ihm – ich meine: ihr – macht es tatsächlich nichts aus, Uncle. Sie schert sich nicht darum. Glauben Sie, daß sie recht hatte und wir unrecht haben? Ist Leben das einzige, was zählt – ungeachtet der Art und Weise, wie man es gelebt hat?«

»Es kommt immer darauf an«, sagte Shortlake mürrisch, »auf das, was man vom Leben erhofft. Wenn Sie mich fragen – ich bleibe lieber bei dem Geschlecht, mit dem ich geboren wurde.«

Er zog die Schultern hoch, steckte seine Hände

in die Taschen und ging zur Tür. Bevor er das Zimmer verließ, drehte er sich jedoch um und sagte: »Noch eines. Lorelei Dancer läßt Sie grüßen. Sie hofft, daß Sie einmal bei ihr vorbeikommen, wenn Sie zurück sind.«

Das tat Latham. Im Laufe des Abends lehnte er seinen Kopf gegen ihre seidene Schulter, hob das Glas und sagte: »Auf Rabbi Ben Ezra.«

»Auf wen?« sagte Lorelei.

»Auf einen Freund von mir«, sagte Latham. »Auf einen sehr *alten* Freund.«

Henry Slesar im Diogenes Verlag

Erlesene Verbrechen und makellose Morde
Geschichten. Auswahl und Einleitung von Alfred Hitchcock. Aus dem Amerikanischen von Günter Eichel und Peter Naujack. Mit Zeichnungen von Tomi Ungerer

Ein Bündel Geschichten für lüsterne Leser
Sechzehn Kriminalgeschichten Deutsch von Günter Eichel. Mit einer Einleitung von Alfred Hitchcock und vielen Zeichnungen von Tomi Ungerer

Aktion Löwenbrücke
Roman. Deutsch von Günter Eichel

Das graue distinguierte Leichentuch
Roman. Deutsch von Paul Baudisch und Thomas Bodmer

Vorhang auf, wir spielen Mord!
Roman. Deutsch von Thomas Schlück

Ruby Martinson
Vierzehn Geschichten um den größten erfolglosen Verbrecher der Welt, erzählt von einem Freunde. Deutsch von Helmut Degner

Hinter der Tür
Roman. Deutsch von Thomas Schlück

Schlimme Geschichten für schlaue Leser
Deutsch von Thomas Schlück

Coole Geschichten für clevere Leser
Deutsch von Thomas Schlück

Fiese Geschichten für fixe Leser
Deutsch von Thomas Schlück

Böse Geschichten für brave Leser
Deutsch von Christa Hotz und Thomas Schlück

Die siebte Maske
Roman. Deutsch von Alexandra und Gerhard Baumrucker

Frisch gewagt ist halb gemordet
Geschichten. Deutsch von Barbara Rojahn-Deyk und Jobst-Christian Rojahn

Das Morden ist des Mörders Lust
Sechzehn Kriminalgeschichten Deutsch von Barbara Rojahn-Deyk und Jobst-Christian Rojahn

Meistererzählungen
Deutsch von Thomas Schlück und Günter Eichel

Mord in der Schnulzenklinik
Roman. Deutsch von Jobst-Christian Rojahn

Rache ist süß
Geschichten. Deutsch von Ingrid Altrichter

Das Phantom der Seifenoper
Geschichten. Deutsch von Edith Nerke, Barbara Rojahn-Deyk und Jobst-Christian Rojahn

Teuflische Geschichten für tapfere Leser
Deutsch von Jürgen Bürger

Listige Geschichten für arglose Leser
Deutsch von Irene Holicki und Barbara Rojahn-Deyk

Eine Mordschance
Geschichten. Deutsch von Jobst-Christian Rojahn

Rategeschichten für kluge Köpfe
Deutsch von Jobst-Christian Rojahn

Eric Ambler im Diogenes Verlag

Seit 1996 erscheint eine Neuedition der Werke Eric Amblers in neuen oder revidierten Übersetzungen.

»Die Neuübersetzungen, stilistisch viel näher am Original, offenbaren viel deutlicher die Meisterschaft von Eric Ambler, der nicht nur politisch denkt, klar analysiert, präzise schreibt, sondern bei alledem auch noch glänzend unterhält.«
Karin Oehmigen/SonntagsZeitung, Zürich

»Eric Amblers Romane sind außergewöhnlich, weil sie Spannung und literarische Qualität verbinden. Die neuen und überarbeiteten Übersetzungen im Taschenbuch sind vorbehaltlos zu begrüßen.«
Bayerisches Fernsehen, München

Im Rahmen der Neuedition bisher erschienen:
(Stand Frühjahr/Sommer 2001)

Der Levantiner
Roman. Aus dem Englischen von Tom Knoth

Die Maske des Dimitrios
Roman. Deutsch von Matthias Fienbork

Eine Art von Zorn
Roman. Deutsch von Malte Krutzsch

Topkapi
Roman. Deutsch von Elsbeth Herlin und Nikolaus Stingl

Der Fall Deltschev
Roman. Deutsch von Mary Brand und Walter Hertenstein

Die Angst reist mit
Roman. Deutsch von Matthias Fienbork

Schmutzige Geschichte
Roman. Deutsch von Günter Eichel

Der dunkle Grenzbezirk
Roman. Deutsch von Walter Hertenstein und Ute Haffmans

Bitte keine Rosen mehr
Roman. Deutsch von Tom Knoth

Anlaß zur Unruhe
Roman. Deutsch von Dirk van Gunsteren

Besuch bei Nacht
Roman. Deutsch von Wulf Teichmann

Waffenschmuggel
Roman. Deutsch von Tom Knoth

Ungewöhnliche Gefahr
Roman. Deutsch von Matthias Fienbork

Mit der Zeit
Roman. Deutsch von Matthias Fienbork

Das Intercom-Komplott
Roman. Deutsch von Dirk van Gunsteren

Doktor Frigo
Roman. Deutsch von Matthias Fienbork

Schirmers Erbschaft
Roman. Deutsch von Nikolaus Stingl

Außerdem lieferbar:

Nachruf auf einen Spion
Roman. Deutsch von Peter Fischer

Ambler by Ambler
Eric Amblers Autobiographie
Deutsch von Matthias Fienbork

Die Begabung zu töten
Deutsch von Matthias Fienbork

Wer hat Blagden Cole umgebracht?
Lebens- und Kriminalgeschichten.
Deutsch von Matthias Fienbork

Über Eric Ambler
Zeugnisse von Alfred Hitchcock bis Helmut Heißenbüttel. Herausgegeben von Gerd Haffmans unter Mitarbeit von Franz Cavigelli. Mit Chronik und Bibliographie. Erweiterte Neuausgabe

Georges Simenon in der Diogenes Neuedition

Seit 1977 betreut der Diogenes Verlag das Gesamtwerk Georges Simenons in einer Werkausgabe. Im Laufe der Jahre erschienen über 200 Bände. Seit 1995 werden Simenons Werke im Rahmen einer Neuedition in zum Teil neuen oder überarbeiteten Übersetzungen wieder aufgelegt.

»Allmählich gibt es wieder Simenon zu kaufen, und gerade wer ihn noch nicht kennt, der hat jetzt die Möglichkeit, sich Zug um Zug und auf ganz übersichtliche Weise in Simenon einzulesen.«
Rolf Vollmann / Südwestfunk, Baden-Baden

»Georges Simenon hat es wie kein anderer verstanden, in Worte zu fassen, wozu der Mensch fähig ist, in seinem Leben, mit seinem Lieben, mit seinen Lastern. Er war der Mann, der den Nobelpreis hätte erhalten müssen.« *Johannes Mario Simmel*

Im Rahmen der Neuedition bisher erschienen:
(Stand Frühjahr/Sommer 2001)

Romane

Bellas Tod
Roman. Aus dem Französischen von Elisabeth Serelmann-Küchler

Der Schnee war schmutzig
Roman. Deutsch von Willi A. Koch

Drei Zimmer in Manhattan
Roman. Deutsch von Linde Birk

Der Mann mit dem kleinen Hund
Roman. Deutsch von Stefanie Weiss

Die Großmutter
Roman. Deutsch von Linde Birk

Der große Bob
Roman. Deutsch von Linde Birk

Die Wahrheit über Bébé Donge
Roman. Deutsch von Renate Nickel

Der kleine Heilige
Roman. Deutsch von Trude Fein

Die Glocken von Bicêtre
Roman. Deutsch von Magda Kurz

Tropenkoller
Roman. Deutsch von Annerose Melter

Der Mörder
Roman. Deutsch von Lothar Baier

Die Komplizen
Roman. Deutsch von Stefanie Weiss

Die Verlobung des Monsieur Hire
Roman. Deutsch von Linde Birk

Der Mann, der den Zügen nachsah
Roman. Deutsch von Walter Schürenberg

Die Fantome des Hutmachers
Roman. Deutsch von Eugen Helmlé

Der Tod des Auguste Mature
Roman. Deutsch von Anneliese Botond

Die Witwe Couderc
Roman. Deutsch von Hanns Grössel

Der Bürgermeister von Furnes
Roman. Deutsch von Hanns Grössel

Antoine und Julie
Roman. Deutsch von Eugen Helmlé

45 Grad im Schatten
Roman. Deutsch von Angela von Hagen

Der Zug aus Venedig
Roman. Deutsch von Liselotte Julius

Wellenschlag
Roman. Deutsch von Ulrich Hartmann

Schlußlichter
Roman. Deutsch von Stefanie Weiss

Das Testament Donadieu
Roman. Deutsch von Eugen Helmlé

Die Katze
Roman. Deutsch von Angela von Hagen

Die Marie vom Hafen
Roman. Deutsch von Ursula Vogel

Das Haus am Kanal
Roman. Deutsch von Ursula Vogel

Der Zug
Roman. Deutsch von Trude Fein

Der Mann aus London
Roman. Deutsch von Stefanie Weiss

Die Zeit mit Anaïs
Roman. Deutsch von Ursula Vogel

Das blaue Zimmer
Roman. Deutsch von Angela von Hagen

Der Bericht des Polizisten
Roman. Deutsch von Markus Jakob

Im Falle eines Unfalls
Roman. Deutsch von Hansjürgen Wille und Barbara Klau

Maigret-Romane und -Erzählungen

Maigret und die alte Dame
Roman. Deutsch von Renate Nickel

Maigret und der Mann auf der Bank
Roman. Deutsch von Annerose Melter

Maigret und Pietr der Lette
Roman. Deutsch von Wolfram Schäfer. Mit einer Nachbemerkung des Autors

Maigret und die junge Tote
Roman. Deutsch von Raymond Regh

Maigrets erste Untersuchung
Roman. Deutsch von Roswitha Plancherel

Maigret und der gelbe Hund
Roman. Deutsch von Raymond Regh

Maigret als möblierter Herr
Roman. Deutsch von Wolfram Schäfer

Maigret und die Bohnenstange
Roman. Deutsch von Guy Montag

Maigret bei den Flamen
Roman. Deutsch von Claus Sprick

Maigret und die widerspenstigen Zeugen
Roman. Deutsch von Wolfram Schäfer

Maigret und der Gehängte von Saint-Pholien
Roman. Deutsch von Sibylle Powell

Maigret und der verstorbene Monsieur Gallet
Roman. Deutsch von Roswitha Plancherel

Maigret und die Keller des ›Majestic‹
Roman. Deutsch von Linde Birk

Maigret zögert
Roman. Deutsch von Annerose Melter

Maigrets Nacht an der Kreuzung
Roman. Deutsch von Annerose Melter

Maigret und der Verrückte von Bergerac
Roman. Deutsch von Hainer Kober

Maigret und das Schattenspiel
Roman. Deutsch von Claus Sprick

Maigret und das Dienstmädchen
Roman. Deutsch von Hainer Kober

Maigret in der Liberty Bar
Roman. Deutsch von Angela von Hagen

Maigret regt sich auf
Roman. Deutsch von Wolfram Schäfer

Maigret und der einsame Mann
Roman. Deutsch von Ursula Vogel

Maigret und der Spitzel
Roman. Deutsch von Inge Giese

Maigret am Treffen der Neufundlandfahrer
Roman. Deutsch von Annerose Melter

Maigret und das Verbrechen in Holland
Roman. Deutsch von Renate Nickel

Maigret kämpft um den Kopf eines Mannes
Roman. Deutsch von Roswitha Plancherel

Maigret amüsiert sich
Roman. Deutsch von Renate Nickel

Maigret macht Ferien
Roman. Deutsch von Markus Jakob

Mein Freund Maigret
Roman. Deutsch von Annerose Melter

Weihnachten mit Maigret
Erzählung. Deutsch von Hans-Joachim Hartstein

Biographisches

Als ich alt war
Tagebücher 1960–1963. Deutsch von Linde Birk

Brief an meine Mutter
Deutsch von Trude Fein

Außerdem erschienen:

Meistererzählungen
Deutsch von Wolfram Schäfer, Angelika Hildebrandt-Essig, Gisela Stadelmann, Linde Birk und Lislott Pfaff

Über Simenon
Essays, Aufsätze und Zeugnisse von André Gide bis Alfred Andersch. Mit Lebensdaten, Bibliographie und Filmographie. Herausgegeben von Claudia Schmölders und Christian Strich. Zweite, erweiterte und verbesserte Auflage

Simenon auf der Couch
Fünf Ärzte verhören den Autor sieben Stunden lang. Deutsch von Irène Kuhn. Mit einer Vita in 43 Bildern, einer Bibliographie und Filmographie

Stanley G. Eskin

Simenon

Eine Biographie. Mit zahlreichen Fotos, Lebenschronik, Bibliographie, ausführlicher Filmographie, Anmerkungen, Namens- und Werkregister. Aus dem Amerikanischen von Michael Mosblech

Carissimo Simenon
Mon cher Fellini

Der Briefwechsel zwischen Federico Fellini und Georges Simenon. Mit einem Vorwort von Claude Gauteur und einem Gespräch von Georges Simenon mit Federico Fellini. Aus dem Italienischen und Französischen von Linde Birk. Herausgegeben von Claude Gauteur und Silvia Sager

Robert J. Courtine

Simenon und Maigret bitten zu Tisch

Die klassischen französischen Bistrorezepte der Madame Maigret. Aus dem Französischen von Pierre F. Sommer

Jonathan Latimer im Diogenes Verlag

Wettlauf mit der Zeit

Roman. Aus dem Amerikanischen von Nikolaus Stingl

Nur noch sechs Tage trennen Robert Westland vom elektrischen Stuhl, als er beschließt, daß er nicht sterben will für eine Tat, die er gar nicht begangen hat. Acht Personen, allesamt aus Westlands engstem Bekanntenkreis, kommen als Mörder seiner Frau Joan in Frage. Detektiv Crane tut sein Möglichstes, aber alle Spuren weisen immer wieder auf Westland. Bis Crane eines Tages eine sensationelle Entdeckung macht… Ein Thriller voller Tempo, Spannung und Action, Latimer ›at his best‹.

»Latimer mundet so viel besser als das Zeug, das man üblicherweise an Hard-boiled-Krimis aufgetischt bekommt. Der Autor hat sich perfide Fälle ausgedacht und zu deren Lösung die Figur des William Crane, einen distinguierten Detektiv mit – wenn's drauf ankommt – drastischen Sauf- und Raufallüren. Auch alles übrige an Personal und Arsenal ist geschmackssicher ausgewählt und wird von Latimer mit dramaturgischem Scharfsinn eingesetzt, der den abgebrühten Drehbuchschreiber verrät. Die wenigen Handlungsfäden, mit denen er auskommt, bleiben von vorne bis hinten klar überschaubar, obwohl Latimer sie labyrinthisch drapiert.«
Andreas Schäfler/Kowalski, Hamburg

»Jonathan Latimer steht zu Unrecht im Schatten Chandlers und Hammetts.«
Klaus Bittermann/Frankfurter Rundschau

1937 von Christy Cabanne mit Preston Foster, Frank Jenks, Theodore Von Eltz und Carolyn Hughes unter dem Titel *The Westland Case* verfilmt.

Leiche auf Abwegen

Roman. Deutsch von Ulrike Wasel und Klaus Timmermann

William Crane, Latimers etwas verkommener, oft auch etwas betrunkener und durchaus lebensfroher Privatdetektiv, verfolgt auf einer halsbrecherischen Jagd durch die Hinterzimmer des swingenden Harlem die umworbene Leiche einer jungen Nachtclubsängerin, die sich auf merkwürdige Weise das Leben genommen hat.

»Latimers parodistische Thriller aus den düsteren vierziger Jahren gehören zu den amüsantesten der Hard-boiled-Kultur. Nichts ist ihm heilig, alles zieht er durch den Kakao und erzählt gleichwohl immer spannend.« *Wolfram Knorr/Die Weltwoche, Zürich*

1938 von Otis M. Garrett mit Preston Foster, Frank Jenks und Patricia Ellis unter dem Titel *The Lady in the Morgue* verfilmt.

Mord bei Vollmond

Roman. Deutsch von Kurt Brachartz

William Crane läßt sich freiwillig in eine psychiatrische Privatklinik einweisen, um dort eine alte Dame zu beschützen und ihre gestohlene Geldschatulle zu suchen. Crane richtet sich in der komfortablen Klinik erst mal gemütlich ein. Aber als sich der erste Mordfall ereignet, beginnen für ihn die Schwierigkeiten: Für die örtliche Polizei ist er nichts anderes als ein Verrückter, der behauptet, Privatdetektiv zu sein…

»Jonathan Latimers verantwortungslose Fröhlichkeit läßt seine Bücher aus den üblichen guten ›Hard-boiled‹-Krimis herausragen.« *Julian Symons*

»Cranes feuchtfröhliche Berufsauffassung ist selbst unter Kollegen nicht unumstritten, aber er hatte schon

immer dem hedonistischen Flügel der Privatdetektive angehört. Wer seine Lektüre nach dem Lustprinzip auswählt, ist also bei Crane an der richtigen Adresse.«
Bernd Eilert/Die Welt, Berlin

Rote Gardenien

Roman. Deutsch von Walter Kolbenhoff

In der Industriellenfamilie March sind ein paar seltsame Mordfälle passiert, denen William Crane zusammen mit der Nichte seines Chefs nachgehen soll. Crane findet bald Gefallen an der Nichte, aber auch die elegante Lady March zieht ihn in ihren Bann. Vielleicht ging es aber auch anderen so, denn es zeigt sich, daß die Leichen der ermordeten Männer alle nach dem Gardenienparfum der schönen Lady March riechen...

»Ein munteres, leichtfertiges Buch, das von ›verantwortungsloser Fröhlichkeit‹ (Julian Symons) regiert wird und in der Treffsicherheit seiner Dialoge fast an Dashiell Hammetts ›Dünnen Mann‹ heranreicht.«
Jochen Schmidt/Basler Zeitung

»Der Kriminalroman *Rote Gardenien* von Jonathan Latimer gehört zweifelsohne zu den klassischen Meisterwerken seines Genres.«
Peter M. Hetzel/Schweizer Illustrierte, Zürich

Michael Lewin im Diogenes Verlag

Der stumme Handlungsreisende

Roman. Aus dem Amerikanischen von Michaela Link

Es ist Hochsommer – schlechte Zeiten für Albert Samson, den billigsten aller billigen Detektive von Indianapolis. Als ihn daher eine verzweifelte Frau bittet, für sie herauszufinden, warum man sie seit Monaten nicht ans Spitalbett ihres Bruders läßt, ist er bereit, sein Bestes zu geben – auch wenn dies nicht gerade sein Traum von einem Fall ist.

»Wenn die Kriminalliteratur je auf einen Tragikomiker gewartet hat, dann ist er ihr nun in der Gestalt von Albert Samson erschienen.«
Peter Zimmermann/Österreichischer Rundfunk, Wien

Anruf vom Panther

Roman. Deutsch von Michaela Link

Eine Gruppe von Umweltschützern hat eine Bombe in einem Maisfeld hochgehen lassen und fünf weitere versteckt. Die Bomben konnten zwar immer rechtzeitig gefunden werden und hatten keinen Zünder, aber ganz Indianapolis ist in Aufruhr. Weitere Bomben sind angekündigt, und man kann nicht wissen, ob nicht doch einmal eine scharf ist. Da kommen vier Frauen, mit Tiermasken verkleidet, in Albert Samsons Büro – es sind die ›Umwelt-Terroristen‹, die sich als vier verzweifelte Hausfrauen herausstellen. Sie wollen den Umweltverbrechen nicht mehr länger tatenlos zusehen. Jetzt aber brauchen sie Samsons Hilfe, denn eine ihrer Bomben ist ihnen abhanden gekommen…

»Lewin schreibt mit Stil, Sensibilität und Witz… Er hat ein poetisches Gespür für Details, das jede Seite zum Leuchten bringt.« *Ross Macdonald*

Wer viel fragt

Roman. Deutsch von Michaela Link

Als Albert Samson beauftragt wird, den biologischen Vater von Eloise Crystal ausfindig zu machen, hält er das zunächst für eine Teenagerlaune der Auftraggeberin. Nur um nicht ganz aus der Übung zu kommen, und auch weil mal wieder Auftragsflaute herrscht, macht der Detektiv ein paar Recherchen, die ihm schnell zeigen, daß der Familienhintergrund dieser Miss Crystal alles andere als kristallklar ist. Samson gerät mitten in den Wirbel um ein Familiengeheimnis, wobei er mehr Skelette aus dem Schrank holt, als für seine eigene Sicherheit gut ist.

»Dieser befriedigende, intelligent gemachte Krimi entfaltet seine Spannung mit fachmännischem Timing.«
Publishers Weekly, New York

»Albert Samson ist die softe Version von Sam Spade oder Philip Marlowe.« *Per Hansen / Bremer*